ÉTUDES

SUR LE

DRAME ANTIQUE

COULOMMIERS

Imprimerie PAUL BRODARD

ÉTUDES

SUR LE

DRAME ANTIQUE

PAR

HENRI WEIL

Membre de l'Institut

◆✕◆

PARIS

LIBRAIRIE HACHETTE ET Cᵗᵉ

79, BOULEVARD SAINT-GERMAIN, 79

—

1897

Droits de traduction et de reproduction réservés.

ÉTUDES

SUR LE

DRAME ANTIQUE

I

LA TRAGÉDIE ATTIQUE[1]

Quelle était l'idée qu'au ve siècle avant notre ère un Athénien attachait au mot de *tragédie*? Qu'est-ce qu'une tragédie attique? Faut-il chercher la réponse à cette question dans la *Poétique* d'Aristote? La définition du philosophe repose évidemment sur l'examen d'un grand nombre de drames, particulièrement de ceux qu'il avait vu jouer, œuvres de ses contemporains du ive siècle, ou pièces du siècle précédent qui s'étaient, comme on dirait aujourd'hui, maintenues au répertoire. Mais ce n'est là qu'un point de départ pour Aristote; il vise à quelque chose de plus général, et il entend donner la notion, non de la tragédie attique, mais du genre tragique.

1. *Journal des Savants*, 1890, janvier, p. 43 et suiv. Premier article sur *Euripides Herakles*, erklärt von Ulrich von Wilamowitz-Moellendorff. — Vol. I. *Einleitung in die Attische Tragödie*. — Vol. II. *Text und Commentar*, Berlin, 1888.

M. de Wilamowitz cherche une définition tout historique et locale, assez étroite pour ne s'appliquer qu'au théâtre d'Athènes du temps de la grande production dramatique, assez large pour embrasser les drames d'Eschyle aussi bien que ceux d'Euripide, les pièces faibles et, défectueuses aussi bien que les chefs-d'œuvre. A cette fin, il passe en revue les phases que parcourut la tragédie, il remonte à ses origines, et, comme tout se tient, il est entraîné à parler de la marche générale de la poésie grecque. Allons tout de suite au résultat. Voici comment M. de Wilamowitz définit une tragédie attique : « Une tragédie attique, dit-il, est un morceau, complet en lui-même, de la légende héroïque, traité poétiquement dans le style sublime, pour être représenté, comme partie intégrante du culte public, dans le sanctuaire de Dionysos, par un chœur de citoyens d'Athènes et deux ou trois acteurs ». On remarquera que cette définition évite d'insister sur la nature dramatique de la tragédie, et qu'elle exclut à dessein le caractère pathétique, celui-là même que nous avons en vue quand nous disons qu'une action est tragique.

On aime à voir un homme d'esprit s'interdire l'esprit, s'attacher au terre à terre des faits matériels, renoncer de propos délibéré à toutes les belles théories ambitieuses. Il faut lui accorder que les tragédies grecques ne répondaient pas toutes à l'idéal abstrait de quelques œuvres choisies que nous nous sommes habitués à considérer comme les représentants du genre. Le grand nombre de pièces nou-

velles qui devaient être fournies annuellement aux
grandes Dionysiaques, l'exubérante fécondité des
poètes, qui en était la conséquence, amenaient
nécessairement une grande diversité de sujets et
une inégalité inévitable dans l'exécution. Il est très
vrai que la ressemblance d'œuvres si variées tenait
à ce qu'on y voyait toujours, ou presque toujours,
des actions et des personnages de l'âge héroïque, à
ce qu'on retrouvait partout un certain style, un ton
traditionnel ; elle tenait enfin aux habitudes, aux
conventions théâtrales et à quelque chose de plus
précis encore, le règlement administratif, qui renfermait les poètes dans des limites assez étroites :
entraves gênantes sans doute, mais commodes
aussi pour les talents de second ordre, qui y trouvaient une routine et comme des lisières, et d'un
autre côté impuissantes à arrêter l'essor du génie,
qui est stimulé par l'entrave, qui sait en tirer des
beautés imprévues et faire de nécessité vertu. Il
serait facile d'en citer des exemples : on n'a qu'à se
souvenir de certains personnages condamnés au
mutisme par le règlement des deux ou trois acteurs,
et dont le silence nous plaît ou excite même notre
admiration.

Après avoir accordé à notre auteur qu'il était légitime d'opposer aux définitions théoriques et esthé-
tiques une autre, fondée uniquement sur des
données historiques et locales, nous pouvons cependant nous demander s'il a raison de refuser au
pathétique une place parmi les éléments essentiels de la tragédie grecque, et d'en atténuer le

caractère dramatique. Aristote avait-il donc tort de
regarder comme un trait distinctif du poëme tragique
d'émouvoir profondément les âmes, d'agir par la
crainte et la pitié, de nous faire frémir ou de nous
tirer des larmes? Il me semble que l'on trouve dans
toutes les tragédies antiques ce que le philosophe
appelle πάθος, une souffrance, soit morale, soit physique, un malheur qui arrive ou qui menace seulement, n'importe : le dénouement de l'action peut
être indifféremment heureux ou malheureux; si l'on
n'a pas à déplorer une infortune qui accable le héros,
il suffit qu'on ait tremblé à la voir suspendue sur sa
tête. Que ce soit là un caractère inhérent à la tragédie, on l'aperçoit très nettement dans le choix des
sujets pris exceptionnellement en dehors de la
légende héroïque. Les *Perses* d'Eschyle montrent
directement, non le triomphe des vainqueurs, mais
l'abattement des vaincus. Il en était de même dans
les *Phéniciennes* de Phrynichos. Dira-t-on que ces
poëtes obéissaient à un autre motif, qu'ils dépay-
saient le spectateur, parce qu'il leur répugnait de
mettre sur la scène des Grecs contemporains? Nous
répondrons que, dans la *Prise de Milet* du même
Phrynichos, les Ioniens vaincus, non les Perses
vainqueurs, figuraient assurément au premier plan.
Nous savons peu de chose du *Thémistocle* de Mos-
chion, mais le sujet de la pièce était très certainement la mort du héros : il nous paraît tout à fait
inadmissible qu'elle ait roulé sur la bataille de Sala-
mine.

Un autre fait vient à l'appui de la théorie d'Aristote : tout porte à croire que la lamentation était un élément constitutif de la tragédie primitive. On trouve partout dans Eschyle ce chant lugubre, accompagné de ces excessives démonstrations de douleur que le poète décrit complaisamment. Plus tard, sans doute, l'antique lamentation ne revient pas dans toutes les pièces, la douleur s'exhale autrement; mais le terme qui désignait ces lamentations, le nom de κομμός, reste attaché à tous les dialogues lyriques entre le chœur et les acteurs, et témoigne du caractère originel de ces morceaux.

Arrivons au second point. Sans contester, ce qui est impossible, que la tragédie grecque soit un jeu dramatique, M. de Wilamowitz en atténue cependant le caractère dramatique et ne veut pas le considérer comme essentiel. Il objecte à Aristote que tout n'est pas mis en action ni montré aux yeux, que le récit du Messager est un morceau presque obligé, et que, dans Eschyle, il arrive souvent que la plus grande partie de la pièce se passe en chants et en récits. Cela est incontestable. Plus on remonte vers les origines, plus on s'aperçoit que la tragédie naquit de la juxtaposition de l'élément lyrique et de l'élément épique; elle n'en a pas moins dès l'origine la tendance à se dramatiser de plus en plus.

Notre auteur assure qu'aux yeux d'un Athénien du vᵉ siècle la tragédie et la comédie n'avaient rien de commun que de se produire l'une et l'autre aux fêtes de Bacchus, caractère qu'elles partageaient avec les chœurs tout lyriques du dithyrambe; et que l'école péripatéticienne s'avisa d'abord de comprendre ces deux espèces de divertissement sous le nom générique de drame. Nous pensons qu'une classification aussi naturelle s'était faite depuis longtemps dans les esprits, et les faits nous donnent raison. Sans parler de Platon, qui rapproche la tragédie et la comédie comme constituant le genre de poésie entièrement imitatif[1], les vieux poètes comiques se servent déjà du mot drame pour désigner l'une et l'autre. Aristophane appelle les *Sept Chefs* d'Eschyle un drame plein d'Arès, et avant lui Ekphantidès avait désigné par le même terme ses comédies, quand il disait : Αἰσχύνομαι τὸ δρᾶμα Μεγαρικὸν ποιεῖν[2].

Ces poètes n'auraient donc pas accordé à M. de Wilamowitz que le caractère dramatique fût purement accessoire dans la tragédie athénienne. Ce caractère lui est, au contraire, distinctif et essentiel, et, à mesure qu'elle se développe, il devient plus saillant et plus envahissant. Aristote aurait répondu, pour justifier sa définition, que, pour connaître la vraie nature d'un être, il faut l'observer, non à ses débuts, mais au moment où il est arrivé à pleine expansion : pour connaître le chêne, il ne faut pas prendre un gland, mais un arbre; ce n'est pas

---

1. Platon, *Républ.*, III, p. 394 C : Τῆς ποιήσεως... ἡ μὲν διὰ μιμήσεως ὅλη ἐστίν.... τραγῳδία τε καὶ κωμῳδία. Démocrite déjà, en opposant la tragédie à la comédie, les ramenait implicitement au même genre. Pour expliquer comment les combinaisons d'atomes homogènes peuvent produire une infinie diversité de phénomènes, il disait que les mêmes lettres servent à composer une tragédie et une comédie : Ἐκ τῶν αὐτῶν γὰρ τραγῳδία τε καὶ κωμῳδία γίγνεται γραμμάτων (Aristote, *De generatione et corruptione*, I, 2, p. 315, *b*, 14).

2. Ekphantidès, frag. 2, Kock.

l'enfant, mais l'homme fait, qui révèle la nature de l'homme; l'état sauvage est appelé très improprement l'état de nature, et la nature humaine ne se montre véritablement qu'à l'état policé. Il en est de la tragédie et des autres genres littéraires, aurait-il dit, comme des êtres vivants, ils ne manifestent leur nature qu'après pleine éclosion. En effet, l'*Orestie* d'Eschyle est plus dramatique que ses *Suppliantes*; *Œdipe Roi*, *Iphigénie à Aulis*, sont plus dramatiques que l'*Orestie*; et cependant, dans les plus anciennes pièces que nous possédons de lui, Eschyle s'efforce déjà de varier l'action et de frapper par un spectacle imposant. Dans l'*Orestie*, il ne fait pas même usage du Messager; et si l'on y trouve des récits, ils portent sur le passé, non sur des faits simultanés à l'action.

M. de Wilamowitz n'en a pas moins raison de dire que comédie et tragédie ne sont pas des rameaux sortis de la même racine, mais qu'elles ont eu des origines toutes différentes. La comédie vient des danses populaires usitées aux fêtes de Bacchus dans l'Attique, comme ailleurs; le germe de la tragédie est venu du Péloponnèse, il fut transplanté dans l'Attique au vi° siècle, quand Pisistrate institua les Dionysiaques urbaines et voulut donner à cette fête printanière l'éclat de jeux et de concours nouveaux. Il n'est pas possible de se faire une idée nette des antécédents péloponnésiens de la tragédie attique, de dire au juste ce que pouvaient être les chœurs dithyrambiques organisés par Arion à Corinthe, du temps de Périandre, ou les chœurs tragiques qui

parurent à la même époque, c'est-à-dire vers 600,
à Sicyone, sous le tyran Clisthène. Cependant il
semble évident que leurs cuants se distinguaient
déjà par quelque chose de dramatique, puisque les
choreutes se déguisaient et représentaient autre
chose qu'ils n'étaient en effet. M. de Wilamowitz
insiste, avec tout le monde, sur ce trait, où l'on voit
poindre le drame à venir.

En rapprochant des indications concordantes ou
faciles à concilier, qui nous viennent de plusieurs
sources, Welcker a établi que le nom de tragédie
signifiait d'abord le chant des boucs, c'est-à-dire
des hommes-boucs ou Satyres, dont l'imagination
populaire peuplait la solitude des bois. Arion fut, ce
semble, le premier qui eut l'idée de charger du
chant en l'honneur de Dionysos un chœur composé de ces Satyres[1]. Ce chant s'appelait dithy-

---

1. A vrai dire, la notice la plus complète que nous ayons
sur Arion, celle qui se trouve dans le lexique de Suidas,
semble distinguer les Satyres des choreutes qui chantaient le
dithyrambe. Ce texte important a besoin, je crois, de quelques
rectifications : Λέγεται καὶ τραγικοῦ τρόπου εὑρετὴς γενέσθαι, καὶ
πρῶτος χόρον στῆσαι < κύκλιον >, καὶ διθύραμβον ἆσαι (lisez
διδάξαι) καὶ ὀνομάσαι τὸ ἀδόμενον ὑπὸ τοῦ χοροῦ καὶ σατύρους
εἰσενεγκεῖν ἔμμετρα λέγοντας. Justifions d'abord nos corrections.
Il n'est pas vrai qu'Arion ait arrangé le premier chœur : il a été
le premier à établir un chœur dithyrambique ou circulaire. La
phrase complète s'est conservée chez le scoliaste d'Aristophane
(Ois., 1403) : Τοὺς κυκλίους χοροὺς στῆσαι πρῶτον... Ἀρίονα τὸν
Μηθυμναῖον. Arion ne chantait pas le dithyrambe lui-même,
mais le faisait chanter par un chœur : c'est en cela que consistait son innovation. Suidas a donc écrit, ou aurait dû écrire,
non ΑΙΣΑΙ, mais ΔΙΔΑΞΑΙ. En effet, cette partie de la notice
est une paraphrase de ce qu'Hérodote dit d'Arion (I, 28) :
διθύραμβον πρῶτον ἀνθρώπων ὧν ἡμεῖς ἴδμεν ποιήσαντά τε καὶ
ὀνομάσαντα καὶ διδάξαντα ἐν Κορίνθῳ. Du reste, la leçon ἆσαι est

rambe, et l'on croit généralement qu'il avait pour
sujet les souffrances (τὰ πάθη) du dieu. Notre auteur,
qui ne regarde pas le pathétique comme un caractère essentiel de la tragédie proprement dite, est
conséquent avec lui-même en refusant ce caractère
à ce prélude de la tragédie. Il s'inscrit en faux
contre l'opinion reçue, et il soutient que les souffrances de Dionysos sont une invention des littérateurs
modernes, entraînés à leur insu par l'analogie des
jeux de la Passion. En effet, le texte sur lequel repose
cette opinion ne dit pas en propres termes ce qu'on
veut lui faire dire. Hérodote rapporte qu'avant Clisthène les Sicyoniens avaient consacré des chœurs
tragiques aux infortunes, aux souffrances (τὰ πάθεα),
d'Adraste et rendu ainsi à ce héros des honneurs
dus au dieu Dionysos. Inutile de dire que « chœur
tragique » signifie ici « chœur de Satyres », l'épithète τραγικός ne peut aujourd'hui induire personne
en erreur; mais on a pensé que, puisque Adraste et
Dionysos alternaient comme héros de ces chants,

inadmissible de toute façon : Arion aurait chanté le dithyrambe
et aurait donné le nom de dithyrambe au chant du chœur : cela
est contradictoire. Arrivons au dernier membre de phrase.
Peut-on croire que les Satyres figuraient à côté du chœur et
parlaient déjà en vers métriques comme feront plus tard les
acteurs? Les indications fournies par Aristote, le nom même
de τραγῳδία, toutes les vraisemblances s'opposent à cette hypothèse. L'article de Suidas se compose, sans doute, d'une série
d'extraits divers mis bout à bout. Les vers métriques men-
tionnés dans le dernier de ces extraits ne peuvent être que les
tétramètres trochaïques, dont parle Aristote, et qui se trouvent
déjà dans le dithyrambe monodique d'Archiloque (frag. 77).
Les Satyres qui chantaient le dithyrambe d'Arion se servaient
aussi de ce mètre fortement rythmé pour accompagner leurs
danses.

leurs aventures devaient aussi se ressembler. Quand
on lit dans l'*Iliade* comment Dionysos fut poursuivi
par Lycurgue le Thrace et se réfugia tout tremblant
dans le sein de Thétis, on voit bien que les résis-
tances opposées au culte de ce dieu; les persécutions
subies par ses adorateurs, les combats qu'ils eurent
à livrer, étaient présentés par la légende comme des
avanies infligées au dieu en personne. Dans la
Lycurgie d'Eschyle, Bacchus souffrait avant de faire
souffrir ses adversaires; dans le *Penthée*, du même
poète, ainsi que dans les *Bacchantes* d'Euripide, le
dieu était enchaîné et persécuté avant de triompher.
Cependant nous n'oserions affirmer que tel était le
caractère de toutes les aventures de Dionysos qui
fournirent des sujets au dithyrambe tragique et à
la tragédie primitive, satyresque, sauteuse et bouf-
fonne, dont nous parle Aristote. Avouons que ces
origines sont et resteront toujours pour nous enve-
loppées d'une profonde obscurité : *rebus nox abstulit
atra colorem*. Renonçons donc à savoir au juste ce
qu'était la tragédie avant la tragédie; dès le commencement du v⁰ siècle, dès qu'il est sorti des
limbes et devenu lui-même, le jeu tragique présente
le caractère pathétique qu'il gardera toujours : je
veux dire que de grandes infortunes, des douleurs,
des souffrances, se rencontrent dans les mythes, et
jusque dans les sujets contemporains, qu'il met sous
les yeux des spectateurs.

Revenons à la définition de la tragédie grecque
proposée par notre auteur, et reprenons-en les autres
termes. Il est vrai que cette tragédie est, à très peu

d'exceptions près, découpée dans la légende héroïque, que chacune en est un morceau détaché et complet en lui-même. Elle a ses racines dans les vieilles traditions nationales et dans les récits épiques où ces traditions se trouvaient à la fois conservées et transformées poétiquement. Faisons remarquer en passant que les mêmes princes qui jetèrent le premier germe de la tragédie dans le sol attique établirent aussi les concours des rapsodes, interprètes de la vieille épopée. Eschyle fit pâlir ces concours et détrôna en quelque sorte les rapsodes, quand il façonna en drames la matière épique, évoqua les héros de jadis et montra aux yeux de ses contemporains leurs grandes figures agissantes et vivantes. Cette création avait sans doute été préparée par d'autres poètes. Il n'en est pas moins vrai qu'Eschyle est bien nommé le père de la tragédie, et que notre auteur l'appelle avec raison le nouvel Homère.

En effet, Eschyle conquit pour le théâtre tout le domaine de l'épopée. Nous ne possédons qu'une petite partie de son œuvre; mais les titres et les fragments de ses drames perdus en disent assez, ils laissent entrevoir et suffisent pour nous faire admirer toute l'étendue de ses conquêtes. Eschyle méditait sans cesse l'histoire de sa nation, ces traditions dont le sens se révélait à lui par les combats auxquels il prit part lui-même, par la victoire merveilleuse de la liberté hellénique sur le despotisme oriental. Le passé s'animait à ses regards de poète, il y voyait le prélude et le germe du présent, il découvrait avec admiration l'enchaînement merveilleux des événements à travers les siècles. Pindare prenait dans la légende des exemples typiques, Eschyle la régénérait et donnait un corps à ses héros. M. de Wilamowitz dit excellemment qu'Homère, c'est-à-dire l'épopée, la tradition poétique, était pour Eschyle ce que la société contemporaine, la vie des hommes qui l'entouraient, sera pour Ménandre, et que ce dernier aurait pu dire, en variant un mot d'Eschyle, qu'il régalait ses spectateurs de plats empruntés au grand banquet de la vie. Eschyle faisait revivre le passé en l'animant des aspirations, des enthousiasmes qui vibraient en lui et autour de lui.

Aristote dit que la tragédie a traversé beaucoup de phases avant d'arriver à sa forme définitive; mais il n'indique exactement que quelques-uns de ces changements successifs, ceux qu'il juge les plus importants. Ainsi il omet de nous dire comment s'établit l'usage d'après lequel chacun des poètes tragiques qui concouraient aux grandes Dionysiaques devait donner trois tragédies suivies d'un drame satyrique. On comprend que les Satyres de la tragédie primitive aient été conservés, tant par respect pour la tradition que pour amuser le peuple; mais pourquoi trois tragédies? Les poètes comiques ne présentaient qu'une seule pièce au concours; cependant l'usage constant du v⁰ siècle, nous le savons positivement, demandait aux poètes tragiques une tétralogie, et c'est à peine si au siècle suivant le règlement se relâcha quelque peu. En effet, de récentes découvertes épigraphiques nous ont appris qu'au milieu du iv⁰ siècle on se contentait d'un seul drame satyrique pour toute la fête, et qu'il arrivait aussi, exceptionnellement, ce semble, que chacun des concurrents, au lieu de trois tragédies, n'en présentât que deux. On voit qu'au IVᵉ siècle les poètes cherchaient à s'affranchir de certaines traditions qui les gênaient, mais qu'ils n'y arrivaient qu'imparfaitement.

Heimsoeth est, je crois, le premier qui ait essayé sérieusement de se rendre compte de l'origine de la tétralogie. Voici comment il expliquait cette coutume dans un programme de l'université de Bonn [1]. Quand la tragédie n'était encore qu'un jeu lyrique, une suite de chants et de danses interrompue par les récits ou les discours d'un seul acteur, elle jouissait de toute la liberté de la poésie lyrique et sautait à son gré par-dessus les distances de temps et de lieu. Rien ne l'empêchait d'embrasser, comme l'épopée, une suite d'aventures plus ou moins liées les unes aux autres, en s'arrêtant plus particulièrement sur certains endroits, réservés à l'acteur unique, qui pouvait changer de costume et de rôle. En ajoutant un deuxième acteur et en faisant, comme dit Aristote, du dialogue le protagoniste de son poème, Eschyle organisa ce jeu rudimentaire, cette matière épico-lyrique, en trois corps de drames qui se tenaient, tout en ayant chacun son unité et son indépendance. Récemment, M. Maurice Croiset, sans connaître le travail du professeur de Bonn, a développé les mêmes vues, en précisant et creusant

1. F. Heimsoeth, *De tragœdiæ græcæ trilogiis commentatio*, Bonn, 1869.

davantage, dans un ingénieux article de la *Revue
des études grecques* [1]. De même que Heimsoeth,
M. Croiset s'aide de quelques lignes de la *Poétique*
d'Aristote : « La tragédie, dit le philosophe, s'efforce
autant que possible d'enfermer son action dans la
durée d'une révolution de soleil ou de ne la dépasser
que fort peu : l'épopée, au contraire, n'est pas
limitée par le temps, et par là elle diffère de la tragédie. Toutefois, dans les premiers temps, on faisait
à cet égard dans la tragédie comme dans l'épopée [2]. »
Il est vrai que ce texte ne dit pas expressément tout
ce que l'on prétend en tirer; certaines pièces conservées suffiraient à justifier l'assertion d'Aristote.
La première scène de l'*Agamemnon* d'Eschyle nous
transporte au moment de la chute de Troie, à la fin
de la nuit fatale; et bientôt nous voyons arriver le
roi victorieux, qui a, comme par enchantement,
partagé le butin, embarqué son armée et traversé
la mer Égée. Les actes de la tragédie des *Euménides*
sont aussi séparés par un long intervalle de temps,
pendant lequel Oreste a erré sur terre et sur mer,
poursuivi par les déesses vengeresses. Il doit être
permis cependant de se servir du passage de la
Poétique à l'appui d'une hypothèse séduisante et
assez vraisemblable en elle-même. M. de Wilamowitz suppose que le chœur tragique avait pris
l'habitude de changer quatre fois de costume et
préludait ainsi à la constitution de la tétralogie

1. M. Croiset, *De la tétralogie dans l'histoire de la tragédie
grecque. Revue des études grecques*, 1888, p. 369 et suiv.
2. Aristote, *Poétique*, chap. v.

créée par Eschyle. Ces vues se rapprochent de
celles des deux savants qui s'étaient occupés de la
même question ; ne nous arrêtons pas aux diver-
gences, puisque après tout, dans une matière aussi
obscure, il est impossible de préciser les détails;
prise dans son ensemble, dans ses traits généraux,
l'hypothèse est satisfaisante. Nous voyons un sujet
continu et illimité s'organiser d'abord en trois drames
distincts, mais liés. Nous voyons ensuite cette distinction, cette séparation des trois membres de la
trilogie, s'accuser davantage; puis enfin le lien qui
unissait les trois corps d'ouvrage se rompre tout à
fait. Les *Suppliantes* d'Eschyle ne sont guère que le
premier acte d'une action tragique qui n'aboutissait
à sa fin que dans la troisième pièce de la trilogie,
les *Danaïdes*. L'*Orestie*, que nous avons le bonheur
de posséder en entier, comme la *Thébaïde*, dont il ne
reste que la troisième tragédie, se compose de trois
drames connexes, il est vrai, mais séparés par de
longs intervalles de temps, comme par la diversité
des acteurs, et formant chacun un tout complet. La
séparation définitive de ces trois ou quatre éléments
est la règle des tétralogies dès le troisième tiers du
v⁰ siècle, et cependant elle avait eu des précédents
assez anciens. En effet, les *Perses* d'Eschyle ne
tenaient, quoi qu'on en ait dit, par aucun lien aux
deux tragédies qui les entouraient, et quand le
même poète fut, quelques années plus tard, cou-
ronné pour sa *Thébaïde*, l'un de ses concurrents
donnait aussi une trilogie, mais l'autre concourut
avec des drames non liés par le sujet. D'un autre

côté, la tradition de la trilogie liée ne se perdit pas
entièrement : plus tard encore il arriva plus d'une
fois, comme de raison, que les poëtes prissent les
sujets des trois tragédies dans le même cycle, de
manière qu'il y eût entre elles une certaine relation,
plutôt historique que poétique. Ces faits n'empê-
chent pas d'admettre, d'une manière générale, la
succession des diverses formes de la tétralogie,
comme nous venons de l'indiquer..

La *Poétique* d'Aristote nous apprend que Sophocle
ajouta le troisième acteur et la peinture des décors
(σκηνογραφία). On a longtemps cherché à éluder ce
texte, parce qu'on ne pouvait se résoudre à croire
qu'Eschyle se fût passé de décors peints pendant
la plus grande partie de sa carrière dramatique : il
faut, disait-on, entendre le mot de *scénographie* d'une
peinture perfectionnée, conforme aux lois de la
perspective. Cependant, en relisant sans prévention
plusieurs pièces d'Eschyle, on a fini par reconnaître
qu'elles pouvaient s'accorder avec l'interprétation
exacte du texte d'Aristote. Sans doute, l'*Orestie* suppose un palais peint sur le fond de la scène; mais
cette œuvre de la vieillesse du poëte fait, on le sait,
usage de trois acteurs, et ne fut jouée que lorsque
Sophocle avait déjà obtenu la réforme du règlement.
Dans les *Suppliantes*, le plus ancien, on ne saurait
en douter, des drames venus jusqu'à nous, et même
encore dans les *Sept contre Thèbes*, qui sont de l'an
467, il n'est question, en fait d'ornements de la
scène ou de l'orchestre, que d'images des dieux. Il
y avait quelques statues, point de peintures. Le

rocher sur lequel est attaché Prométhée et qu'une
trappe fait disparaître à la fin de la pièce ne faisait
évidemment point partie d'un tableau peint. Ce fait
peut contribuer à déterminer la date de cette tragédie. D'un côté, elle doit être postérieure, non seulement à l'éruption de l'Etna, à laquelle il est fait
allusion, mais aussi aux *Perses*. Nous savons, en
effet, qu'Eschyle donna en même temps que les
Perses, un drame satyrique où l'on voyait Prométhée
apportant le feu sur la terre. A en juger d'après les
procédés habituels à Eschyle, un drame satyrique
pareil aurait suivi la trilogie consacrée à la fable de
Prométhée, si cette trilogie avait été composée
auparavant. Aussi suis-je disposé à croire que cette
petite pièce plaisante suggéra à Eschyle l'idée de
traiter complètement et en grand le sujet auquel il
venait de toucher. Si cette conjecture est fondée,
la date du *Prométhée* doit être assez voisine de celle
des *Perses*, c'est-à-dire de 472. D'un autre côté on
cite du *Sphinx*, qui fut joué avec les *Sept contre
Thèbes*, deux vers [1] où se trouve mentionnée la couronne d'osier, lien symbolique dont se ceignit Prométhée après avoir été délivré de ses chaînes. Il est
très probable, comme le fait remarquer M. de Wilamowitz, que le poète se référait ici à sa propre trilogie. Le *Prométhée* se placerait donc entre les
Perses et les *Sept*.

Les *Perses* seuls faisaient difficulté, parce qu'on
se figurait que le fond de la scène y représentait le

1. Frag. 235, Nauck.

2

palais de Suse. La pièce elle-même, interrogée sans
prévention, nous apprend tout le contraire. La reine
arrive sur un char; Xerxès paraît avant que sa mère
ait eu le temps d'apporter le vêtement royal qu'elle
est allée chercher dans le palais. M. de Wilamowitz
en a conclu avec raison que les *Perses* n'exigeaient
pas non plus de décor peint. Mais ce critique est allé
plus loin encore, trop loin à notre gré. A l'entendre[1],
il n'y aurait pas eu, avant la réforme de Sophocle, de
scène proprement dite, mais seulement une estrade
au milieu de l'orchestre circulaire. Le chœur tragique aurait, comme le chœur du dithyrambe,
fait ses évolutions autour de ce centre; les spectateurs, placés tout autour de l'orchestre, auraient,
de leur propre mouvement, abandonné une partie
de l'amphithéâtre, pour ne pas voir les acteurs de
dos. Voilà qui est bien singulier. Il n'y avait pas
encore de décor peint, sans doute; mais cela n'empêchait pas qu'il existât une paroi unie au fond de
la scène; je crois même que le proscenium n'était
pas sans plafond. Dans le *Prométhée*, les Océanides
paraissent sur un char ailé, Océan arrive monté sur
un hippogriffe. Comment se figure-t-on ces personnages suspendus en l'air au milieu d'un espace
découvert? Ces machines supposent une paroi et
même, ce me semble, un plafond.

La question de savoir si l'estrade des acteurs se
trouvait au milieu ou au fond de l'orchestre est tout

---

1. Voir, outre l'ouvrage dont nous rendons compte, un
mémoire intitulé *Die Bühne des Aischylos*, dans *Hermes*, xxi
(1886), p. 597 et suiv.

à fait indépendante de celle qui concerne la date de
la construction permanente d'un théâtre en pierre.
En fouillant l'emplacement du théâtre de Dionysos,
sur le flanc de l'Acropole, M. Doerpfeld n'a trouvé
aucune trace d'une construction pareille qui fût
antérieure à l'édifice de Lycurgue[1]. On lit dans
Suidas qu'aux débuts d'Eschyle, vers l'an 500, les
sièges en bois des spectateurs s'étant écroulés,
les Athéniens décrétèrent l'érection d'un théâtre en
pierre; et c'est sur la foi d'une anecdote aussi mal
autorisée qu'on avait antidaté ce fait, en dépit des
textes les plus clairs. Pour n'en citer qu'un seul,
Aristophane[2] parle des échafaudages construits à
l'usage du public. On rusait avec ce témoignage,
on supposait que les Athéniens avaient continué
de se servir du mot ἴκρια, c'est-à-dire « plancher de
bois », pour désigner une construction en pierre.
Si l'on fait abstraction d'une anecdote sans valeur,
aucun texte ancien ne mentionne de théâtre en
pierre à Athènes avant Lycurgue. Aux passages
réunis par notre auteur on peut ajouter un mot de
Xénophon : dans la *Cyropédie*, il fait construire à
son héros des tours mobiles et légères, « dont les
poutres, dit-il, n'avaient pas plus d'épaisseur que
celles d'une scène dressée pour la tragédie[3] ». On
voit que, du temps de Xénophon, on avait encore

1. Voir Hermann-Mueller, *Handbuch der griechisch. Bühnen-
alterthümer*, p. 415.
2. *Thesmophores*, 395.
3. Xénophon, *Cyrop.*, VI, 1, 54 : "Ὥσπερ τραγικῆς σκηνῆς τῶν
ξύλων πάχος ἐχόντων.

l'habitude de dresser une construction en bois pour
les décors et pour les acteurs. La seule partie permanente et maçonnée du théâtre était donc l'orchestre
circulaire; mais, dès qu'il y eut des acteurs distincts des choreutes, on a dû couper un segment
du cercle pour dresser une estrade, dont le bord
antérieur formait la corde de ce segment, et au-
dessus de laquelle s'éleva bientôt une paroi, d'abord
unie, plus tard, entre les dates de 467 à 458, couverte de peintures. Par une erreur facile à expliquer, on s'était longtemps figuré le théâtre du
v⁰ siècle pareil à celui dont parlent Vitruve et
Pollux; mais tout n'a pas été créé en un jour : les
progrès essentiels de la tragédie se firent successivement dans le cours d'un siècle; les perfectionnements matériels mirent encore plus de temps à
s'accomplir.

Dans le même volume M. de Wilamowitz traite
de la vie d'Euripide, de l'histoire du texte des tragiques grecs dans l'antiquité et dans les temps
modernes, de la légende d'Hercule et de l'*Héraklès*
d'Euripide. Nous nous réservons de parler de la
plupart de ces sujets quand nous nous occuperons
de cette tragédie.

Pour ce qui est de la vie d'Euripide, contentons-
nous de toucher ici à un seul point. Le lecteur
voudra bien nous pardonner cette digression. La
tragédie d'Euripide diffère de celle de ses prédécesseurs, moins par la forme et la constitution matérielle du drame que par l'esprit. Il est donc intéres-

sant de connaître les rapports qui peuvent exister entre le poète et les penseurs contemporains. On croit généralement qu'Euripide commença par être disciple d'Anaxagore, et que, jeune encore, il vécut dans l'intimité du vieux philosophe. Après avoir autrefois contesté cette tradition, M. de Wilamowitz y revient aujourd'hui, au moment où M. Decharme la combat à son tour. Tout en admettant la vraisemblance de certains rapports de fréquentation et d'amitié, notre savant collègue, dans un intéressant article de la *Revue des études grecques* [1], se refuse à voir dans Euripide le disciple d'Anaxagore. D'après Denys d'Halicarnasse, la fable de Mélanippe n'aurait guère été pour Euripide qu'un prétexte pour exposer le système du philosophe de Clazomènes. L'héroïne du drame prononçait une longue tirade, dont nous n'avons plus que les premiers vers. En voici le sens : « A l'origine, le ciel et la terre, confondus ensemble, ne présentaient qu'un même aspect; quand ils se furent séparés l'un de l'autre, ils enfantèrent toutes choses et firent paraître au jour les arbres, les tribus ailées, les animaux qui peuplent la terre et la mer, et la race des hommes. » Est-il vrai que cette cosmogonie diffère essentiellement de celle du philosophe ionien? Nous ne le pensons pas. Le trait distinctif du système d'Anaxagore, c'est qu'il tira le monde, non de la combinaison des éléments primitifs, mais de leur séparation. D'après lui, l'ordre naît quand la confusion originelle se

1. 1889, 3ᵉ fascicule, p. 234 et suiv.

démêle. Cette idée est traduite d'une manière populaire dès le début de ce morceau; nous n'en avons
pas la suite, mais Denys le lisait en entier, et je ne
vois pas pourquoi nous récuserions son témoignage.
Mélanippe essaye de sauver ses enfants, fruits d'un
amour clandestin, qu'elle avait exposés et qui vont
être brûlés vifs, parce qu'on les a trouvés au milieu
des troupeaux et qu'on les prend pour des monstres
nés d'un taureau et d'une vache. Sans trahir son
secret, elle entreprend d'expliquer les lois de la
nature, afin de démontrer qu'il n'y a pas de pro-
diges. Cette thèse est tout à fait conforme à ce
que nous savons d'Anaxagore. Il enseignait que les
éclipses du soleil et de la lune avaient des causes
naturelles, et combattait la superstition qui y voyait
des signes effrayants. Un jour les bergers de Périclès viennent annoncer la naissance d'un bélier à
une corne; le devin Lampon interprète ce prodige comme le présage d'une révolution politique;
Anaxagore ouvre le crâne de la bête et fait voir que
le phénomène tient à une conformation particulière
du cerveau. Le récit que Plutarque[1] fait à ce sujet
vient évidemment des mémoires du temps; et
Anaxagore y raisonne absolument comme le personnage d'Euripide. La jeune femme déclarait que
cette sagesse n'était pas la sienne, mais lui venait
de sa mère, fille du centaure Chiron. C'était là,
d'après Denys, un tour indirect dont se servait le
poète pour rendre hommage à un maître ten-

1. *Vie de Périclès*, chap. vi.

drement aimé, et nous sommes tout disposé à en
croire Denys. C'est ainsi que le chœur, ou le coryphée, de l'*Alceste* attribue à l'un de ses parents (ἐμοί
τις ἦν ἐν γένει [1]) la fermeté d'âme dont Anaxagore
avait fait preuve dans une circonstance douloureuse. Est-ce à dire qu'Euripide doive être regardé
comme un adepte de la philosophie d'Anaxagore?
Il est clair, au contraire, que le poète n'est inféodé
à aucun système. Vivant dans un siècle de fermenta-
tion philosophique, il a subi toute sorte d'influences,
agité tous les problèmes, médité toutes les questions qui peuvent solliciter, tourmenter l'esprit des
hommes, sans prétendre en donner de solution définitive.

Arrivons à Socrate. Sa liaison avec Euripide était
généralement admise dans l'antiquité; les comiques
contemporains, Aristophane, Téléclide, se plaisaient
à faire du philosophe le collaborateur du poète; le
chœur des *Grenouilles* [2] explique la défaite d'Euripide
et les défauts de ses tragédies par son commerce
avec Socrate. M. de Wilamowitz nie ce commerce :
l'irréflexion seule, dit-il, peut croire à l'amitié entre
deux esprits aussi profondément différents. Socrate
passe sa vie dans les gymnases, Euripide aime la
solitude; Socrate fait parade de son ignorance,
Euripide vante la sagesse des sophistes; Socrate
soutient qu'il suffit de connaître le bien pour le faire,
Euripide est convaincu que les meilleures intentions
ne sauraient résister aux entraînements de la pas-

1. *Alceste*, 903.
2. Aristophane, *Gren.*, 1491 et suiv.

sion. Cela est vrai, mais cela prouve-t-il que le philosophe et le poète n'aient pu être liés, que tout ce
qu'on nous dit de leurs relations soit controuvé?
Deux hommes peuvent différer d'opinion sur beaucoup de points, et cependant prendre plaisir à con-
verser ensemble, surtout s'ils ont l'un et l'autre le
goût de la discussion, s'ils aiment à raisonner, à
tourner et retourner les idées pour les examiner de
tous les côtés. Du reste, si les vues de Socrate et
d'Euripide se séparaient souvent, elles se rencon-
traient aussi quelquefois. Les deux penseurs s'ac-
cordaient à condamner les égarements de l'amour,
qui étaient entrés dans les mœurs des Grecs; ils
voulaient que l'homme de bien se prît d'affection
pour les qualités morales de son jeune ami et s'ap-
pliquât à le rendre meilleur.

M. de Wilamowitz a signalé, lui aussi, une ressemblance d'Euripide avec Socrate : comme ce dernier, Euripide regarde en lui-même, observe ses
semblables, et l'étude de l'âme humaine l'occupe
au point qu'il n'est guère touché du spectacle de
la nature. Cependant les *Bacchantes* nous transportent dans les montagnes solitaires, on y respire
l'air des grands bois, on voit le chevreuil bondir
par les prés. Notre critique explique ce fait, suivant
lui tout exceptionnel, par la forte impression que
les sites de la Macédoine auraient faite sur le poète
fatigué de l'agitation de la grande ville. Ajoutons
que ces vives descriptions étaient exigées par le
sujet : il s'agissait de peindre les transports des
Ménades, ces extases qui les arrachaient au moi,

au sentiment de l'existence personnelle, pour les
plonger, les absorber, dans la grande vie de la
nature. Est-il vrai, du reste, que les *Bacchantes*
tranchent absolument à cet égard avec le reste du
théâtre d'Euripide? Nous ne le pensons pas. Qu'on
relise le beau chœur de l'*Hélène* (vers 1451 et suiv.)
qui débute par la peinture de la mer calme, quand,
dans le silence des vents, la rame du marin conduit le chœur des dauphins. Plus loin les oiseaux
voyageurs fuient les pluies de l'hiver, le conducteur
expérimenté vole de rang en rang, son sifflet leur
promet les plaines ensoleillées de la fertile Égypte,
et la bande aux longs cous s'élève dans les airs et
part à tire-d'aile, de compagnie avec les nuages.
Dans la monodie d'Ion, au commencement de la
pièce qui porte son nom, on voit les étoiles se réfugier dans le sein de la nuit quand le soleil dore les
cimes inaccessibles du Parnasse, puis on voit
accourir les cygnes, et les hirondelles voler autour
du temple d'Apollon. Rien de plus frais que le réveil
matinal de la nature, des animaux et des hommes,
dans le premier chœur du *Phaéton*. Un chœur d'*Iphigénie à Aulis* (vers 1036 et suiv.) dépeint le local des
noces de Pélée et de Thétis : le mont Pélion baigné
par la mer, ici les danses des Néréides sur le sable
brillant de la grève, là les Centaures qui sortent de
la forêt appuyés sur des troncs de sapin et couronnés de verdure. On lit dans un fragment de la
Danaé [1] : « J'aime la lumière du soleil; belles sont

---

1. Voir A. Nauck, *Tragicorum græcorum fragmenta*, frag. 318
d'Euripide.

les vagues de la mer agitée par un souffle léger; la terre, quand elle refleurit au printemps, et les eaux vives des rivières sont belles à voir... » Rappellerai-je le pré pur et intact où Hippolyte cueille des fleurs pour sa déesse virginale? Dans ce morceau exquis le sentiment moral se mêle au sentiment de la nature, mais ce dernier n'en est que plus vif, plus pénétrant, et Euripide montre en cet endroit, comme en beaucoup d'autres, qu'un grand poète, un poète complet, quelque occupé qu'il soit à retracer les passions des hommes et leurs tragiques consé-quences, n'en conserve pas moins l'âme ouverte au spectacle de la nature.

II

LA DRAMATURGIE D'ESCHYLE[1]

Les hommes se plaisent à prêter à l'objet de leur
amour ou de leur admiration toutes les perfections
de l'idéal qu'ils ont conçu. Il n'est guère possible
d'expliquer autrement les étranges illusions auxquelles le culte d'un grand poète entraîne actuellement en Allemagne beaucoup de littérateurs. Que
l'on appelle Eschyle le père de la tragédie, qu'on
le proclame un génie créateur d'une merveilleuse
puissance, qu'on lui accorde la hauteur des conceptions et la profondeur du sentiment religieux,
cela ne suffit pas aux Dronke, aux Herwig, aux
Finsler, aux Günther; ils se sont persuadé que le
théâtre d'Eschyle est l'école de la philosophie morale
la plus pure et la plus humaine, que le poète se proposa de combattre les croyances populaires qui
déshonoraient les dieux en leur prêtant des senti-

---

1. *Journal des Savants*, 1894, novembre et décembre, p. 651
et 730 et suiv. *Zur Dramaturgie des Æschylus, von P. Richter,
Oberlehrer am städtischen Johannesgymnasium zu Breslau.*
Leipzig, Teubner, 1892.

ments envieux et qui asservissent l'homme sous le joug d'une aveugle fatalité. Eschyle, à les entendre, enseigne un Dieu souverainement bon et la liberté absolue de l'homme dans ses résolutions et ses actions. On devine ce qu'il faut de subtilités et d'artifices pour soutenir une thèse aussi paradoxale : interprétations forcées, distinctions arbitraires entre les passages où le poète exprime ses propres idées et ceux où il est censé prêter à ses acteurs et à son chœur des erreurs populaires, raisonnements fondés sur la reconstruction toute conjecturale de tragédies perdues, enfin parti pris bien arrêté de fermer les yeux à l'évidence. L'auteur du livre que nous annonçons s'est impatienté d'entendre débiter de pareilles contre-vérités. La peine qu'il a prise de les réfuter, à propos, ce semble, en Allemagne, paraîtra inutile en France, où personne, que je sache, n'a donné dans ces excentricités; chez nous, il conviendrait plutôt de mettre les esprits en garde contre une opinion plus spécieuse, trop absolue cependant, qui veut qu'Eschyle présente toujours et partout nos actions comme les effets d'une fatalité inéluctable.

M. Richter estime avec raison qu'Eschyle est grand et original, moins par ses idées morales et religieuses, qui sont, après tout, celles de son pays et de son siècle, que par la mise en œuvre de ces idées, l'éclat dont les entoura son hardi lyrisme, le relief qu'il sut leur donner par ses inventions dramatiques. C'est au point de vue dramatique que M. Richter examine les sept tragédies conservées; très sincère et très indépendant dans ses jugements, s'il y trouve beaucoup à admirer, il y trouve aussi pas mal à critiquer. Nous partageons ses admirations; quant à ses critiques, nous avons à faire quelques réserves.

L'art dramatique fit des progrès après Eschyle, cela est incontestable. Mais on sait que dans les choses humaines il n'y a pas de progrès absolu; si nous gagnons d'un côté, nous perdons d'autre part; les individus, comme les sociétés, sont soumis à cette loi. Aussi Eschyle, quoique son art soit plus primitif, moins développé, a-t-il une certaine supériorité sur ses successeurs; et s'il leur est inférieur à beaucoup d'égards, encore n'est-il pas juste d'appliquer à ses drames la mesure d'un art à venir. Pour juger équitablement Eschyle, il convient d'oublier Sophocle et Euripide, d'accepter sans arrière-pensée ce qu'on peut appeler le système dramatique du vieux poète, de considérer ses tragédies comme appartenant à un genre particulier, et d'examiner si leur exécution remplit l'idée de ce genre. M. Richter reconnaît, avec tout le monde, le caractère éminemment lyrique de la tragédie d'Eschyle; mais, dans ses appréciations, il ne tient pas assez compte de ce caractère. Dans l'*Agamemnon*, Cassandre énonce ses visions d'abord en chants dochmiaques, et les reprend ensuite en vers de simple récitation. M. Richter estime que la seconde partie de la scène n'ajoute pas grand'chose de nouveau à ce que nous avait appris la première partie; il critique encore plus sévèrement les redites d'une scène analogue des *Choéphores*, celle des prières d'abord lyriques, puis iambiques, d'Oreste et d'Électre sur le tombeau

d'Agamemnon. Mais, si Eschyle est en faute,
Sophocle l'est-il moins, quand, dans une des premières scènes de son *Électre*, l'héroïne reproduit les
mêmes plaintes, ou peu s'en faut, sous deux formes
différentes? Ici, en effet, nous avons affaire à un
procédé qui n'est pas particulier à Eschyle, mais
commun à tout le théâtre antique. Gardons-nous
d'en juger par l'effet que produit une simple lecture. La tragédie moderne elle-même n'a tout son
prix qu'à la représentation; à plus forte raison cela
est-il vrai de la tragédie des anciens, dont certaines
parties ressemblent à des livrets d'opéra, disons
mieux, y ressembleraient si ces livrets étaient écrits
comme les chœurs d'*Athalie* ou ceux de la *Fiancée de
Messine*. Dans le cas particulier qui nous occupe, la
différence du mode d'interprétation est capitale, et,
pour le dire en passant, la plupart de nos traduc-
teurs français ont tort de ne pas avertir le lecteur
de cette différence. Chantés et dits, les mêmes sentiments, les mêmes idées changent de physionomie
et ne font pas double emploi. Cette diversité se sent
même encore aujourd'hui à la simple lecture : car
elle a laissé son empreinte sur le texte. D'un côté,
le sentiment éclate brusque, incohérent, énergique,
passionné; de l'autre côté, la pensée s'exprime avec
suite et précision, réfléchie et maîtresse d'elle-
même.

Ce n'est pas tout. Le lyrisme d'Eschyle n'est pas
confiné aux morceaux lyriques; il se fait sentir
jusque dans le dialogue et s'étend à toute la structure de son drame. Voilà ce que M. Richter mécon-

naît quand il déclare que le récit des privations
endurées au siège de Troie est sans portée pour la
marche de la tragédie d'*Agamemnon*, et que la description de la tempête essuyée par les Grecs victorieux, ainsi que la mention de Ménélas, est un
hors-d'œuvre qui se supprimerait avec avantage.
Les quatre scènes et les quatre chœurs qui ouvrent
cette grande tragédie ont cela de commun qu'à la
joie du triomphe se mêlent constamment de tristes
souvenirs et de sombres pressentiments. Le spectateur ne peut oublier un instant le refrain de la
prophétie de Calchas :

Αἴλινον, αἴλινον εἰπέ· τὸ δ'εὖ νικάτω.

La scène du veilleur « couché, comme un chien,
sur le toit des Atrides » n'a pas besoin de commentaire. Au milieu de ses plaintes, il voit briller le
signal de la chute de Troie. C'est la délivrance, c'est
le bonheur, c'est le retour du maître ; mais quel est
donc cet inquiétant mystère que les murs du palais
pourraient raconter et dont l'esclave n'ose parler
plus clairement ? Les scènes suivantes ressemblent à
cette première scène, non matériellement, mais par
le même contraste de la double impression qu'elles
laissent. Rien de plus magnifique que ces feux voyageurs qui portent en une nuit la grande nouvelle
d'île en île et de pays en pays, depuis Troie jusqu'à
Mycènes ; le conquérant qui a des messagers de feu
à son service apparaît dans une singulière grandeur.
Mais aussitôt la sagacité haineuse de Clytemnestre
devine que des excès sacrilèges commis dans la ville

prise pourraient exciter la colère des dieux et compromettre le retour des vainqueurs. Le Héraut, à son tour, exalte la victoire nationale, la gloire immortelle de l'armée et de son chef; mais il ne peut oublier les souffrances de la guerre et les compagnons d'armes qu'elle dévora; enfin il raconte, malgré lui et parce qu'on l'y force, la funeste tempête que les prévisions de Clytemnestre avaient annoncée et expliquée. Certes, il n'est pas inutile de faire connaître que le roi a perdu toute sa flotte sauf le vaisseau qui le porte lui-même, qu'il revient avec peu d'hommes et sans son frère. Dans l'*Odyssée*, quand Télémaque apprend la mort d'Agamemnon, sa première question est : « Où était donc Ménélas ? » ποῦ Μενέλαος ἔην; (III, 249.) Mais la description du désastre de la flotte sert surtout à produire le double effet dont nous parlons, et qui est porté au comble dans la scène suivante. Le vainqueur paraît enfin en personne; il proclame sa victoire avec une grandeur exempte de présomption; « sans toucher la terre du pied qui écrasa Ilion [1] », il entre en triomphateur « sur une route de pourpre [2] » dans le palais où l'attend une mort lamentable; les réticences sinistres de Clytemnestre, l'anxiété grandissante du chœur font trembler le spectateur. Quoi qu'en dise M. Richter, il n'y a rien à retrancher de cette suite de scènes et de chants où

1. Eschyle, *Agam.*, 906 :
Μὴ χαμαὶ τιθεὶς
τὸν σὸν πόδ', ὦναξ, Ἰλίου πορθήτορα.
2. Eschyle, *Agam.*, 910 :
Εὐθὺς γενέσθω πορφυρόστρωτος πόρος.

la note joyeuse et la note triste, le triomphe ostensible et l'horreur mystérieuse, se mêlent, se combattent, éclatent enfin dans un contraste de plus en plus saisissant.

Nous ne souscrivons pas non plus au jugement que M. Richter porte sur les scènes épisodiques introduites dans trois des sept pièces conservées d'Eschyle. Il reconnaît qu'elles sont d'une grande beauté et font honneur au poète qui les imagina, si on les considère en elles-mêmes; mais par rapport à l'ensemble du drame, il les estime vicieuses, parce qu'on pourrait, dit-il, les retrancher sans nuire aucunement au progrès de l'action. Sans doute, ces épisodes nous étonnent, nous déconcertent même au premier abord; mais leur fréquence indique qu'ils tiennent à une méthode de composition qui doit avoir sa raison d'être et qu'il ne faut pas se hâter de condamner parce qu'elle ne nous est pas familière. Commençons par la scène d'Io dans le *Prométhée*. Faut-il y voir un simple expédient, un moyen d'allonger une pièce trop maigre, trop dénuée d'incidents, mais qui marcherait parfaitement sans cet épisode? Nous ne le pensons pas. Tout le monde a remarqué que le langage et les sentiments de Prométhée ne sont pas les mêmes dans tout le cours de la pièce; il s'opère en lui un changement, dont les uns ont blâmé le poète comme d'une inconséquence, dont les autres l'ont loué comme d'un trait de vérité. Sans rien regretter de ce qu'il a fait, Prométhée souffre et se plaint; il avait prévu la vengeance de Zeus, mais il ne s'était pas attendu à un traitement

3

aussi cruel[1]; il s'effraye de la longueur d'un supplice qui doit durer des milliers d'années[2]; plus malheureux que les hommes, dont les souffrances finissent avec la fin de leur vie, il a, dit-il, le triste privilège de l'immortalité[3]. Tout à coup nous voyons le même Prométhée passer de la plainte à la confiance, et du découragement au défi. Les milliers d'années qui l'effrayaient tantôt ne lui apparaissent plus que comme un court instant[4]; les jours du nouveau règne sont comptés, à moins qu'il ne plaise à Prométhée de révéler le secret d'où dépend le sort de Zeus; mais il n'en fera rien, car le maître a beau le torturer, il ne peut le faire mourir[5]. Ce langage nouveau, cette fière attitude du Titan, amène le dénouement de la tragédie, l'aggravation de la peine de Prométhée, foudroyé et précipité avec son rocher dans les profondeurs souterraines. Après une exposition pleine de mouvement, cette tragédie étonnante, immobilisée avec son héros et clouée, pour ainsi dire, sur place, se termine plus dramatiquement encore qu'elle n'avait commencé. Si l'action fait enfin un pas, c'est que les propos tenus par Prométhée provoquent de nouvelles rigueurs, et s'il tient ces propos auxquels les scènes précédentes ne nous avaient pas préparés, c'est que son entretien avec Io a changé les dispo-

1. Eschyle, *Prom.*, 268-269.
2. *Ibid.*, 93-100.
3. *Ibid.*, 752-754.
4. *Ibid.*, 939-940.
5. *Ibid.*, 1043-1053.

sitions de son esprit. En voyant cette autre victime
de son ennemi, en lui révélant son avenir et l'avenir
de sa postérité, il lui a semblé voir le libérateur qui
doit sortir d'elle; plein de cette image, les siècles ne
comptent plus pour lui, il tient sa délivrance, il la
touche, et il se rit d'un maître dont 'la chute est
imminente. Au premier abord, la scène d'Io peut
sembler un hors-d'œuvre agréable; en y regardant
de plus près, on découvre que le poète a su lier
intimement cet épisode à l'ensemble de la pièce,
s'en servir comme d'un ressort pour faire marcher
l'action et amener le dénouement. Ce lien paraîtra
plus étroit encore si nous considérons toute la
trilogie. Io est l'aïeule d'Hercule; cette circonstance
rattache ce personnage à l'action par un lien qui,
n'en déplaise à M. Richter, n'est pas « tout exté-
rieur ». Aux yeux d'Eschyle l'aïeule porte déjà dans
son sein toute sa descendance future, comme le
présent est gros de l'avenir le plus éloigné; pour lui,
les enfants sont la continuation des parents; il est
peintre des races plutôt que des individus, il montre
l'arbre plutôt que les branches.

Que faut-il penser du rôle de l'ombre de Darius
dans les *Perses*? Notre critique reconnaît qu'elle dut
faire de l'effet au théâtre, que, grâce à cette ingénieuse invention, le poète put mentionner la victoire
de Platées, exprimer des considérations d'une morale
élevée, rendre enfin la scène finale plus poignante
par contraste. Mais tout est là. Otez la scène de
l'ombre, vous ne laisserez pas d'apprendre, par le
récit du Messager et par les réflexions du chœur, que

les Perses ont subi une grave défaite, que leur
empire, tantôt si puissant, menace ruine; mais cela
ne suffit pas pour produire un grand effet dramatique. Eschyle fait sortir du tombeau le roi sage,
heureux dans toutes ses entreprises, vénéré comme
un dieu; il idéalise la grande figure de Darius aux
dépens de l'exactitude historique, sans toutefois en
altérer les traits essentiels. Sa baguette magique
évoque ainsi le passé, fait voir aux yeux une puissance et une gloire qui ne reviendront pas, pour y
opposer, dans la personne du roi malheureux et
avili, le spectacle de la décadence actuelle de
l'empire. On a beau dire que cet acte purement
épisodique pourrait s'enlever sans compromettre la
suite de l'action; sans doute, l'action se suivrait
encore, mais le drame n'aurait plus ni force ni
vertu : on aurait supprimé, non un accessoire heureux, mais la pièce maîtresse de l'ouvrage.

A la différence de Darius et d'Io, le personnage de
Cassandre fut légué à Eschyle par les poètes antérieurs : il figure déjà dans un des récits homériques
de la mort d'Agamemnon. Cependant c'est grâce à
Eschyle que Cassandre vit dans toutes les imaginations; les scènes où elle paraît ne manquent leur
effet sur aucun lecteur et sont consacrées par
l'admiration universelle. M. Ritcher n'a garde de
contredire à cette admiration; il est, lui aussi, sous
le charme, et comment ne le serait-il pas? Il fait
toutefois des réserves. Ces scènes, dit-il, sont purement épisodiques : nullement amenées par les scènes
qui précèdent, nullement nécessaires pour l'intelli-

gence des scènes suivantes, elles peuvent être complètement éliminées sans que l'enchaînement de
l'action en subisse la moindre atteinte. Soit, l'action
se suivrait et se comprendrait sans Cassandre, mais
l'enchaînement de l'action est-il donc la seule chose
à considérer dans une œuvre dramatique? Cet
enchaînement serait parfait, que l'œuvre nous lais-
serait froids si le point culminant de l'action, si la
catastrophe n'était pas présentée avec force. Qui ne
voit que le rôle, réputé épisodique, de Cassandre
produit cet effet et donne à la tragédie sa suprême
beauté? Agamemnon n'est pas tué sur la scène, on
entendra ses cris, on verra la meurtrière, l'épée à la
main, entre ses deux victimes : c'est quelque chose,
ce n'est pas assez. Nous n'aurons point de récit,
mais le poète nous donne mieux qu'une narration
après le fait accompli. Les visions de Cassandre
nous font assister aux préparatifs du meurtre, nous
les suivons à mesure qu'ils s'accomplissent : « le
bain assassin », « le filet infernal », « une main, une
autre main, qui s'avancent avidement », toutes les
images qui se présentent à l'esprit de la voyante,
nous les voyons avec elle, comme si les murs du
palais devenaient transparents. Ce n'est pas tout :
nous voyons même (ce que nos yeux n'auraient pu
apercevoir) les témoins invisibles de cette scène, les
fantômes des enfants offerts en régal à leur père, la
troupe des Furies qui hante cette demeure et qui s'y
abreuve depuis le premier crime, origine d'une série
de crimes semblables. Quel récit peut se comparer
à ces révélations anticipées, faites par une victime

de la catastrophe imminente? Nous frémissons
d'avance de ce qui va s'accomplir et nous sommes
touchés du sort de la jeune femme qui marche au-
devant d'une mort prévue. Notre imagination, nos
oreilles, nos yeux, sont tour à tour frappés de l'évé-
nement tragique, tout notre être en est pénétré;
qu'on ne vienne pas nous dire que les scènes qui
produisent ces merveilleux effets sont un hors-
d'œuvre inutile à la marche de l'action. Ajoutons
qu'elles forment un lien entre la première pièce de
la trilogie et les pièces suivantes; elles annoncent la
vengeance inévitable, plus horrible encore que le
crime; elles révèlent la présence mystérieuse des
vrais acteurs de la trilogie, ces Furies, qui sortiront
du palais à la fin des *Choéphores*, visibles seulement
pour le malheureux Oreste, et paraîtront à tous les
yeux dans le troisième drame plein de leurs chants
terrifiants et de leurs danses sinistres [1].

1. [En relisant l'*Egmont* de Goethe, j'y trouve un passage d'un
grand effet dramatique, que j'ose rapprocher de l'admirable
scène de l'*Agamemnon*. Il ne s'agit pas d'une ressemblance
matérielle, mais d'une certaine analogie générale, qui montre
comment on peut quelquefois, sans le secours du merveilleux,
par l'heureux emploi des circonstances les plus vulgaires,
obtenir l'effet du merveilleux. Le duc d'Albe, qui balançait un
instant sur le parti à prendre, voit, en s'approchant de la
croisée, Egmont qui entre dans la cour du palais. « C'est lui!
s'écrie-t-il. Egmont! ton cheval te fit-il franchir ce seuil d'un
pas si léger? Il ne recula pas d'effroi à l'odeur de sang, ni
devant le glaive nu du fantôme qui te reçoit à la porte! —
Descends. — Maintenant tu as un pied dans la tombe! et
maintenant l'un et l'autre. Tu sembles le remercier de l'avoir
si courageusement servi. Eh! passe la main sur sa crinière et
flatte ton coursier pour la dernière fois. » La description des
mouvements d'Egmont, si simples en eux-mêmes, prend quelque
chose de sinistre dans la bouche du duc d'Albe. Il décrit ce

En revanche, il est difficile de ne pas donner raison à M. Richter pour d'autres critiques, qui s'adressent aux admirateurs inconsidérés du poète encore plus qu'au poète lui-même. En effet, on affirme un peu légèrement que tous les drames et toutes les trilogies d'Eschyle tirent une merveilleuse unité d'une idée maîtresse qui les domine. Cela est vrai de la *Thébaïde*, où la faute de l'aïeul fait succomber trois générations maudites sous la même fatalité héréditaire. Peut-on en dire autant de l'*Orestie*? Sans doute, Cassandre signale l'horrible vengeance d'Atrée comme la première faute (πρώταρχον ἄτην [1]) qui engendra une longue postérité de violences et de crimes, et à la fin des *Chéophores* le chœur insistera sur cette idée. Mais Égisthe, le fils et le vengeur de Thyeste, n'est qu'un personnage secondaire chez Eschyle; Clytemnestre tue son époux pour venger le sacrifice d'Iphigénie; ce sacrifice, et non la querelle d'Atrée et de Thyeste, est la cause première du parricide qui fait le sujet de la trilogie. On ne peut contester qu'il n'y ait là une duplicité de motifs qui peut choquer les esprits logiques. Le poète semble s'en être aperçu lui-même. Sa Clytemnestre invoque, pour se justifier, la mort lamentable de sa fille [2]; un instant, toutefois [3], elle prétend que

qu'il voit, il décrit aussi les visions qui se présentent à son esprit exalté dans un moment si décisif. Il est prophète, mais naturellement : il prévoit ce qu'il a résolu en lui-même d'accomplir.]

1. *Agamemnon*, 1192.
2. *Ibid.*, 1415-1418, 1523-1529, 1555-1559.
3. *Ibid.*, 1497-1504.

l'Alastor aurait pris ses traits pour immoler le fils
d'Atrée aux enfants de Thyeste, et le chœur, sans
admettre cette fiction, admet le concours du démon.
C'est un essai de concilier deux causes distinctes.
Hâtons-nous d'ajouter que cette duplicité était
imposée au poète. Les éléments divers dont la tradition s'était peu à peu enrichie en avaient fait un
ensemble complexe qu'il fallait accepter tel quel.
Dans les premiers livres de l'*Odyssée* [1], l'histoire n'a
rien de tragique : l'infidélité de Clytemnestre s'explique par la durée de la guerre et le long veuvage
que l'absence des princes imposait à leurs femmes.
Longtemps irréprochable, elle finit par prêter
l'oreille aux propos du séducteur. C'est ce dernier
qui agit seul : à lui s'adressent les avertissements
de Zeus; par son ordre un esclave épie le retour du
roi; c'est lui qui va au-devant d'Agamemnon, lui offre
l'hospitalité dans son palais, et pendant le repas le
fait égorger, lui et les siens, par des hommes armés
qu'il a mis en embuscade. Clytemnestre est passive,
aussi n'est-elle pas tuée par Oreste : car le vers où
sa mort est mentionnée [2] et qui, au témoignage du
scholiaste, manquait dans plusieurs exemplaires,
fait disparate dans le contexte, et ne peut s'expliquer que par l'interpolation tardive d'un rapsode,
habitué à la modification de la fable qui nous est
devenue familière. Des traditions péloponésiennes,
qui ne sont peut-être pas plus récentes que les

1. Homère, *Od.*, I, 35-42; II, 262-311; IV, 511-537.
2. *Ibid.*, III, 310.

poèmes homériques, mais qui furent accueillies plus tard par les poètes épiques, parlaient des crimes commis dans la maison des Pélopides et relevaient le rôle d'Égisthe en lui donnant un père et des frères à venger. Clytemnestre aussi sortit de son effacement. Déjà dans le onzième livre de l'*Odyssée*, elle paraît dans la salle du festin, où elle a sa victime à elle, Cassandre, sa rivale [1]. Quand Iphigénie, la victime offerte à Artémis dans certains cultes grecs, devint fille d'Agamemnon, Clytemnestre grandit encore : de femme faible ou jalouse, elle devint une mère outragée, elle eut une fille à venger. Dans Eschyle, l'évolution de la fable est accomplie. Clytemnestre prime Égisthe, elle est au premier rang, elle conduit tout. Homère décrivait une bataille; Agamemnon périt avec tous ses compagnons après une défense acharnée, tous les guerriers d'Égisthe ont succombé aussi, le sol fume de sang. A ce combat tout épique s'est substitué un conflit tout différent, le duel tragique entre l'époux et l'épouse. Cependant les anciennes formes de la fable ont laissé des traces. En saluant Agamemnon, Clytemnestre rappelle les tristesses d'un long veuvage [2], et, en face du vengeur, elle les allègue pour excuser l'adultère [3]. Ce sont là des souvenirs fugitifs de la première version. Cassandre, cette rivale introduite au foyer conjugal, provoque la jalousie de Clytemnestre et fournit à sa haine un motif secondaire.

1. Homère, *Od.*, XI, 422.
2. *Agam.*, 861-862.
3. *Choéph.*, 920.

Mais la querelle d'Atrée et de Thyeste lui est étrangère et ne peut agir sur elle; cependant cette querelle pèse sur la destinée d'Agamemnon, le crime du
père voue le fils à la mort. Autrefois, Égisthe, le
vengeur de ce crime, paraissait au premier plan;
Eschyle l'a rejeté dans l'ombre, tout en insistant
sur ce crime et ses conséquences fatales. On ne
saurait nier qu'il n'y ait là un inconvénient; mais on
ne voit pas comment le poète aurait pu l'éviter, lié
qu'il était par la tradition.

M. Richter regrette qu'Eschyle, en flétrissant le
sacrifice d'Iphigénie comme un acte de criminelle
démence, ait, dès le début du drame, rendu son
héros odieux, indigne de sympathie. Il est vrai que
le grief de Clytemnestre prend d'autant plus de
gravité qu'il est exposé, non par l'épouse infidèle,
mais par les vieillards d'Argos, et qu'il l'est dans un
admirable morceau lyrique plein de traits touchants
et de protestations indignées, au point que Lucrèce
n'a eu qu'à traduire les vers les plus saillants pour
accuser les méfaits de la religion. Afin de bien comprendre Eschyle, il faut oublier l'*Iphigénie à Aulis*
d'Euripide et la modification de la fable que cette
tragédie a définitivement consacrée. Anciennement
Agamemnon ne se voilait pas la face et ne versait
pas de larmes pendant le sacrifice de sa fille, il était
lui-même son bourreau, « il souillait ses mains
paternelles d'un sang virginal », μιαίνων παρθενο-
σφάγοισιν ῥείθροις πατρῴους χέρας [1] : Euripide lui-même,

1. *Agam.*, 209.

dans son *Iphigénie à Tauris*, suivait encore cette barbare version de la fable [1]. Qu'elle révoltât Eschyle,
cela n'a pas lieu de nous étonner. Jugerons-nous,
avec M. Richter, que le poète s'est laissé emporter
par un sentiment moral, très respectable en lui-
même, mais de nature à compromettre l'effet de la
tragédie? Quoi qu'il en soit, Eschyle a fait ce qu'il
voulait faire. Il ne s'est point appliqué à ménager
son héros : à plusieurs reprises il lui reproche, par
l'organe de son chœur, d'avoir, pour une femme [2],
déchaîné les maux de la guerre, fait mourir tant
d'hommes vaillants; il nous fait entendre les sourdes
imprécations du peuple qui s'amassent sur la tête
du prince ambitieux [3]. Le temps n'est plus où la
beauté d'Hélène excusait tout et ensorcelait jusqu'aux barbons de Troie (et cependant le malin
aède donné à un de ces vieillards le nom significatif
d'Oukalégon, c'est-à-dire *Pococurante*) : le vieux
Sémonide d'Amorgos détestait déjà cette beauté
fatale [4], et Eschyle partage ce sentiment.

Les causes de la catastrophe sont donc multiples,
le crime d'un père a fatalement voué la tête d'Agamemnon à une mort lamentable, mais cette tête
n'est pas innocente : le sang d'une fille immolée, le
sang d'innombrables victimes de son ambition, crie
contre le rejeton d'une race grande dans ses des-

1. Euripide, *Iph. Taur.*, 360.
2. *Agam.*, 225, 448, 800. On peut s'étonner de retrouver les
mots γυναικὸς εἵνεκα dans la bouche d'Agamemnon (v. 823).
3. *Agam.*, 437-474.
4. Sémonide, fr. VII, 115-119.

seins et violente dans ses passions. Le fils d'Atrée
est très coupable : le poëte est trop sincère pour
dissimuler ou pallier ses fautes; en revanche, il lui
a prêté la noblesse, la hauteur des sentiments, il l'a
entouré de l'éclat d'une victoire nationale, du respect
de ses sujets, de l'affection de ses serviteurs.

Eschyle est un esprit méditatif; il n'ignore pas
que les choses humaines sont complexes et que les
événements procèdent de causes multiples. Cette
perspicacité se marque dans les *Perses*, aussi bien
que dans l'*Agamemnon*. D'où vient l'échec de cette
grande armée, qui semblait aussi irrésistible que les
flots de la mer [1]? Les dieux ont puni l'impiété du
despote; à son orgueil, qui s'égalait à eux, en
méconnaissant les limites posées à la nature
humaine, ils ont tendu un piège où l'attiraient ses
désirs immodérés. Voilà la haute leçon qui se dégage
du drame et que le poëte répète avec insistance.
Cependant d'autres causes ont concouru au désastre
des envahisseurs. Leur trop grand nombre leur a
été funeste, le pays ne pouvait nourrir cette foule,
et la terre qu'ils voulaient conquérir les a tués
par la faim : κτείνουσα λιμῷ τοὺς ὑπερπόλλους ἄγαν [2].
L'Hellade est rebelle au joug dont l'Asie s'enor-
gueillit; l'imprudent qui tenta de les atteler au
même char l'apprit à ses dépens : une poignée
d'hommes libres et fiers de leur indépendance
l'emporta sur l'immense troupeau d'hommes lancé

1. *Perses*, 794.
2. *Ibid.*, 181-199 et 241-245.

sur leur pays par le Grand Roi. Hérodote, lecteur
assidu des *Perses*, n'a fait que reprendre ces vues
en les développant, et son Xerxès, comme l'Atossa
du poète, est incapable de comprendre qu'il n'est
pas besoin de craindre le fouet du maître pour tenir
ferme en face de l'ennemi [1].

D'un autre côté, Eschyle ne s'arrête guère aux
causes prochaines des événements. Il procède à la
façon des prophètes. Au milieu d'un festin, une
main invisible inscrit sur les parois de la salle des
paroles fatidiques : le roi a été pesé et trouvé trop
léger. Dans la même nuit, Balthasar est tué par ses
serviteurs, et le Mède entre dans Babylone. Comment le vainqueur prit-il la ville? après quelle
bataille? au moyen de quels stratagèmes, de quelles
intelligences? L'écrivain biblique ne daigne pas
nous l'apprendre, et il ne nous en émeut que plus
fortement. Nous avons une autre tournure d'esprit;
devenus raisonneurs, une méthode aussi simple et
large nous étonne, surtout dans un ouvrage dramatique. Il faut cependant l'accepter et savoir s'y
plaire, si on veut être équitable pour le vieil Eschyle.
M. Richter s'impatiente d'entendre, dans les *Choéphores*, les longues prières sur le tombeau d'Agamemnon; il trouve que l'action languit, qu'elle ne
fait un pas que lorsque Oreste expose brièvement
son plan et donne quelques instructions. Cette critique est juste à notre point de vue. Mais pour le
poète, l'action des puissances invisibles est tout ou

1. Hérodote, VII, 103.

presque tout; les combinaisons imaginées par les hommes ne sont que secondaires. L'essentiel est de s'assurer l'appui de l'ombre d'Agamemnon. Or le cadavre du roi a été mutilé, son tombeau a été négligé, nulle offrande n'est venue ranimer ses énergies, le réveiller de son sommeil. Maintenant une voix amie voudrait pénétrer dans les profondeurs de la terre pour réveiller son ombre, et le sommeil des morts est lourd. Après les libations, il faut des prières, des lamentations, longues, redoublées, il faut exciter la colère du mort en lui rappelant les outrages que lui infligèrent les meurtriers, il faut lui dire que la cause de ses enfants est la sienne; il faut l'évoquer, afin qu'il combatte avec ses vengeurs. L'ombre d'Agamemnon préside à l'action, la dirige, la mène à bonne fin. Tout ce que fait Clytemnestre tourne contre elle. Par un raffinement de méchanceté, elle veut que l'esclave la plus attachée à Oreste, la vieille nourrice, porte la nouvelle de sa mort à Égisthe absent; averti par le chœur, la nourrice s'acquittera de ce message de manière à favoriser les projets du vengeur. Clytemnestre ordonne que les étrangers porteurs de la triste nouvelle soient bien reçus dans le palais, et c'est la sœur d'Oreste qu'elle charge de ce soin, en la rendant responsable de la stricte exécution de ses ordres : αἰνῶ δὲ πράσσειν ὡς ὑπευθύνῳ τάδε [1]. Électre

---

1. *Choéph.*, 715. Ce vers ne s'explique bien que s'il est adressé à Électre. Les vers 691-699 conviennent beaucoup mieux à cette dernière qu'à Clytemnestre. Aussi suis-je revenu, dans mon édition du texte d'Eschyle, à l'ancienne attribution, aban-

pourra ainsi être près d'Oreste et se concerter avec lui sans éveiller de soupçons. On voit bien que, si les hommes agissent, des acteurs invisibles veillent à l'accomplissement des entreprises humaines.

Nous venons de dire que les hommes agissent, cela est-il exact? On n'agit vraiment que lorsqu'on a la pleine liberté de ses résolutions. Or le fils d'Agamemnon a la main forcée, le rôle de justicier lui est imposé par le droit d'un siècle barbare, par l'ordre exprès d'un dieu, il est poussé au parricide par des mobiles qui ne sont pas en lui, mais en dehors de lui. Il a beau hésiter, quand sa mère suppliante lui montre le sein qui l'a nourri; par la bouche de Pylade, le dieu lui commande d'être inexorable. Il frappe; et bientôt l'horreur d'un acte dont il a été l'instrument plutôt que l'auteur le saisit, trouble son esprit, le livre aux furies vengeresses. Certes, cet Oreste est un personnage tragique et digne de pitié; cependant il est incontestable qu'aujourd'hui nous demandons autre chose à une tragédie, nous voulons que le poète nous montre l'âme du héros, ses luttes, ses déchirements, et c'est ce qu'Eschyle n'a pas fait. Aussi notre critique, qui est très moderne et qui a le courage de son opinion, estime-t-il que, malgré quelques scènes saisissantes, il n'était guère possible de traiter un grand sujet d'une manière plus incomplète, plus superficielle : *Es war kaum möglich den gewaltigen Stoff einseitiger*

---

donnée par Hermann et la plupart des éditeurs. L'objection tirée des vers 553 et 570 n'est pas décisive.

und äusserlicher zu behandeln. Il faut en prendre son
parti et, pour goûter Eschyle, se faire l'esprit
antique et très antique. La psychologie viendra plus
tard, elle est encore remplacée ou, si l'on veut,
enveloppée par la mythologie; ce qui se passe dans
le cœur de l'homme est projeté en dehors de lui, les
conflits intérieurs prennent corps et figure, apparaissent sous la forme d'un drame visible. Cette
conception n'est pas personnelle à Eschyle et ne lui
constitue pas une originalité; son mérite à lui, c'est
d'avoir réalisé sur la scène des êtres qui n'existaient
que dans l'imagination des hommes et que l'art
des sculpteurs et des peintres n'avait encore repré-
sentés que très imparfaitement; d'avoir compris
quel masque, quels mouvements, quels gestes, quel
langage, il fallait leur prêter. Nous concevons
autrement les actions humaines. Faut-il regretter
que la conception d'Eschyle diffère de la nôtre? Je
m'en félicite au contraire, et je prends un extrême
plaisir à lire des drames qui ne ressemblent pas à
ceux d'aujourd'hui et qui sont, cependant, des
chefs-d'œuvre en leur genre.

Faut-il croire que la conception mythologique,
dont nous venons de parler, se dément une seule
fois dans Eschyle? A la fin des *Choéphores*, Oreste
est pourchassé par les Furies. Cependant le chœur
ne les aperçoit pas, ni le spectateur non plus. Otfried
Müller, qui soutenait le contraire, était certainement dans l'erreur. Les premières scènes des *Euménides*, qui préparent l'apparition des terribles déesses,
n'auraient pas de sens si le spectateur les avait déjà

vues. Cependant Otfried Müller contestait avec raison l'opinion reproduite par M. Richter, que les
Furies n'existent d'abord que dans l'imagination
d'Oreste, ne sont que l'expression de ses remords.
Euripide mettra sur la scène un Oreste malade et
halluciné, nous n'en sommes pas encore là. Sans
doute, l'esprit d'Oreste s'est troublé, il sent les premières atteintes de la démence, souillé qu'il est du
sang d'une mère. Les cérémonies lustrales accom-
plies à Delphes, en même temps qu'elles laveront la
souillure contagieuse qui l'exclut du commerce des
hommes, rendront le calme à son esprit, mais ne le
délivreront pas de la poursuite des Furies. Cette
poursuite est réelle dès l'abord ; l'extase des aliénés,
comme celle des prophètes, a le privilège de voir ce
qui échappe aux yeux du commun. Dans les *Euménides*, l'ombre de Clytemnestre est visible pour le
public ; néanmoins, M. Richter, peu conséquent
avec lui-même, ne croit pas à la réalité de cette
ombre ; cette apparition, suivant lui, ne fait que
symboliser les pensées qui tourmentent les Furies
pendant leur sommeil. C'est là méconnaître encore
les idées des anciens. Pour nous, les visions du rêve
ne sont qu'illusion : aux yeux d'Eschyle et de ses
contemporains, ajoutons, de plus d'un philosophe
grec, elles étaient très réelles. « L'esprit voit clair
pendant le sommeil, »

Εὕδουσα γὰρ φρὴν ὄμμασιν λαμπρύνεται[1].

Le nuage qui cachait à nos yeux les acteurs divins

1. *Eumén.*, 104.

se dissipe; ils se montrent, ils remplissent la scène et l'orchestre. Comme de raison, l'acteur mortel est purement passif; sa destinée est en jeu, mais elle dépend uniquement de l'issue de la querelle des dieux. Avec leur consentement, la cause d'Oreste est portée devant le premier tribunal institué pour connaître de l'homicide et grâce auquel se trouve rempli le vœu : « Puisse le vieux meurtre ne plus enfanter dans les maisons! » γέρων φόνος μηκέτ᾽ ἐν δόμοις τέκοι[1]. Le cas du fils parricide par piété filiale est tel, que la justice ne peut ni l'absoudre ni le condamner, les voix des juges se partagent également, et la clémence l'emporte. Si ce résultat est satisfaisant, les débats judiciaires ne répondent pas à l'attente du lecteur moderne et ont été l'objet de critiques presque unanimes. On regrette de ne pas trouver des considérations morales d'un ordre élevé. Au lieu de dicter à Eschyle ce qu'il aurait dû dire, voyons ce qu'il a dit. Les Furies établissent avec force et insistance, sans phrase, comme cela leur convient, que le meurtre d'une mère est un crime sans excuse possible. Apollon répond qu'Oreste agit par son commandement, et que ce commandement, comme tous les oracles rendus par lui, était dicté par Zeus lui-même. N'est-ce pas là le grand argument, la considération décisive qui, à elle seule, doit empêcher qu'Oreste soit condamné? Le dieu ajoute : « Je vous convie à respecter la volonté de mon père : le serment n'a pas plus de force que Zeus, »

1. *Choéph.*, 805.

Ὄρκος γὰρ οὔτι Ζηνὸς ἰσχύει πλέον [1].

« Coupable attentat à l'intégrité des juges! » s'écrie M. Richter. Voilà de bien gros mots, et encore à propos d'un vers mal interprété. On croit généralement qu'Apollon engage les juges à violer leur serment pour se conformer à l'avis de Zeus. Cette prétention est si loin de la pensée d'Apollon qu'un peu plus tard, au moment où les juges vont voter, il les exhorte à respecter leur serment : ἐν δὲ καρδία, ψῆφον φέροντες, ὅρκον αἰδεῖσθε, ξένοι [2]. En effet, le serment n'interdit pas aux juges de tenir compte des arguments de la défense; ils doivent écouter les deux parties, peser les raisons qu'elles allèguent, et prononcer en leur âme et conscience. Aussi, dans le vers cité ci-dessus, le mot ὅρκος ne vise-t-il pas le serment des juges. Heureusement, Eschyle est ici son propre commentateur. Apollon a déclaré plus haut que l'union de l'homme et de la femme est plus forte que le serment, ὅρκου 'στὶ μείζων [3], c'est-à-dire que les liens du mariage sont plus étroits que l'obligation contractée par un serment. De même, il dit ici que la volonté de Zeus oblige les hommes autant que la foi jurée.

Passons aux arguments secondaires. D'abord, comparaison d'Agamemnon et de Clytemnestre. La vie d'une femme ne pèse pas autant que celle d'un homme (c'est la doctrine généralement admise alors),

1. *Eumén.*, 621.
2. *Ibid.*, 680.
3. *Ibid.*, 218.

surtout si cet homme est un grand roi, qui tient le sceptre de Zeus même, un grand capitaine victorieux, et s'il a été assassiné par trahison, de la manière la plus ignominieuse. Mais si Clytemnestre a mérité la mort, était-il permis à son propre fils de venger sur elle la mort d'un père? Oui, répond Apollon : car le père est le générateur, le véritable auteur de la vie de l'enfant; la mère ne fait que conserver et nourrir le germe qu'elle a reçu. Cet argument nous paraît étrange; mais Euripide n'a pas dédaigné de le reproduire[1]. Il répond à une théorie soutenue par Anaxagore et d'autres philosophes grecs[2] et à l'opinion antique de la prééminence de l'homme sur la femme. Il pouvait donc être invoqué par l'avocat d'Oreste. Ce qu'il a de trop physiologique est corrigé par la preuve visible de sa justesse. Pallas Athéné, ici présente, est fille de Zeus, elle n'a pas eu de mère, et aucune déesse n'enfantera jamais sa pareille. La démonstration nous fait sourire; elle était sans réplique pour un Athénien qui croyait à la déesse de l'Acropole et à la fable de sa naissance.

C'est manquer au vieux poète, non seulement de respect, mais d'équité, que de traiter ces arguments de sophismes, imités du barreau d'Athènes et destinés à amuser les spectateurs. Ils sont faits pour balancer les arguments qu'invoquent les Furies, sans les détruire cependant. La sainteté des liens

1. Euripide, *Oreste*, 552-54.
2. Cf. Aristote, *De anim. gener.*, IV, 1. Diodore (I, 80) attribue la même doctrine aux Égyptiens.

qui unissent l'enfant à la mère n'est pas méconnue, les voix des juges se partagent. Ce résultat profite à l'accusé, et l'on peut remarquer que le poëte a préparé de longue main cette issue du conflit. Dans la première pièce, le meurtre d'Agamemnon est tramé dans l'ombre; c'est un odieux attentat, dont les auteurs redoutent le grand jour; il est hautement condamné par les vieillards d'Argos, qui appellent de leurs vœux le châtiment des meurtriers. Dans la seconde pièce, les exécuteurs de ce châtiment se concertent à la face du ciel, ils implorent le secours des dieux de l'Olympe et des dieux souterrains, et ils l'obtiennent : enfin les vœux du chœur accompagnent le justicier fugitif. Il existe d'ailleurs une grande ressemblance entre les deux drames. Les meurtriers d'Agamemnon ont vaincu par la ruse, c'est par la ruse qu'ils périssent[1]. Le crime a été impie, horrible, horrible et impie est la vengeance[2]; au spectacle de l'épouse coupable entre ses deux victimes, répond le spectacle de deux victimes qui entourent le fils parricide. Ces ressemblances rendent encore plus frappant le contraste que nous venons de signaler, et qui contribue à faire pressentir et souhaiter l'acquittement d'Oreste.

Disons en passant un mot des difficultés chronologiques que soulève l'examen des *Euménides*. En instituant le tribunal de l'Aréopage, « conseil incorruptible, vénérable, irascible gardien qui doit veiller

---

1. Voir *Choéph.*, 556-557.
2. Voir *ibid.*, 930.

sur le sommeil des citoyens », la déesse avertit les
Athéniens de ne pas déchaîner les passions par de
dangereuses innovations. Or la trilogie fut jouée
en 458, trois ou quatre ans après la réforme
d'Ephialte qui priva l'Aréopage de ses prérogatives
politiques. La date de cette réforme est donnée par
Diodore et, plus exactement, par Aristote dans
l'Ἀθηναίων πολιτεία[1]. Les grands avertissements placés
dans la bouche de Pallas seraient-ils donc, non un
conseil, mais une protestation? On ne peut croire
qu'Eschyle ait irrité le parti qui venait de l'emporter,
la majorité de son public, gratuitement et sans
profit pour la cause qui lui était chère; et, s'il en
avait été ainsi, on ne comprendrait pas que les
juges du concours dramatique eussent décerné au
poète le premier prix. Les textes d'Aristote nous
aideront peut-être à résoudre cette difficulté. Le
philosophe dit, dans la *Politique*[2], que les attribu-
tions de l'Aréopage furent réduites par Ephialte et
Périclès. On entendait ces mots d'une loi unique
proposée conjointement par ces deux hommes d'État.
Mais rien n'empêche de les interpréter autrement:
la manière dont les faits sont rapportés dans le
Gouvernement d'Athènes[3] nous y autorise même. Il
semble que Périclès, allant plus loin encore dans la
voie ouverte par Ephialte, voulut compléter sa

1. Ἀθ. πολ., chap. xxv : ἐπὶ Κόνωνος, en 462-461 avant J.-C.
2. Aristote, *Politique*, II, 12.
3. Après avoir parlé de la réforme d'Ephialte au chapitre xxv,
Aristote dit, au chapitre xxvii, de Périclès : τῶν Ἀρεοπαγιτῶν
ἔνια ἀφείλετο.

réforme démocratique. Si ce nouveau conflit était
encore pendant au moment où l'*Orestie* fut jouée,
l'attitude du poète s'explique. Le triomphe de Périclès et du parti combattu par Eschyle était peut-être
pour quelque chose dans la résolution de ce dernier
de quitter Athènes peu de temps après sa victoire
dionysiaque.

Revenons, en terminant, à un point auquel nous
avons touché plus haut. On peut dégager des
drames d'Eschyle certaines idées théologiques ou
philosophiques; mais prétendre y découvrir un
système suivi et invariable, c'est là une singulière
erreur. Tantôt nous voyons la volonté de l'homme
entraînée par une fatalité irrésistible; tantôt la
liberté s'affirme fièrement en face de la nécessité
qui la brise sans pouvoir la fléchir. Les sujets de la
fable, comme les expériences de la vie, suggèrent
des réponses diverses à un grand problème insoluble. Ne demandez pas au poète de le résoudre.
M. Richter a très bien noté les variations philosophiques d'Eschyle. Donnons quelques exemples,
qui n'ont pas trouvé place dans le livre que nous
annonçons, des variations de la théologie d'Eschyle.
Le poète ne raconte pas toujours de la même façon
les mêmes fables héroïques; il n'y a pas lieu de s'en
étonner, puisqu'il les modifie souvent de sa propre
autorité. Mais il prend aussi de grandes libertés
pour les fables divines, et il lui arrive de les varier
d'une tragédie à l'autre. Ses vues sur le fond même
de la mythologie, sur la nature des dieux et particulièrement de Zeus, ne semblent pas bien arrêtées

non plus, et il ne parle pas toujours de la même
façon de la condition des âmes après la mort.

D'après les *Euménides*, Penthée fut déchiré par
les Ménades sur le Parnasse : c'est la version delphique. Ailleurs [1], le poète, adoptant la version béo-
tienne, plaça le lieu de la scène sur le Cithéron. Les
erreurs d'Io sont rapportées dans le *Prométhée* autrement que dans les *Suppliantes*. Les variations de la
fable des dieux ont plus de portée. Hélios, qui
figure à côté d'Apollon dans les *Suppliantes*, est
identifié avec lui en d'autres endroits [2]. Artémis est
pour Eschyle, comme pour tous les Grecs, fille de
Latone [3]; cependant une fois, on ne sait dans quel
drame et à quelle occasion, il lui donna Déméter
pour mère [4]. L'article suivant donnera d'autres
exemples de ces variations.

On ne peut lire sans étonnement cinq vers que,
dans les *Phrygiens* d'Eschyle, un personnage, probablement Hermès, adressait à Achille pour l'engager
à laisser ensevelir le corps d'Hector. En voici le sens :
« Quant aux morts, que tu aies l'intention de leur
faire du bien ou du mal, cela est indifférent, car ils
ne ressentent ni joie ni douleur. Mais notre réprobation est vivante, et la Justice veut que le défunt
ait son tombeau. »

Καὶ τοὺς θανόντας εἰ θέλεις εὐεργετεῖν
εἴτ᾽ οὖν κακουργεῖν, ἀμφιδεξίως ἔχει

1. Dans les Ξάντριαι. Voir le scholiaste des *Euménides*, 26.
2. Cf. *Suppl.*, 212-214; *Sept.*, 859; *Choéph.*, 985-987.
3. Voir *Sept*, 549; *Fragm.* 171, Wecklein.
4. Cf. Hérodote, II, 156. (Pausanias, VIII, 37, 6.)

τῷ μήτε χαίρειν μήτε λυπεῖσθαι φθιτούς·
ἡμῶν γε μέντοι νέμεσις ἔσθ' ὑπερτέρα,
καὶ τοῦ θανόντος ἡ Δίκη πράσσει τάφον [1].

Il est malaisé d'accorder cette insensibilité des
morts, leur indifférence aux cérémonies de la sépulture et aux honneurs funèbres, avec ce que le poëte
dit ailleurs de leur puissance, des effets de leur
colère, comme de leur bienveillance. « Enfant, dit
le chœur des *Choéphores*, la volonté du défunt n'est
pas domptée par la terrible dent du feu qui dévore
ses chairs : il manifeste sa colère plus tard. » Inutile de multiplier les citations : tout le drame est
plein de ces idées. Dirons-nous qu'en traitant un
sujet homérique, Eschyle subit l'ascendant du vieil
aède? En effet, les trimètres que nous venons de
citer rappellent ces vers prononcés par Apollon dans
l'*Iliade* [2] :

Μὴ ἀγαθῷ περ ἐόντι, νεμεσσηθεῖομεν ἡμεῖς·
κωφὴν γὰρ δὴ γαῖαν ἀεικίζει μενεαίνων.

« Tout brave qu'est Achille, qu'il prenne garde
d'encourir notre réprobation : il s'acharne à outra-
ger ce qui n'est que terre insensible. » Voilà bien
les idées qu'Eschyle a reproduites [3] en les déve-

---

1. La leçon du dernier vers est douteuse : τάφον est une conjecture de Herwerden pour κότον.
2. Homère, *Il.*, XXIV, 53-54.
3. Au premier abord, le vers 4 du fragment cité ci-dessus,
ἡμῶν γε μέντοι νέμεσις ἔσθ' ὑπερτέρα, paraît signifier : « Némésis
est plus forte que nous (autres mortels) », et c'est ainsi qu'on
l'entend généralement. Mais le rapprochement du passage
homérique suggère une autre explication. Ἡμῶν νέμεσις répond

loppant et en marquant mieux leur enchaînement.

L'embarras est plus grand encore quand on
essaye de définir le Zeus d'Eschyle : là on se heurte
à des difficultés insolubles. Sans doute, certaines
disparates s'expliquent assez. Si le Zeus du *Prométhée enchaîné* est un despote cruel, impitoyable,
ingrat, au point que tout lecteur qui n'est pas décidé
d'avance à faire violence à ses sentiments prend le
parti de la victime contre le bourreau, cela peut se
concilier avec la profonde dévotion d'Eschyle pour
le maître des dieux et la haute idée qu'il en donne
ailleurs. On l'a dit souvent : un dieu qui est né, qui
a grandi, qui a une histoire ne peut être toujours
égal à lui-même. Arrivé au pouvoir par la violence,
force lui est, au début de son règne, de comprimer
par tous les moyens la moindre tentative de rébel-
lion, d'user d'une rigueur implacable même envers
les alliés, les amis, dès qu'ils prétendent à l'indépendance. Les dieux de la mythologie sont nécessairement anthropomorphes au moral comme au physique.

visiblement à νεμεσσηθεῖομεν ἡμεῖς : la réprobation des dieux
est opposée à l'insensibilité des morts, antithèse indiquée par
la particule γε et la place du pronom ἡμῶν en tête de la phrase.
Pour ces raisons, nous supposons que l'adjectif ὑπερτέρα est
ici employé sans complément, contrairement à l'usage. Dans
une lecture faite dernièrement dans l'Association des études
helléniques, M. Maurice Croiset émettait la conjecture que les
vers en question étaient prononcés, non par Priam, mais par
Hermès : cette attribution semblait nécessiter le changement
de ἡμῶν en ὑμῶν. Si notre interprétation est juste, toute difficulté est écartée. [Voir maintenant *Revue des Étud. gr.*, 1894,
p. 182.]

Rien de plus magnifique que l'invocation de Zeus dans le premier chœur de l'*Agamemnon*. Il instruit les mortels par la souffrance et les conduit ainsi à la sagesse ; cependant par où se manifeste sa supériorité? C'est qu'il est le plus fort : troisième maître du monde, il a triomphé du second qui, à son tour, l'avait emporté sur le premier. En passant du *Prométhée enchaîné* à l'*Agamemnon* ou aux *Suppliantes*, on rencontre un Zeus qui change de conduite, mais qui ne change pas de nature. Tout autre est le Zeus que nous révèle un fragment célèbre. « Zeus est l'éther, Zeus est la terre, Zeus est le tout, et encore au-dessus du tout. »

Ζεύς ἐστιν αἰθήρ, Ζεὺς δὲ γῆ, Ζεὺς δ'οὐρανός,
Ζεύς τοι τὰ πάντα, χὦτι τῶνδ' ὑπέρτερον.

On avait cru à une erreur d'attribution : ces vers, disait-on, doivent être d'Euripide ou d'un autre poète. Le doute n'est plus permis depuis qu'un traité de Philodème, trouvé à Herculanum, a fait connaître le titre du drame, les *Héliades*, où se lisaient ces vers mémorables. Ils sont bien d'Eschyle. Le dieu suprême n'est autre que le monde, et cependant il est supérieur au monde, avec lequel il semble se confondre : il est l'âme du monde, et la conception panthéiste n'exclut pas la personnalité du dieu. Mais elle semble exclure ce qu'on nous raconte du fils de Kronos, le dernier venu des maîtres du monde. Ce passage, qu'un heureux hasard a fait venir jusqu'à nous, et, sans doute, d'autres pareils, qui ne sont pas conservés, ont pu faire dire dans l'antiquité

qu'Eschyle avait été pythagoricien [1]. On peut croire,
en effet, que les doctrines orphiques et le mysticisme de Phérécyde et de Pythagore le dispu-
taient quelquefois dans son esprit aux traditions
d'Homère, d'Hésiode et des autres poètes. Il dit
quelque part que la pensée de Zeus est un abîme
impénétrable; à ses yeux, la nature de Zeus n'est
pas moins mystérieuse. « Zeus, quel qu'il soit (Ζεὺς,
ὅστις ποθ' ἐστίν) » : cette profession de foi fait peut-
être comprendre que le poète ait varié jusqu'à se
contredire. La nature de Dieu, la destinée humaine :
grands mystères, qui occupent la pensée des poètes
comme des philosophes, mais qui restent mystères
après tous leurs efforts.

---

1. Cicéron, *Tusc.*, II, 10, 23 : « Æschylus non poeta solum,
sed etiam Pythagoreus : sic enim accepimus ».

III

LA FABLE DE PROMÉTHÉE DANS ESCHYLE[1]

Il est des œuvres d'art puissantes et profondes qui s'imposent à l'admiration par la grandeur de la conception, et qui ont en même temps l'attrait de je ne sais quel mystère qui les entoure. Elles font rêver, elles donnent lieu aux interprétations les plus diverses, chacun les entend à sa façon, mais tout le monde s'accorde sur un point, l'admiration du génie qui les a créées. Tel est l'*Hamlet* de Shakespeare, tel est aussi le *Prométhée* d'Eschyle.

Rien de plus extraordinaire que cette tragédie. Dès le début, le Titan est enchaîné à un rocher par les ministres de Zeus; à la fin, il est englouti dans les profondeurs de la terre avec son rocher foudroyé. Dans l'intervalle, c'est-à-dire dans tout le cours de la pièce, le héros reste immobile et le drame est immobilisé avec lui. L'action ne peut faire un pas, elle semble enchaînée avec le personnage principal : nous avons continuellement sous les yeux un pri-

1. Tiré de l'*Annuaire* pour 1886 de l'Association pour l'encouragement des études grecques, p. 280 et suiv.

sonnier. Il est vrai que sa prison est vaste comme
le monde; il salue l'éther céleste, et les vents aux
ailes rapides, et les sources des fleuves, et les flots
innombrables de la mer souriante, et la terre, sa
mère, la mère commune de tous les êtres, et enfin
le soleil, ce grand œil qui voit tout et qui est témoin
des souffrances qu'endure le Titan.

Si on est étonné d'être ému par un drame en
apparence si immobile, l'idée renfermée dans ce
drame, la pensée du poète, est un problème bien
plus difficile à résoudre et plus attachant. On peut
se demander, en effet, si notre point de vue est le
point de vue d'Eschyle, si l'impression que reçoivent la plupart des lecteurs modernes est conforme
aux intentions du vieux poète. Prométhée nous
touche, nous voyons en lui un dieu qui aime les
hommes, qui est leur bienfaiteur et qui souffre pour
eux. Il souffre avec une fermeté inébranlable; sans
défense contre les rigueurs du maître, il ne cède
point à la menace; aux coups qui le frappent, il
oppose une mâle résignation, la conscience de son
droit et l'espérance d'un avenir meilleur. Il est
comme le sage d'Horace : le monde en tombant en
ruines peut s'écrouler sur lui, mais ne peut ébranler
son âme. Nous prenons parti pour Prométhée contre
Zeus, pour la victime contre le bourreau; mais
est-ce bien là le sentiment que le poète voulait nous
inspirer? Ceux qui ont étudié Eschyle connaissent
sa profonde piété, sa dévotion pour celui qu'il
appelle « le Seigneur des Seigneurs, bienheureux
entre tous les bienheureux, puissant au-dessus de

tous les puissants ». Eschyle ne se lasse pas d'exalter Zeus, d'adorer les voies mystérieuses de sa providence, de proclamer qu' « il conduit les humains par la souffrance à la sagesse ». Et ce poète aurait, dans un de ses drames, présenté le même Zeus comme un despote haïssable? Plusieurs critiques modernes, et des plus autorisés, se sont refusés à l'admettre, et, tandis que d'autres regardent Prométhée comme un martyr, ils sont disposés à le traiter de rebelle. De nos jours un homme très savant et, qui plus est, des plus sensés, est allé jusqu'à comparer le Prométhée d'Eschyle avec l'ange déchu, le tentateur de l'humanité; au contraire, un Père de l'Église comparait son rocher avec la croix et voyait dans le dieu qui souffre pour l'humanité une figure du Christ.

Eschyle, à la fois grand poète et penseur profond, appartient à un âge où la pensée, au lieu de s'exprimer directement, se laisse entrevoir et deviner à travers le voile du mythe. Pour comprendre un tel poète, pour saisir ses conceptions religieuses, il faut examiner comment il a traité les vieux récits traditionnels, ce qu'il en a fidèlement conservé, ce qu'il a modifié, retranché, ajouté. De même que la pensée d'un philosophe nous apparaît plus nettement quand nous connaissons les points qui distinguent son système de ceux de ses devanciers, de même nous connaîtrons mieux les conceptions religieuses d'Eschyle si nous pouvons constater ce qu'il a innové, ce qui lui appartient en propre dans la fable de son drame. C'est là le seul moyen d'entrer

dans la pensée d'un poète placé sur la limite de
deux âges, au moment où s'éveillent la raison et la
réflexion philosophique dans les esprits encore
dominés par l'imagination et le langage mythologique.

Examinons donc quelle part on peut faire dans le
Prométhée à l'invention personnelle, et parlons des
personnages accessoires avant d'arriver au personnage principal et au fond de la pièce. Si plusieurs
de ces inventions sont purement dramatiques, quelques-unes, celles surtout que nous réservons pour
la fin, pourront nous éclairer sur la pensée du poète;
et les nouveautés dramatiques, en nous montrant
avec quelle liberté Eschyle a traité son sujet, nous
prépareront aux nouveautés religieuses et philosophiques.

Les ministres de Zeus, Pouvoir et Force, sont
chargés de conduire Prométhée dans le désert de
Scythie aux confins du monde et, sinon d'exécuter
le supplice (ce triste devoir incombe à Héphæstos),
du moins de le surveiller. Pouvoir et Force figurent
déjà dans la Théogonie hésiodique : Styx, leur
mère, se rangea avec eux du côté de Zeus contre
les Titans, et depuis ce jour, ils escortent le maître
des dieux, en sont les compagnons inséparables.

Le mot grec *Styx* signifie effroi; traduit en langage ordinaire, ce mythe veut dire que le pouvoir
et la force de Zeus sont l'effroi de tous les êtres.
Chez Hésiode, Pouvoir et Force ne sont encore que
des personnifications transparentes, des noms abs-
traits; Eschyle sut leur donner un corps. Il prêta à

ces satellites de Zeus la figure hideuse qui leur convient, et aussi des sentiments, des paroles en rapport avec cette figure. Sans pitié, l'injure et le sar-
casme à la bouche, ils pressent Vulcain d'exécuter
les ordres du maître. Vulcain, qui semble le plus
directement lésé par le larcin de Prométhée, puisque
le feu est son privilège, se montre cependant plein
de respect et de compassion pour la victime, et
cette noble attitude met en lumière tout ce qu'il y
a d'odieux dans le langage de Pouvoir et Force, les
deux représentants du maître. La manière dont la
première scène est conduite ne nous prévient certainement pas en faveur de Zeus.

Le vieil Océan est une de ces divinités primitives
que l'on dirait inséparables de leur élément naturel,
et que la poésie épique aimait à laisser dans l'ombre, dans un certain vague mystérieux. Dans l'*Iliade*
les deux assemblées, celle des dieux et celle des
hommes, qui précèdent le dernier jour de bataille,
doivent évidemment renchérir sur les assemblées
que l'on a vues au début du poème, de même que
les combats d'Achille effaceront tous les combats
antérieurs. Les dieux se rendent donc en foule à
l'Olympe, non seulement les grands dieux, mais
aussi les divinités inférieures, les Nymphes, les
Fleuves, à l'exception toutefois du fleuve Océan.
Eschyle, le premier, osa tirer ce dieu chenu de sa
vénérable retraite : il le fit arriver sur la scène
monté sur un hippogriffe. Le vieillard a des sentiments affectueux pour Prométhée, son parent et
son ami, il lui prêche la soumission, il voudrait le

5

réconcilier avec Zeus, sans toutefois se compromettre lui-même. N'allez pas croire, sur la foi d'un
vers altéré, qu'Océan avait été le confident et le
complice de Prométhée; il sortirait de son rôle et
de son caractère. Ce vieillard, qui ne va pas aux
assemblées des dieux, qui se tient prudemment à
l'écart, qui, d'après la tradition homérique, ne prit
aucune part à la lutte entre les Titans et les dieux
de l'Olympe, Eschyle lui conserva les traits faible-
ment indiqués dans les vieux récits, et en les marquant plus fortement, il sut lui donner une physionomie propre.

Les filles d'Océan tiennent une plus grande place
dans la pièce. Les Océanides sont de jeunes nymphes tendres et compatissantes. Oubliant leur
réserve virginale, elles ont, au bruit du marteau
d'Héphæstos, quitté les grottes qui leur servent de
demeure, en toute hâte, sans prendre le temps de
se chausser : c'est qu'elles ont à consoler un ami.
Rien n'est plus doux que leurs paroles, leurs chants,
leurs sentiments, et un chœur pareil contraste bien
avec la mâle figure de l'indomptable Titan. Faibles
femmes, elles ne comprennent pas qu'on ose résister
aux volontés d'un maître tout-puissant; mais si
elles n'ont pas le courage d'agir, elles ont le courage de souffrir; malgré les avertissements d'Hermès,
malgré les indices de la tourmente qui va se déchaîner, elles resteront près de Prométhée, elles
n'abandonneront pas l'ami : ces femmes timides et
soumises ont l'héroïsme de la fidélité. C'est vraiment merveille de voir comment Eschyle sait nous

intéresser au personnage collectif du chœur, en lui donnant des traits caractéristiques et, pour ainsi dire, individuels.

Le personnage de cette pièce le plus surprenant, le plus inattendu, c'est sans contredit celui d'Io. Devant le héros cloué sur son rocher apparaît tout à coup une femme qui erre sans trêve ni repos, harcelée de fatigue et toujours poussée en avant par un taon invisible : *Io vaga*. C'est ici qu'on peut voir avec quelle liberté notre poète dispose des éléments que lui fournissent les traditions. La fable d'Io est tout à fait indépendante de la fable de Prométhée ; c'est évidemment Eschyle qui eut le premier l'idée de les rapprocher, de diriger la course vagabonde de la victime de l'amour de Zeus vers les lieux où souffre la victime de la haine de Zeus. La preuve, s'il en faut une, c'est qu'Eschyle lui-même, quand il écrivit ses *Suppliantes*, ne se doutait pas encore de cette combinaison. Dans cette tragédie, Io passe le Bosphore de Thrace et traverse l'Asie Mineure et la Syrie pour venir en Égypte. C'est le chemin direct. Dans le *Prométhée*, le Bosphore ainsi appelé du passage de la femme aux cornes de vache, c'est le Bosphore Cimmérien, et les lieux qu'elle parcourt se trouvent aux extrémités du monde : c'est qu'il fallait changer son itinéraire, l'étendre démesurément pour les besoins de la pièce. Il est vrai que plusieurs savants se sont ingéniés pour accorder les deux itinéraires : ils ont recours aux interprétations forcées, ils supposent des sous-entendus, des lacunes du texte, ils se donnent enfin une peine infinie pour

éluder l'évidence. On s'amuserait de leurs mémoires,
s'ils n'étaient quelque peu ennuyeux. Ne nous y
arrêtons pas. Eschyle innove pour mettre Prométhée
en face de l'aïeule de son libérateur. Après une
longue série de générations, un des descendants
d'Io, le grand Hercule, fera tomber les chaînes du
Titan. Prométhée le sait, il le prédit, et son courage, sa fermeté en redoublent. D'abord il s'était
plaint d'avoir à souffrir encore pendant des myriades
d'années, il avait félicité Io d'être mortelle ; maintenant, en voyant l'aïeule de son libérateur, il voit
l'avenir que cette femme porte dans son sein, il le
tient, il le touche ; les siècles qui le séparent du jour
de la délivrance ne lui semblent qu'un court espace
de temps ; il défie les rigueurs d'un maître qui tom-
bera bientôt de son trône, s'il ne consent à se
réconcilier avec lui. Les paroles menaçantes qu'il
prononce alors amènent le messager de Zeus, l'aggravation du supplice, et le dénouement du drame.
C'est ainsi que l'épisode d'Io, en apparence un hors-
d'œuvre dans la fable de Prométhée, fait marcher
l'action et prépare ce qu'on peut appeler la péripétie
de la tragédie. Io ressemble à ces personnages pro-
phétiques qu'Eschyle aime à introduire dans ses
drames, à Cassandre dans l'*Agamemnon*, à l'ombre
de Darius dans les *Perses* ; il est vrai qu'Io ne fait
pas de prédictions, mais elle en provoque, elle
représente en sa personne les temps à venir.

Mais il faut enfin parler de Prométhée lui-même
et pénétrer au cœur de la fable. Le feu est le point
de départ de la civilisation, c'est le feu qui huma-

nisc l'homme. Sans feu, l'homme se nourrirait de
chairs crues comme les bêtes sauvages ; sans feu,
point d'art, point d'industrie, point de foyer domes-
tique. Ce bien inestimable est chose divine, le feu
terrestre vient du feu céleste. Quelquefois on le
considère comme un don de dieux bienfaisants,
d'Héphæstos, d'Athéné. Un hymne homérique et
les cérémonies de certaines fêtes attestent cette
croyance. Plus souvent, les dieux gardent jalouse-
ment l'étincelle, qui est leur privilège, et les hommes
n'en jouissent que par suite d'un larcin. Prométhée
est le ravisseur du feu : à travers toutes les variations de sa fable, c'est là le trait constant et essentiel de son rôle; et sur ce point, Eschyle s'accorde
nécessairement avec Hésiode. Mais dans la *Théogonie*, Prométhée veut ruser avec Zeus, le fils de
Japet a l'ambition d'être plus fin que le fils de
Kronos. On sait que la querelle s'engage à propos
de la part réservée aux dieux dans les sacrifices, et
comment la fraude de Prométhée attire le châtiment sur sa tête et de grands maux sur le genre
humain. La conception d'Eschyle est plus haute, il
ne s'occupe pas de savoir si les hommes font injure
aux dieux en leur offrant les os des victimes enve-
loppés d'un peu de graisse, mais il insiste sur le
bienfait du feu et il fait voir comment toute culture
humaine est sortie de l'étincelle apportée par Prométhée. Pour lui, l'homme primitif n'était pas tel
que le dépeint le mythe de l'âge d'or : c'était un
être voisin de la brute, plongé dans une lourde torpeur. Il avait des yeux pour ne pas voir, des oreilles

pour ne pas entendre; il vivait, comme la fourmi, au fond d'antres obscurs, sans lumière et sans intelligence. C'est Prométhée qui lui enseigna tout art et toute science. C'est l'étincelle du feu qui alluma l'étincelle de l'esprit. Mais là ne s'arrêtent pas les services rendus par Prométhée à l'humanité. Si, dans Eschyle, il n'est pas l'auteur du genre humain, s'il n'a pas façonné avec de l'argile les premiers hommes, il leur donna tout ce qui constitue la civilisation. Ne pouvant en faire des êtres immortels, il détourna au moins leur pensée de la mort et logea dans leurs cœurs d'aveugles espérances. Et en prenant ainsi hautement le parti des humains contre le nouveau maître du monde, il n'obéit pas aux sentiments d'amour-propre et de rivalité mesquine que lui prête Hésiode; il a pour unique mobile la compassion pour l'état misérable où languissaient les mortels, l'amour des hommes, la *philanthropie*, qui lui est plus d'une fois reprochée par les ministres de Zeus. Il connaissait la puissance du dieu dont il contrariait les desseins, il savait à quel danger il s'exposait, et il se dévouait pour faire du bien aux hommes.

Ces traits prêtés au patron, à l'ami de l'humanité agrandissent et ennoblissent la conception hésiodique, sans altérer la donnée primitive. Mais il y a plus, le Prométhée d'Eschyle n'est pas seulement le défenseur de l'humanité, c'est un dieu plus ancien que Zeus, à quelques égards son égal, s'il ne lui est pas supérieur. Lorsque s'engagea la lutte entre les dieux antiques et les Olympiens, Prométhée seul, parmi les Titans, comprit que l'issue ne dépendait pas de la force brutale, mais de la ruse et de l'intelligence; et comme il ne put faire partager son avis aux autres Titans, il passa du côté de Zeus et contribua par ses conseils à lui procurer la victoire. Prométhée a donc été l'auxiliaire du nouveau maître et l'a aidé à fonder son pouvoir. Ce n'est pas assez, sans Prométhée ce pouvoir ne sera pas durable et Prométhée seul peut préserver Zeus de la chute. Zeus a détrôné son père Kronos, la malédiction paternelle pèse sur lui, il pourra être renversé à son tour par un fils plus fort que lui : tel est l'arrêt prononcé par la « triade des Parques et par les Furies qui n'oublient point ». Il y a donc un point noir dans l'avenir de Zeus, un danger que Zeus ignore et que Prométhée connaît. Il sait de quel hymen naîtra ce fils redoutable, mais il ne révélera ce secret que s'il est rendu à la liberté. On voit que la science de Prométhée est, sur un point, supérieure à celle de Zeus; si le sort du Titan est entre les mains du dieu souverain, la durée même de cette souveraineté dépend d'une révélation de Prométhée.

On aimerait à savoir si ces choses, qui ne se trouvent point dans Hésiode, ont été inventées par Eschyle ou s'il les a empruntées à un autre poète, à une autre version de la légende. Tant de poèmes anciens se sont perdus, nos connaissances en littérature grecque sont si fragmentaires, que cette question pourrait sembler insoluble. Cependant certains rapprochements, certaines inductions, permettent d'y répondre assez nettement.

Dans la *Théogonie*, Prométhée est fils de Japet et
de la nymphe Klyméné ; Eschyle ne prononce pas
le nom de son père, mais il lui donne pour mère
Thémis. Ce ne sont pas là, comme on pourrait le
croire, des différences insignifiantes, des détails
sans importance. Dès le début de la pièce,
Héphæstos, en abordant Prométhée, l'appelle « Dieu
aux conseils profonds, fils de l'infaillible Thémis ».
Fils de Thémis — une filiation pareille a, dans le
langage mythologique, une portée considérable, et
grandit singulièrement un personnage : Thémis est
l'antique et auguste divinité qui personnifie la loi
du monde, la loi éternelle. Mais que faut-il penser
d'un autre passage, dans lequel Prométhée donne à
sa mère les deux noms de Thémis et de Géa, en
confondant ainsi deux divinités qu'il distingue
ailleurs. En effet, dans les premiers vers des *Euménides*, Thémis est donnée pour fille de Géa. Leur
identification a choqué plusieurs commentateurs.
Les poètes les plus graves se faisaient-ils donc un
jeu de la mythologie? Croyaient-ils à l'existence de
dieux qu'ils confondaient ou séparaient à leur gré?
On a soutenu que le pieux Eschyle ne·pouvait se
contredire ainsi, et que le vers du *Prométhée*
auquel nous faisons allusion devait être interpolé.
C'était là une supposition gratuite, et voici ce qui
le prouve. Prométhée donne à sa mère le nom de
Géa au moment où il raconte qu'il tenait d'elle la
connaissance des moyens qui procureraient la victoire dans la ·guerre des dieux anciens et des dieux
nouveaux. Or, d'après la *Théogonie*, Zeus est vic-

torieux dans cette guerre grâce aux conseils de Géa.
On voit qu'Eschyle, tout en prêtant à Prométhée le
rôle de conseiller et d'auxiliaire de Zeus, voulait
respecter jusqu'à un certain point la tradition
hésiodique, et voilà pourquoi il fit de Géa la mère
et l'inspiratrice du Titan. Si le poète est ainsi
amené à identifier deux déesses qu'il distingue ailleurs, de pareilles variations, difficiles à admettre
pour les dieux de l'Olympe, dont la personnalité
bien accusée paraît en plein jour, s'expliquent aisément quand il s'agit de conceptions plus abstraites,
d'êtres qui ressemblent à des personnifications
plutôt qu'à des personnes. C'est ainsi que la mystérieuse puissance du Destin est représentée tantôt
par trois personnes, tantôt par une seule, la Parque
ou Moïra par excellence. Enfin le culte de sa patrie
autorisait Eschyle à confondre Thémis avec la terre :
les fouilles du théâtre de Dionysos ont mis au jour un
siège d'honneur destiné à la prêtresse de Gé-Thémis.
Mais il se conformait aux traditions de Delphes,
quand, au début des *Euménides*, il faisait succéder
Thémis à sa mère Géa dans la présidence de l'oracle.

D'un autre côté, la révélation de l'hymen fatal au
maître des dieux était attribuée, dans les anciennes
traditions, à la déesse Thémis. Ici encore Eschyle
suivit la même voie. Pour s'accommoder à la tradition, dont il s'écartait par le fait, il voulut que son
Prométhée fût fils de Thémis.

Mais, dira-t-on, Eschyle n'est peut-être pas l'auteur de cette nouveauté, il a pu l'emprunter à un
poète plus ancien, aujourd'hui inconnu.

Un contemporain d'Eschyle nous aidera à lever
ce doute. Dans sa septième *Isthmique*, Pindare rappelle la fable suivant laquelle Zeus et Poséidon se
disputèrent la main de Thétis ; « alors, dit-il, la sage
Thémis révéla dans l'assemblée des dieux l'arrêt du
destin : unie à Zeus ou à un frère de Zeus, la déesse
marine donnera le jour à un fils qui l'emportera sur
son père, qui brandira une arme plus puissante que
la foudre ou que le terrible trident ». A la suite de
cet oracle, Thétis fut donnée à l'heureux Pélée et
devint la mère d'Achille. Voici maintenant la prédic-
tion du Prométhée d'Eschyle : « Le jour viendra où
« Zeus, malgré l'orgueil de son cœur, deviendra
« humble, car il médite un hymen qui, du haut de
« son trône souverain, le précipitera dans le néant.
« Alors enfin s'accomplira tout entière l'impréca-
« tion que Kronos prononça en tombant de son
« trône antique. Et cette fatalité, nul autre dieu que
« moi ne peut la détourner de lui, seul je connais
« ce danger mystérieux et le moyen de l'y soustraire.
« Eh! qu'il se prélasse sur son trône céleste, con-
« fiant dans le bruit du tonnerre et dans le trait
« enflammé que lance son bras : vain appareil, qui
« ne l'empêchera pas de tomber ignominieusement
« d'une chute irréparable. Tel est le rival qu'il se
« prépare lui-même, adversaire irrésistible, qui trou-
« vera une flamme plus puissante que la foudre et
« un bruit dont le fracas l'emportera sur le ton-
« nerre ; et le trident marin, ce fléau qui ébranle la
« terre, l'arme de Poséidon, il le fera voler en
« éclats. »

Que vient faire ici le trident de Neptune? il
s'expliquait dans la version de la fable que Pindare a
fidèlement conservée : on y voit, en effet, le dieu de
la mer prétendre à la main de Thétis en même
temps que le dieu du ciel. Dans Eschyle, ce détail
est surabondant et aurait pu être supprimé sans
inconvénient. N'est-il pas clair que les deux poètes
ont eu sous les yeux le même texte poétique, et
qu'Eschyle en a conservé la lettre tout en modifiant
l'esprit? La fable avait été d'abord inventée pour
glorifier la naissance d'Achille; notre poète, en la
faisant entrer dans le mythe de Prométhée, lui donne
une portée qu'elle n'avait pas d'abord, et en substi-
tuant à Thémis le héros de son drame, il fait de ce
dernier l'arbitre des destinées de Zeus.

Eschyle a donc profondément modifié la tradition,
on peut dire qu'il l'a transformée, et tous les changements qu'il y a introduits sont à l'avantage de
Prométhée, servent à grandir démesurément la noble
figure du défenseur des hommes. Si nous prenons
parti pour Prométhée en lisant l'étonnante œuvre
du vieux poète, si tous les arguments, tous les raisonnements contraires ne peuvent rien contre l'impression que ce drame laisse dans notre esprit; cette
impression, la sympathie que nous ressentons pour
la victime de Zeus, n'est donc pas contraire aux
intentions du poète. Il l'a voulu; il a introduit de
propos délibéré dans sa fable des traits qui ne permettent pas de voir dans Prométhée la figure de
l'humanité révoltée contre le dieu souverain. Le
poète a fait de son Prométhée un grand dieu, admi-

rable par la sagesse et la fermeté, ayant ses droits
et ses titres, et, sinon l'égal du maître, du moins son
pair.

Quel dommage que nous n'ayons plus le drame
de la *Délivrance de Prométhée*, qui faisait, on ne saurait en douter, suite à celui qui est venu jusqu'à
nous! Cet autre drame, très célèbre dans l'antiquité,
est souvent cité par les auteurs anciens. Cicéron en
a traduit une longue tirade dans ses *Tusculanes*;
aussi pouvons-nous, grâce aux fragments et aux
allusions éparses, entrevoir la marche de la pièce
et ses principaux incidents. Prométhée, toujours
attaché à son rocher, était rendu à la lumière; le
lieu de la scène n'était cependant pas le même, le
décor ne représentait plus les déserts de la Scythie,
mais le mont Caucase. Au lieu des jeunes Océanides, on voyait autour de lui les dieux les plus
anciens, venus des confins méridionaux du monde
pour consoler leur parent. En effet, le chœur était
composé des Titans, tirés par Zeus du Tartare où
ils avaient été enchaînés. Ce trait est à noter.
Cependant le supplice de Prométhée dure toujours,
il est même devenu plus cruel par l'aggravation de
peine déjà annoncée dans le drame précédent.
L'aigle de Zeus fouille les entrailles du malheureux
pour se repaître de son foie; après un jour d'intervalle le foie a eu le temps de se former de nouveau,
et l'affreux repas recommence. C'est le jour où
l'aigle doit revenir. Mais auparavant paraît le glorieux archer, ce descendant d'Io, ce libérateur
promis par les destins, révélé dès longtemps par les

prophéties. Comme son aïeule, Hercule parcourt la
terre, mais il n'est pas, lui, aiguillonné par le délire,
il dompte les monstres et laisse partout le souvenir
de ses exploits. Prométhée lui enseigne la route à
suivre, comme il avait fait à Io. L'itinéraire de cette
dernière avait fait connaître l'extrême Orient, Hercule va explorer les pays d'Occident. C'est une
occasion pour le poète de compléter en quelque
sorte son tour du monde, et d'entretenir encore son
public de cette géographie fabuleuse, qui avait
autant d'attraits pour les hommes d'alors qu'ont
pour nous aujourd'hui les récits de l'intérieur
mystérieux de l'Afrique! Entre autres merveilles,
Eschyle leur contait comme quoi Hercule, serré de
tous les côtés par les belliqueux Liguriens, à bout
de flèches et de ressources, fut secouru par une
pluie de pierres que Zeus fit tomber à propos, afin
qu'elles servissent de projectiles au héros. Et voilà
l'origine de ces amas de cailloux qui couvrent encore
aujourd'hui la plaine de la Crau près d'Arles, et qui
occupaient déjà, on le voit, la vive imagination des
Grecs. Ce conte, assez enfantin, inspira à Eschyle
de beaux vers, qui ont été conservés et qui ont un
tour, un son tout à fait tragiques.

On entend des battements d'ailes, le redoutable
oiseau se montre dans les airs. Hercule tend son
arc, invoque le secours d'Apollon, l'archer divin, la
flèche vole et l'aigle est abattu. Prométhée remercie
son libérateur, « ce fils très cher d'un père ennemi ».
Mais la délivrance n'est pas encore complète, les
chaînes du prisonnier ne sont pas encore tombées.

Il faut qu'il révèle le terrible secret qui menace le règne de Zeus; c'est à cette condition qu'il pourra être rendu à la liberté.

Cette partie de l'action est obscure pour nous, mais nous savons qu'un accord fut conclu entre les dieux. Le centaure Chiron, atteint par une flèche d'Hercule et souffrant d'une blessure incurable, renonce à son privilège divin et endure volontairement la mort, afin de sauver Prométhée.

Ce détail peut sembler peu nécessaire dans l'économie du drame : car Prométhée s'est déjà racheté par la révélation du grand secret. Il y a plus : Chiron descend à la place de Prométhée dans les lieux souterrains où règne la mort. Cela ne se comprend bien que si le Titan s'y trouve et que le Centaure y prend en effet sa place. Dans Eschyle, Prométhée avait été, il est vrai, précipité dans le Tartare, mais il est déjà rendu à la lumière quand la substitution a lieu. Si je ne m'abuse, il y a ici contamination de deux versions distinctes. Où notre poëte prit-il le rachat de Prométhée par Chiron? Peut-être dans la vieille *Titanomachie*. Nous savons peu de chose de cette épopée, mais on en cite un fragment dans lequel Chiron se trouve mentionné, et Welcker a jugé que, vu le sujet de ce poëme, Chiron ne pouvait guère y être introduit qu'à propos de la fable de Prométhée.

Dans Eschyle, Prométhée continuait, après sa délivrance, à porter des chaînes, mais des chaînes symboliques et inoffensives; il ceint ou, comme disaient les anciens, il *lie* sa tête d'une couronne d'osier, peut-être met-il aussi (cela est moins sûr) un anneau fait du métal de ses chaînes, autre lien commémoratif de son long supplice. On pourrait être tenté de donner à la couronne une autre signification qu'à l'anneau. En effet, quelques critiques prétendent que Prométhée, avant de se soumettre, se déclarait vainqueur dans sa lutte contre Zeus et se couronnait en signe de triomphe. Mais ce système est en contradiction avec les témoignages précis de plusieurs auteurs anciens et d'Eschyle lui-même. Ajoutons qu'il méconnaît le symbolisme antique. Les couronnes que portaient les victimes, les prêtres, les pèlerins, les suppliants, n'étaient d'abord autre chose que des liens qui les consacraient, les vouaient aux dieux; et la couronne de Prométhée était aussi une chaîne, « la meilleure des chaînes », comme disait le poète. Cette chaîne, qui ne serre point, qui n'est qu'une simple formalité symbolique, n'en constitue pas moins un acte de soumission, un hommage à la souveraineté de Zeus. En revanche, le Titan, réconcilié avec le maître de l'Olympe, reprend son rang et ses honneurs parmi les dieux. On sait que les Athéniens célébraient des fêtes et des jeux consacrés à Prométhée : l'établissement de ce culte n'était sans doute pas oublié par le poète qui, à la fin de ses *Euménides*, fait conduire ces déesses, en solennelle procession, à leur sanctuaire souterrain.

L'inauguration du culte de Prométhée dans l'Attique faisait-elle le sujet d'un troisième drame? ou faut-il croire, au contraire, que le Prométhée *enchaîné* était précédé d'un drame roulant sur lo larcin du feu? ou bien encore, la fable se déroulait-elle en deux drames, une dilogie au lieu d'une trilogie? Les trois thèses ont été soutenues. Avouons que les données dont nous disposons ne suffisent pas pour résoudre cette question secondaire. La pensée d'Eschyle, la conception religieuse qu'exprime ou que cache son œuvre, voilà ce que nous aimerions surtout à connaître. Cette pensée, cette conception, est-elle la même dans le drame de l'Enchaînement et dans celui de la Délivrance? Prométhée et Zeus sont, à proprement dire, les deux acteurs en présence, quoique l'un des deux ne paraisse point, ne parle et n'agisse que par l'intermédiaire de ses ministres. On dirait que, d'un drame à l'autre, un changement s'opère dans ces deux personnages. L'aggravation du supplice, le foie dévoré et toujours renaissant, est l'image des désirs inassouvis, des ambitions impuissantes, des rébellions qui trouvent leur châtiment en elles-mêmes. C'est en ce sens que la même peine est infligée à Tityos, un des criminels typiques châtiés dans les Enfers de l'*Odyssée*. Cette peine semble ranger Prométhée parmi les impies qui oublient les limites de la condition humaine : en effet, une ode d'Horace nous montre Prométhée dans cette société, à côté de Tantale. Eschyle pensait-il de même à ce sujet? Il faut dire qu'il n'inventa pas ce châtiment : il le trouva dans Hésiode et dans la tradition populaire : de très anciennes pierres gravées représentent déjà Prométhée et l'aigle. Le poète était obligé de conserver un trait de la fable qui se trouvait établi

dans toutes les imaginations, et il convient peut-être
d'y attacher moins d'importance : ce trait pouvait
ne pas avoir dans son esprit la même portée que
ceux qu'il inventa lui-même et qui sont l'expression
la plus directe de ses idées. Abstenons-nous
donc d'interpréter le foie dévoré; c'était, aux yeux
du poète, un supplice cruel, rien de plus. Mais on
ne saurait méconnaître un certain changement sur-
venu dans la conduite et même dans les sentiments
du fier Titan. Qu'il consente à révéler le fatal secret,
cela n'est pas en contradiction avec les paroles
menaçantes qu'il prononça jadis : il avait toujours
regardé ce secret comme sa rançon future et le gage
de sa délivrance; il n'en est pas de même du lien
symbolique qui rappellera à tout jamais son long
enchaînement. En l'acceptant, Prométhée avoue
qu'il a été trop loin dans sa résistance aux ordres
de Zeus, il se lie lui-même, il s'incline devant le
pouvoir dont il prédisait autrefois et souhaitait si
ardemment la chute. D'un autre côté, ce pouvoir ne
s'exerce plus de la même manière, Zeus a changé de
conduite, lui aussi. Les chaînes des autres Titans
sont déjà tombées avant celles de Prométhée, les
combats, les violences d'autrefois sont oubliés.
L'imprécation de Kronos est rachetée. Zeus voulait
jadis détruire le genre humain, les progrès de
l'humanité se sont faits malgré lui; maintenant, il
protège le plus grand des mortels, qui est son fils
chéri; il permet à Hercule de répandre ses bienfaits
sur les hommes, de mettre fin au supplice du dieu
ami des hommes, de triompher un jour de la mort

6

et de franchir l'abîme qui sépare les mortels des immortels.

Nous étions-nous donc trompés sur les intentions et les sentiments de Zeus? Cela n'est pas admissible, l'impression que la lecture du *Prométhée enchaîné* fait sur tout esprit non prévenu n'est pas de celles qui cèdent à des raisonnements. Aussi n'est-il nullement besoin de nous donner un démenti. La conduite de Zeus a naturellement changé avec les circonstances; ses principes de gouvernement ne sont plus les mêmes. Pour nous, sans doute, Dieu a toujours été ce qu'il sera de toute éternité; il est immuable, parce qu'il est parfait. Gardons-nous bien de prêter cette idée à un poète hellénique, à quelque hauteur de conception religieuse qu'il ait pu s'élever. Les dieux des Grecs, après avoir été d'abord les éléments et les forces du monde visible, se séparèrent insensiblement de la nature pour devenir des personnes, semblables à l'homme, tout en lui étant très supérieurs. Ces dieux sont nés, ils ont grandi, ils ont lutté, ils ont eu leurs aventures, leur histoire enfin. C'est assez dire qu'ils ne peuvent pas toujours être identiques à eux-mêmes. Zeus est arrivé au pouvoir après des combats, par une révolution violente. Les puissances qu'il a renversées par la force, il faut qu'il les contienne et les dompte par la force. C'est la condition de tout régime nouveau; il ne lui est pas loisible d'être doux; il faut qu'il réprime avec la dernière rigueur toute tentative de résistance, eût-elle les plus nobles motifs, comme celle de Prométhée. Ajoutez que Prométhée, tout en

ayant secondé l'entreprise de Zeus, appartenait à la
race détrônée, et était par là même suspect. Enfin,
comme le poète le dit lui-même par la bouche d'Héphæstos, « tout pouvoir nouveau est rigoureux ». On
a beau être dieu, on n'échappe pas à cette loi des
révolutions. Zeus était donc d'abord dur et tyran-
nique ; des bourreaux implacables, Pouvoir et Force,
étaient les exécuteurs de sa volonté ; il ne pouvait
en être autrement. Mais quand une longue domina-
tion a consolidé son pouvoir, quand l'ordre de choses
introduit par lui se trouve définitivement établi, les
conditions ne sont plus les mêmes et les principes
de gouvernement peuvent changer. Il est si fort
qu'il peut être doux ; les dieux de l'ancien régime
sont pardonnés et, à leur tour, ils pardonnent ; une
ère de paix succède à l'ère de violence, et Zeus est
devenu le maître bon et sage qu'adorent les Pindare
et les Eschyle.

On pourrait croire, en isolant quelques vers du
Prométhée enchaîné, et on a cru, en effet, qu'Eschyle
prédisait la chute de Zeus. Il faut le dire, cette
chute, à voir les choses d'une manière générale, n'a
rien d'impossible ; un règne qui a commencé peut
finir. Mais hâtons-nous d'ajouter qu'aux yeux d'Eschyle cette possibilité ne se réalisera pas : pour lui
Zeus est bien le dieu définitif. Déjà avant Eschyle,
d'autres poètes, en obéissant à la logique des fables
traditionnelles, avaient envisagé la possibilité de la
chute de Zeus, non pour affirmer cette éventualité,
mais pour la contester. Voici, en effet, ce qu'on lit
dans la *Théogonie*. La première épouse de Zeus,

Métis (sagesse), doit enfanter un fils plus fort que
son père; mais ce fils ne naîtra pas, Zeus prévient
ce malheur en s'incorporant Métis : évidemment il
devient ainsi le dieu aux sages conseils, le dieu
sage par excellence (μητίετα Ζεύς). De même, dans
Eschyle, Zeus, après avoir gracié les Titans et
conjuré ainsi l'Erinys de l'imprécation paternelle,
détourne à jamais le danger d'une chute en se
réconciliant avec le fils de Thémis, dépositaire du
secret de sa destinée. La sagesse du dieu du feu,
du dieu prévoyant entre tous, ainsi que l'indique
son nom de Prométhée, redevient l'auxiliaire de
Zeus, se soumet à son pouvoir souverain, et rend
ainsi à jamais inébranlable le trône qu'elle avait
aidé à fonder par ses conseils. Les deux fables, celle
de Métis et celle de Prométhée, ont le même sens;
elles servent à concilier les deux notions de Zeus,
notions contradictoires et coexistantes. D'un côté,
Zeus est un dieu qui a son mythe, son histoire, qui
n'a pas toujours régné, ni même toujours existé,
qui a triomphé un jour, qui pourrait succomber un
autre jour; d'un autre côté, Zeus est « le seigneur
des seigneurs », le dieu des dieux, enfin le dieu par
excellence.

Cependant les querelles des dieux, ainsi que leur
accord final, nous intéresseraient médiocrement, si
les intérêts des hommes ne s'y trouvaient pas
engagés. Sous les noms de Zeus, de Prométhée,
d'Héraclès, le poète nous parle du bien et du mal
de l'humanité, de ses progrès, de ses douloureuses
épreuves. D'abord il nous transporte aux origines

du genre humain et du monde. Nous sommes au
lendemain des batailles des dieux, les grandes con-
vulsions cosmiques viennent à peine de s'apaiser.
Typhon, le monstre aux cent têtes, le géant des vol-
cans, rebelle à l'ordre harmonieux du monde, vient
d'être précipité dans les profondeurs de la terre.
Mais tout vaincu qu'il est, il fait encore sentir parfois sa rage destructrice en s'agitant dans sa prison,
témoin la grande éruption de l'Etna qui terrifia les
contemporains d'Eschyle et que le poète rappelle
dans ses vers. C'est là un écho des révolutions du
monde primitif évoquées par le poète. L'humanité
végétait dans une triste torpeur et faillit y périr,
quand brilla sur la terre, dans les demeures des
hommes, la première étincelle du feu. Ce don d'un
dieu bienfaisant devient le germe des arts, des
sciences, le point de départ de la culture intellectuelle et d'une existence vraiment humaine. Mais le
bienfaiteur de l'humanité, son patron, son représentant et comme son image divinisée, est condamné
à de longues et cruelles souffrances : tout progrès
s'achète, s'expie par la douleur. Enfin cependant
les temps s'accomplissent, l'humanité s'exalte en
s'inclinant, la paix est conclue entre la terre et le
ciel. L'amour des dieux pour les filles des mortels
est le signal de ce rapprochement; de leur union
naissent des héros aimés des dieux et dignes de
partager leur immortalité. Prométhée, délivré par
Hercule, est à jamais réconcilié avec Zeus [1].

1. [Les vues développées dans cet article avaient été indi-
quées dans la *Præfatio* de notre édition du *Prométhée* (1864) et

NOTE SUR LE PROMÉTHÉE D'ESCHYLE [1]

Aujourd'hui on admet assez généralement que le *Prométhée enchaîné* suppose une continuation; la plupart des savants pensent que cette œuvre faisait partie d'une trilogie dans laquelle se déroulait toute la fable du Titan. G. Hermann lui-même, après avoir longtemps combattu les vues de Welcker, finit, vers la fin de sa vie, par s'y ranger [2]. Le drame de la *Délivrance de Prométhée*, Προμηθεὺς λυόμενος, semblait, par son titre même, indiquer la fin du conflit et de la composition trilogique. Il était donc naturel de supposer qu'un premier drame, le Πυρφόρος, roulât sur le larcin du feu, quoiqu'il fût difficile de faire une conjecture plausible sur le cadre et l'action de ce drame, et d'imaginer comment le poète eût pu, sans se répéter, mettre sur la scène des faits qui se trouvent exposés tout au long dans la pièce conservée.

Westphal eut, le premier, l'idée de faire du Πυρφόρος, non le premier, mais le troisième drame de la trilogie; et ce système fut adopté par Th. Henri Martin [3], ainsi que par d'autres savants. Ils en appellent au titre de Πυρφόρος et aux deux fragments cités avec la mention de ce titre. On nous dit que le sujet du drame a dû être la réconciliation de Prométhée avec Jupiter et l'institution du culte que le Titan recevait à Athènes, précisément sous le nom de *porteur de feu, porteur de flambeau*, Πυρφόρος. Le titre se prête parfaitement à cette hypothèse : cela est incontestable. Mais c'est aller trop loin que de prétendre qu'il s'y applique néces-

dans les notes sur les vers 212 (210), 287 (284), 334 (331), 703 (708), 920 (924).]
  1. Tirée de la *Revue critique*, 1876, I, p. 41 et suiv.
  2. Voir sa dissertation sur le *Prométhée* publiée en 1846.
  3. *La Prométhéide.* Extrait des *Mémoires de l'Acad. des Inscriptions*, XXVIII (1875).

sairement, et qu'une tragédie dans laquelle on aurait vu
paraître Prométhée portant dans la férule (νάρθηξ) l'étincelle précieuse dont il faisait don aux mortels n'aurait
pu être intitulée Προμηθεὺς πυρφόρος. D'après une scholie,
Eschyle disait dans cette pièce que Prométhée avait été
enchaîné (δεδέσθαι) pendant trois myriades d'années. Cela
nous oblige-t-il de croire que l'action de la pièce était postérieure au supplice? Un personnage, Prométhée lui-même,
pouvait en prédire la durée, ou plutôt en déplorer d'avance
la longueur par une locution hyperbolique; il employait le
futur, mais le scholiaste était libre de se servir du passé,
en se mettant à son propre point de vue. S'attendre partout à une rigoureuse exactitude d'expression, c'est s'exposer
à plus d'une erreur. Enfin le vers : Σιγᾶν θ' ὅπου δεῖ καὶ λέγειν
τὰ καίρια ne peut rien nous apprendre sur le sujet du
drame. Westphal lui trouve une place très convenable
dans le sujet qu'il suppose. Mais un lieu commun tel que
celui-là pouvait se placer à peu près partout. Qui eût
deviné, si les *Euménides* étaient perdues, à quelle occasion
il y est amené (v. 277)?

L'hypothèse que le Πυρφόρος était la troisième pièce de la
trilogie n'est donc pas démontrée par ces preuves; tout ce
qu'on peut dire, c'est que les données que nous avons ne
s'opposent pas à cette hypothèse. Voyons maintenant comment Westphal reconstruit les drames perdus. Dans le Λυόμενος, Prométhée est délivré par Hercule malgré Jupiter. La
réconciliation n'a lieu que dans le Πυρφόρος : Prométhée consent à révéler le danger qui menace le pouvoir du chef des
dieux, et celui-ci confirme définitivement la liberté qui a
déjà été rendue sans son consentement au grand Titan.
Même en admettant ces vues, il n'est pas facile de se faire
une idée de l'action de la troisième pièce. Hercule négocie
la paix; il fait connaître que Chiron, souffrant d'une blessure incurable, est prêt à renoncer à son privilège divin et à
endurer la mort, afin de sauver Prométhée; ce dernier révèle
le secret dont il est possesseur, et reçoit les honneurs d'un
culte particulier. Où sont ici les éléments d'une action tra-

giquc? où est le πάθος, à prendre ce mot au physique ou au moral? Cependant le sujet des deux drames est nettement distingué d'une manière générale : dans l'un, le Titan triomphe; dans l'autre, il se soumet à l'ordre établi en échange des garanties et des honneurs qui lui sont accordés. Malheureusement, cette distinction est, suivant nous, insoutenable.

Nous savons (par Athénée, XV, p. 674 D) que, dans le Λυόμενος, Prométhée mettait une couronne. A entendre Westphal, cette couronne était le signe du triomphe : elle indiquait que le Titan délivré sortait victorieux de sa lutte contre le maitre du ciel. Dans la troisième pièce, au contraire, il aurait consenti à porter un anneau de fer en souvenir de sa peine et en signe de soumission.

Quelque ingénieuse que soit cette combinaison, nous regrettons de ne pouvoir l'admettre. Elle repose sur un texte altéré, et elle est formellement contredite par d'autres témoignages. On lit, il est vrai, dans Hygin (*Poet. Astr.*, II, 15) : *Memoriæ causa ex utraque re, h. e. lapide et ferro, sibi digitum vincire jussit.... Nonnulli etiam coronam habuisse dixerunt, ut se victorem impune peccasse diceret.* Mais la couronne et l'anneau avaient absolument la même signification. Hygin l'indique en les coordonnant, et il faut ajouter la négation *ne* dans son texte, soit après *peccasse*, soit après *impune.* Cette correction, que j'ai déjà proposée dans la préface de mon édition du *Prométhée*, est indispensable. Athénée, *l. c.*, se sert du mot ἀντίποινα, évidemment d'après Eschyle; un peu plus haut (p. 672 E), il appelle la couronne de Prométhée une expiation volontaire et exempte de douleur (τίσιν ἑκούσιον ἐν ἀλυπίᾳ κειμένην), et il rapporte comment, à l'imitation de cette peine symbolique, les Cariens, qui avaient un jour enchaîné une idole avec des branches d'osier, reçurent de l'oracle qu'ils consultèrent l'ordre d'expier ce délit en se ceignant, ou plutôt, comme disent les Grecs, en se liant (καταδεῖν, *vincire*) la tête des rameaux du même arbre (λύγος). Apollodore et Eschyle lui-même appellent la couronne de Prométhée une chaîne, et la meilleure des chaines[1]. Ce symbolisme, qui nous étonne, était familier aux anciens[2]. Pour revenir au passage d'Hygin, s'il faut ajouter aux arguments que nous venons de donner une preuve plus directe de la justesse de notre correction, citons ici quelques lignes de Probus, sur lesquelles nous aurons à revenir plus bas. Voici ce que rapporte ce savant commentateur de Virgile à propos du vers 43 de la VIe églogue : *Hunc quidem vulturem Hercules interemit, Prometheum tamen liberare, ne offenderet patrem, timuit. Sed postea Prometheus Jovem a Thetidis concubitu deterruit, pronuntians quod ex his nasceretur qui ipsis dis fortior futurus esset. Ob hoc beneficium Jupiter eum solvit. Ne tamen impunitus esset, coronam et anulum gestanda ei tradidit....* Pour le moment, la dernière phrase seule nous intéresse. Il en résulte que la couronne remplaçait les chaines ; que Prométhée, en s'en ceignant, faisait, en quelque sorte, durer son supplice d'une manière symbolique, et qu'il se soumettait ainsi à Jupiter dans le drame même où il était délivré. On comprend de moins en moins ce qui aurait pu se passer dans un drame suivant.

Ce n'est pas tout. Je ne puis approuver ceux qui croient, comme Westphal et Martin, qu'après avoir tué l'aigle,

1. Voir Apollodore, II, 5, 11; Eschyle, fragment du drame satyrique *Sphinx*, cité par Athénée, XV, p. 674 D :

Τῷ δὲ ξένῳ γε στέφανον ἀρχαῖον στέφος
δεσμῶν ἄριστος ἐκ Προμηθέως λόγου.

En écrivant στέφανος, on laisse subsister une intolérable tautologie. La dernière syllabe de στέφανον est, au contraire, le seul indice de la vraie leçon, foncièrement gâtée par une distraction du copiste. L'épithète ἀρχαῖον fait supposer que le feuillage, qui servait anciennement aux couronnes, était nommé dans ce vers. Or Athénée, dans un autre passage, cité ci-dessus, dit, en invoquant le témoignage d'Aristarque : Λύγοις ἐστεφανοῦντο οἱ ἀρχαῖοι, et il ajoute quelques vers dans lesquels on lit : Καὶ λύγος ἀρχαῖον Καρῶν στέφος. Je crois donc que le texte d'Eschyle portait :

Τῷ δὲ ξένῳ γε λύγινον ἀρχαῖον στέφος.

2. Cf. K. F. Hermann, *Griech. Antiquitæten*, II, § 24.

Hercule ôtait aussitôt les chaînes de Prométhée. C'eût été
une faute dramatique : plus l'action était simple, plus il
fallait s'appliquer à en marquer la progression. Eschyle a
bien su séparer les peines réunies par Hésiode : son Prométhée est d'abord simplement enchaîné; la visite de l'aigle
est réservée pour plus tard, comme une aggravation du
supplice. Je persiste à croire que le poète observait une
gradation analogue quand il représentait la fin du supplice.
D'abord, Hercule perçait l'aigle d'une de ses flèches, sur
quoi Prométhée le saluait comme « le fils très cher d'un
père ennemi ». Mais le fils de Jupiter ne put prendre sur
lui d'exposer son père à une chute honteuse en délivrant
le prisonnier aussitôt et sans condition. Auparavant, Prométhée devait révéler son terrible secret ou, tout au moins,
s'engager à le révéler. Un dieu envoyé par Jupiter confir-
mait-il expressément cet arrangement, ou bien Hercule
comptait-il assez sur l'approbation de son père pour
traiter en son nom? Je n'ose décider cette question. Quoi
qu'il en soit, ces vues reçoivent une éclatante confirmation
du récit de Probus. Le témoignage de Philodème est moins
détaillé; mais il a l'avantage de se référer positivement à
Eschyle. Un passage du περὶ εὐσεβείας (table XC) porte : Καὶ
τὸν Προμηθέα λύεσθαι ποιεῖ Αἰσχύλος, ὅτι τὸ λόγιον ἐμήνυσε τὸ περὶ
Θέτιδος. Ce texte dit nettement que la révélation de l'oracle
ou, si l'on veut, la promesse de le révéler, précédait, dans
Eschyle, la délivrance. Martin voudrait entendre λύεσθαι
non de la délivrance, mais d'une déclaration, faite après
coup par Jupiter, qu'il ne remettrait pas Prométhée dans
les fers. Mais Philodème n'est pas un poète, ni un personnage de tragédie faisant des prophéties obscures; c'est un
prosateur, et des plus prosaïques : il ne faut pas lui faire
dire autre chose que ce qu'il dit.

En revanche, les prédictions que Prométhée fait dans la
tragédie conservée admettent une certaine latitude d'interprétation. Il assure à deux reprises (v. 176 et 991) qu'il ne
dira son secret que lorsque les chaines seront tombées.
Eh bien, s'il promettait cette révélation avant la délivrance,

il se conformait strictement à ces assurances. Et il ne se
donnait même pas de démenti réel, s'il se contentait, pour
faire la révélation, de la promesse de la délivrance. A cette
occasion, disons un mot d'un autre vers auquel Westphal
et Martin attachent, suivant nous, trop d'importance. Prométhée ayant annoncé que sa délivrance seule peut
détourner les dangers qui menacent Jupiter, Io demande
(v. 771) : Τίς οὖν ὁ λύσων ἐστὶν ἄκοντος Διός; S'ensuit-il qu'Hercule délivrera Prométhée malgré Jupiter? D'où viendrait
donc à Io, qui n'a reçu la confidence d'aucun oracle, la
connaissance d'un fait si extraordinaire, si inadmissible?
Prométhée qui connaît, lui, l'avenir, ne lui a rien dit de
pareil : au contraire, ses paroles feraient plutôt supposer,
ce qu'il dit ailleurs en propres termes, que Jupiter lui-
même fera tomber ses chaines. Io ne sait que ce qu'elle
voit : le supplice infligé par Jupiter à Prométhée. Elle ne
comprend ni que le maître fasse volontairement cesser le
supplice ni qu'un autre se permette cet acte malgré le
maître. Elle ne dit que ceci : « Qui donc peut te délivrer,
puisque Jupiter ne veut pas que tu sois libre? » En traduisant ce vers, il ne faut pas oublier que la locution ὁ λύσων
ἐστίν est au présent, et signifie : « est capable de délivrer ».
Il est presque inutile de renvoyer à Krueger, *Gramm. gr.*,
53, 7, 9 [1].

Résumons. Dans le Λυόμενος, Prométhée achetait sa délivrance au prix de son secret, et il consentait à porter un
lien symbolique en commémoration des chaines que lui
avait valu sa résistance aux volontés du maître. Il y faisait
donc la paix avec Jupiter, et rien n'empêche de croire que
tout ce qui se rattachait à cette réconciliation ait trouvé

---

1. Schœmann, dans son édition, et Wecklein, *Studien zu
Æschylus*, p. 28, expliquent les mots ἄκοντος Διός : « Jupiter y
consentant avec répugnance ». Mais il est évident que ἄκων,
comme *invitus*, ne peut prendre ce sens que lorsqu'il se rapporte au sujet du verbe. *Invitus feci* signifie : « Je l'ai fait avec
répugnance ». Mais *me invito fecit* veut dire : « Il l'a fait
malgré moi »; et ne peut se traduire : « Il l'a fait, et j'y ai
consenti malgré moi ».

place dans le même drame. A la fin, un dieu, soit Mercure, soit (ce qui me semble plus probable) Vulcain ou Minerve, pouvait annoncer, au nom de Jupiter, les honneurs dont jouirait désormais Prométhée comme membre de la société olympienne, le culte dont il serait l'objet. L'analogie des *Euménides* est toute en faveur de cette hypothèse, et je ne vois pas le moyen de remplir dignement une tragédie qui eût fait suite au Λυόμενος. Bien entendu, je ne nie pas absolument que le poète ait pu trouver ce que je ne découvre pas; je dis qu'il est difficile d'assigner au Πυρφόρος la troisième place de la trilogie, tout aussi difficile que de lui donner la première place. Bernhardy, Dindorf, Bergk sont d'avis que deux tragédies avaient suffi à Eschyle pour embrasser toute la fable de Prométhée. Ils croient que le titre de Πυρφόρος appartient au drame satyrique joué à la suite des *Perses*, de même que celui de Πυρκαεύς, qui n'apparaît qu'une fois, et qui, suivant eux, serait inexact. Il faut leur accorder que, autant que nous en pouvons juger, le sujet semble épuisé par les deux drames du Δεσμώτης et du Λυόμενος. D'un autre côté cependant, nous connaissons plusieurs trilogies d'Eschyle, nous pouvons en soupçonner d'autres; mais nous ne voyons pas que ce poète ait fait jouer ensemble deux tragédies liées par le sujet et une troisième indépendante des deux autres [1]. Cette objection a sa valeur. Il y a des présomptions générales en faveur d'une composition trilogique; mais dès que l'on essaye d'en remplir le cadre, de tracer les contours d'un troisième drame, soit antérieur, soit postérieur aux deux drames connus, on se heurte à de grandes difficultés.

---

1. Exceptionnellement, les poètes concoururent avec deux tragédies. Nous en avons un exemple, mais il est du IVᵉ siècle.

IV

LE THÉATRE D'EURIPIDE [1]

M. Decharme nous donne un volume sur *Euripide et l'esprit de son théâtre*. C'était choisir un beau sujet, il fait bon parler de ce que l'on sait bien. Le savant professeur connaît à fond son Euripide, cela va sans dire ; et Euripide est un des rares poètes de la grande époque de la littérature grecque qu'il nous soit donné de bien connaître. Laissons les lyriques pour nous en tenir aux maîtres de la tragédie. Nous ne possédons plus que sept drames d'Eschyle et autant de Sophocle, quand ces deux poètes ont été d'une prodigieuse fécondité. Quelques chefs-d'œuvre choisis dans un théâtre si riche ne peuvent donner qu'une idée incomplète du talent de ces poètes. Il est probable que la variété de leurs conceptions, la souplesse de leur

1. *Journal des Savants*, 1893, août et octobre, p. 478 et p. 590 et suiv. *Euripide et l'esprit de son théâtre*, par Paul Decharme, professeur de poésie grecque à la Faculté de Paris. Garnier frères, 1893.

génie, nous échappent en grande partie; comme il
est possible, d'un autre côté, qu'ils bénéficient de
ce que le temps a élagué leur œuvre, car il est à
croire qu'étant obligés de donner sans cesse des
pièces nouvelles pour les grandes fêtes, ils ne se
soutinrent pas toujours à la même hauteur. Il n'en
est pas de même d'Euripide. Nous lisons encore
de lui dix-huit drames, un millier de fragments,
dont plusieurs très étendus, des allusions très nombreuses à ses tragédies perdues, parfois même des
sommaires; en sorte qu'on peut se faire une idée
plus ou moins complète de son théâtre tout entier.
Ajoutons que le drame d'Euripide est le plus voisin
du nôtre par la complication de l'intrigue et le développement des passions, que sa vive sensibilité et
son esprit éclairé lui donnent une physionomie en
quelque sorte moderne, et que les défauts même du
poète dramatique sont souvent pour l'homme et le
penseur des titres à notre admiration et des sujets
d'étude des plus intéressants. Euripide est, en effet,
le témoin, le représentant, d'une époque de fermen-
tation intellectuelle et morale. Qui de nous n'a
éprouvé au sortir de l'enfance, au réveil de la raison
et de l'esprit d'examen, un éblouissement des hori-
zons nouveaux qui s'ouvraient devant lui, et en
même temps un douloureux regret des croyances
évanouies? C'est par ces tourments et ces enchan-
tements que passait alors la Grèce, ou tout au
moins la partie la plus cultivée de la nation, et
Euripide est le plus fidèle et le plus éloquent interprète de la révolution qui prépara le triomphe

de la philosophie sur les antiques croyances. Aussi M. Decharme a-t-il consacré la première partie de son livre à ce côté du théâtre d'Euripide. Après un aperçu sur la vie et le caractère du poète, il étudie ses rapports avec les philosophes et les sophistes, la critique à laquelle il soumit les traditions religieuses, ses idées morales, ses vues sur la société de son temps et sur la politique de sa patrie. Le poète ne vient qu'après le penseur. Dans la deuxième partie de l'ouvrage, M. Decharme étudie l'art dramatique chez Euripide, le choix des sujets, les situations, la conduite de l'action, la part faite, à côté des acteurs et du dialogue, au chœur et au lyrisme. M. Decharme poursuit, comme il dit lui-même, une enquête, sur les opinions et la méthode dramatique de son auteur. Il le fait sans opinion préconçue, également disposé à louer et à critiquer, avec une grande justesse d'esprit et une ferme impartialité. Le lecteur s'abandonne d'autant plus volontiers à un guide si sûr que le fruit d'études sérieuses et de longues méditations est exposé avec agrément. Il sait gré à l'auteur de lui raconter à l'occasion les fables, retrouvées par l'érudition, mais moins connues du grand public, d'une foule de pièces perdues. Il lit avec plus d'intérêt encore des pages bien senties, comme celles qui concernent les enfants et les mères dans Euripide. Louèrons-nous l'auteur de n'avoir pas cherché à être complet et à épuiser sa matière? Sans doute, car rien n'est plus fatigant que les écrits dont les auteurs ont voulu tout dire. Sans parler de nombreux points de détail, bornons nous à signaler l'omission voulue du *Cyclope* et du drame satyrique dans cette étude sur Euripide.

Nous allons suivre le bon exemple que nous donne M. Decharme, et ne pas résumer ici tous les chapitres d'un ouvrage que les amis des lettres aimeront à lire. La plupart du temps nous ne pourrions que redire moins bien ce qui est excellemment exposé par l'auteur. Il est difficile, en effet, de ne pas s'accorder avec un esprit aussi sobre et aussi sensé. Cependant, tout en approuvant le fond, on peut différer d'avis sur certains détails, on peut présenter les choses à un autre point de vue, on peut développer des points qui ont été simplement indiqués. C'est ce que nous nous proposons de faire dans cet article.

Rien n'est plus délicat que de dégager les idées personnelles d'un poète dramatique, qui doit faire parler les personnages qu'il met en scène conformément à leur caractère, à leurs passions, à la situation où ils se trouvent. La difficulté redouble quand nous avons affaire à un esprit curieux de spéculations, mais nullement dogmatique, une intelligence qui cherche, qui examine, qui aime à faire le tour de tous les problèmes sans s'astreindre à conclure. A quel signe reconnaîtrons-nous la pensée, les convictions, du poète lui-même? M. Decharme répond fort sagement qu'on peut attribuer à Euripide les idées qui se rencontrent plusieurs fois chez lui développées avec complaisance, et dans des pièces qui appartiennent à des époques différentes; puis aussi, et surtout, les réflexions qui conviennent si

peu à la bouche dans laquelle Euripide les a placées
que le personnage devient évidemment le porte-voix
du poète. Disons cependant qu'il peut arriver, tout
au contraire, que les paroles les plus en situation
nous révèlent la pensée intime du poète et s'imposent comme l'expression de la vérité même. Le
théâtre d'Euripide est plein des maximes de la
sagesse égoïste qui détourne l'homme des affections
profondes : chacun en a assez de ses propres maux;
il est trop pénible de souffrir pour deux, de trembler
pour les jours d'un ami, d'une femme, d'un enfant :
s'exposer à perdre des objets aussi chers, quand on
peut vivre seul, c'est donner trop de prise au
malheur et à la souffrance. Mais tous ces beaux
raisonnements ne tiennent point devant le cri de
l'amour maternel. Quand Andromaque quitte l'autel
où elle s'est réfugiée et s'expose aux tortures, à la
mort, pour sauver la vie de son fils, elle s'écrie :
« Ah! je le sens mieux que jamais : pour tous les
hommes, les enfants, c'est la vie; celui qui ne veut
pas en avoir souffre moins sans doute, mais il est
malheureux dans son bonheur[1] ». Voilà ce que dit
une femme au moment de se sacrifier pour son
enfant, et ces paroles sorties des entrailles d'une
mère sont plus fortes que toutes les dissertations
d'une froide sagesse. Ici c'est la circonstance qui
donne tout son prix à la réflexion et qui entraîne
l'assentiment du lecteur ou du spectateur; et il est
peut-être plus important de constater l'effet moral

1. *Andromaque*, 418-420.

7

produit par les drames d'Euripide que de discerner
les opinions personnelles du poète.

Euripide n'a juré sur la parole d'aucun maître,
mais il a subi l'influence de tous les penseurs qu'il
put connaître personnellement ou par leurs écrits.
Cependant la tradition constante qui fait de lui un
disciple d'Anaxagore mérite d'être prise en sérieuse
considération : elle est confirmée par plusieurs passages de ses drames, tant conservés que perdus.
M. Decharme est à ce sujet un peu moins sceptique
dans son livre qu'il ne l'avait été naguère dans un
mémoire consacré à cette question [1]. L'esprit de
doute qui avait succédé chez les philosophes de
cette époque à la construction de systèmes divers et
en apparence contradictoires, souffle en plein dans
le théâtre d'Euripide. Notre auteur examine successivement la critique appliquée par le poète à toutes
les idées reçues d'ordre religieux, moral, social,
politique. Arrêtons-nous sur les vues religieuses,
qui tiennent dans son œuvre la plus grande place et
la plus importante. Il est de toute évidence pour le
lecteur le moins attentif qu'Euripide ne cessait de
combattre les récits traditionnels dont se composait
l'histoire des dieux, la manière dont on les mêlait
aux choses humaines, les traits de caractère et les
passions qu'on leur prêtait. Allait-il jusqu'à nier
leur existence et saper toute croyance religieuse?
Nous le rechercherons plus loin ; d'abord il convient
de distinguer les degrés de cette opposition, tantôt

1. Voir ci-dessus, p. 21.

dissimulée, tantôt explicite, tantôt indiquée en passant, tantôt développée avec insistance. Ces distinctions ont leur importance : suivant la forme sous
laquelle elle était présentée, la critique agissait plus
ou moins sur le public.

Si Aphrodite dit[1] : « Les dieux sont comme les
hommes, ils aiment qu'on leur rende des honneurs », il faut connaître Euripide et savoir lire
entre les lignes, pour discerner l'intention ironique
de ces paroles[2]. Ailleurs, c'est l'expression d'un
doute éclairé au sujet de certaines traditions. Le
chœur trouve difficile à croire que les dieux aient
bouleversé l'ordre de la nature pour marquer leur
horreur d'un crime commis par des hommes[3]. Ailleurs encore, un enfant nourri dans le temple de
Delphes fait la leçon à son dieu avec une charmante
familiarité et en quelque sorte avec l'étonnement
candide d'un fils qui apprend les fredaines d'un père
vénéré[4] : « Il faut que je gronde Phœbus, il séduit
des vierges et les abandonne ensuite; les enfants
qu'il engendre clandestinement, il n'en prend nul
soin et les laisse mourir. Non point, Phœbus;
puisque tu as la puissance, applique-toi à la vertu.

1. *Hippolyte*, v. 7-8.
2. Gardons-nous cependant de voir des critiques où il n'y
en a point. M. Decharme croit à tort (p. 79) qu'Euripide accuse
l'égoïsme malfaisant des dieux dans *Hélène*, 38-40, *Oreste*,
1640-42, *Iph. Aul.*, 24 (cf. *Iph. Taur.*, 16-29), et, ce nous semble,
aussi dans *Héc.*, 958. Cf. Bossuet, *Or. fun. d'Henriette de France*,
commencement.
3. *Électre*, 737-744. On a dit à tort que le doute portait aussi
sur le crime de Thyeste.
4. *Ion*, 436-447.

Les dieux punissent bien l'homme qui se conduit
mal ; est-il juste que les auteurs des lois imposées
aux mortels les transgressent eux-mêmes? S'il arrivait (cela ne sera pas, je ne fais qu'une supposition),
mais s'il arrivait que vous eussiez à donner satisfaction aux hommes de toutes les unions violentes,
toi-même et Poséidon et Zeus, le maître du ciel,
vous épuiseriez les trésors de vos temples pour
réparer vos torts. » Souvent le reproche est direct
et exprimé dans un langage grave. Apollon a dressé
un guet-apens à Néoptolème. Après avoir raconté
la mort du héros, le Messager ajoute : « Le dieu qui
rend des oracles, qui révèle à tous les hommes les
règles de la justice, voilà ce qu'il a fait au fils
d'Achille, venu pour réparer ses torts. Il a, comme
un homme méchant, gardé rancune d'anciennes
querelles : où est donc sa sagesse [1] ? » Quand
l'amante qui se croit trahie fait éclater sa douleur
et son indignation, ce n'est plus une grave réflexion,
mais une accusation passionnée qui accable le dieu.
Créuse cueillait des fleurs au pied de l'Acropole
d'Athènes, quand Apollon l'entraîna dans une grotte
et, malgré sa frayeur et ses cris, la rendit mère.
L'enfant qu'elle exposa sur cette couche nuptiale a
disparu. « Il a péri misérablement, mon fils et le
tien ; toi cependant tu chantes des péans aux sons
de ta lyre. Ah ! c'est le fils de Latone que j'inter-
pelle, le prophète assis sur un siège d'or au centre

---

1. *Andromaque*, 1161-1165. Le chœur des *Troyennes* (v. 845)
n'accuse pas le rapt de Ganymède, mais l'ingratitude de Zeus.

de la terre ; que ma voix retentisse à son oreille :
ah! mauvais époux!... Mon enfant, qui est aussi le
tien, a été arraché par les oiseaux de proie des
langes où l'enveloppa sa mère. Tu es en horreur à
Délos et au laurier qui croît près du beau palmier
où Latone t'enfanta, auguste fruit des embrasse-
ments de Zeus [1]. »

Il est enfin des cas où la protestation du poète
contre les iniquités prêtées aux dieux immortels
revêt une forme dramatique et s'impose avec plus
de force encore à l'esprit des spectateurs par une
mise en scène frappante. L'odieuse conduite d'Héra
envers le grand Hercule est explicitement condamnée dans une des dernières scènes de la tragédie
d'*Héraclès*; mais l'horreur que cette conduite inspire
à la Rage en personne traduit plus éloquemment
encore les sentiments du poète. Nous y reviendrons
dans un des articles suivants.

Tout le monde connaît la scène déchirante qui
suit le meurtre de Clytemnestre par ses propres
enfants. Oreste et Electre rappellent alternativement
tous les incidents de l'acte horrible qu'ils viennent
de commettre, ils pleurent sur la victime, ils se font
horreur à eux-mêmes; ils accusent le dieu qui les a
poussés au parricide: de leurs cris de désespoir, du
sang qui souille leurs mains, s'élève une voix qui
condamne le dieu de Delphes et son oracle inhu-
main. Plus cette scène est douloureuse, plus la
protestation d'Euripide contre une fable qu'il évoque

1. *Ion*, 887-922.

en poète et qu'il condamne en philosophe, devient incisive et puissante.

Est-il vrai qu'Euripide alla plus loin et qu'il prêcha l'athéisme? Aristophane l'en accusa, et M. Decharme n'est pas éloigné de donner raison à Aristophane. Il affirme que le poète veut engager la foule à ne pas honorer les dieux, puisqu'ils sont injustes ; que, non content de rejeter le polythéisme, il élimine aussi la personne d'une divinité unique, en dépouillant Zeus de tout ce qui constitue une personnalité. « Vois-tu au-dessus de nos têtes l'éther infini? Il étreint la terre d'un souple embrassement. C'est là Zeus, c'est là Dieu, crois-le bien[1]. » Euripide ne voit donc en Zeus qu'un nom de l'éther, il le transforme en un élément de la nature. M. Decharme accorde lui-même que cette manière de penser ne pouvait rien avoir de choquant, puisqu'elle est conforme aux plus anciennes croyances des Hellènes. Mais il reproche à Euripide de ne pas toujours distinguer l'éther céleste de l'air plus grossier qui enveloppe la terre. J'avoue ne pas y trouver grande différence, ni grand mal : la terre elle-même n'avait-elle pas son culte, ses temples et ses fêtes?

Nulle part Euripide ne parle plus explicitement de la puissance mystérieuse qui conduit le monde que dans la fameuse prière qu'il prête à Hécube[2]. « O toi qui portes la terre et qui reposes sur la terre, qui que tu sois, Zeus, être mystérieux; que tu sois

1. Fragment 941.
2. *Troy.*, 884 et suiv.

la nécessité de la nature ou l'intelligence des mortels, je t'adresse ma prière, car, par un chemin occulte, tu conduis silencieusement, selon la justice, toutes les choses humaines. » Il est difficile de résumer plus nettement. les principaux systèmes théologiques : le panthéisme, qui est au fond des religions helléniques; le fatalisme, qui se mêle déjà dans Homère à la conception de la puissance divine; enfin la doctrine d'Anaxagore, qui faisait de l'intelligence, du *Nous*, l'ordonnateur du monde. Car c'est bien ainsi qu'il faut entendre ce que le poète appelle l'intelligence des mortels, l'esprit humain étant considéré comme une émanation, une parcelle de l'esprit divin. Peut-on dire, avec notre auteur, que cette profession de foi détruit la personnalité de Dieu? Comment en serait-il ainsi, quand le poète affirme que Zeus, quel qu'il soit, gouverne avec justice les choses humaines? L'enchaînement nécessaire des causes et des effets n'est-il pas devenu pour les Grecs une personne sous le nom de Μοῖρα? Et les éléments de la nature n'ont-ils pas été aux yeux des anciens des êtres vivants? Nous avons aujourd'hui de la peine à comprendre que l'on puisse adorer le soleil et les corps célestes comme des êtres animés. Les dieux ronds des stoïciens nous font rire, et Ernest Havet, qui connaissait cependant si bien l'esprit hellénique, ne put se persuader que Platon crût sérieusement à la divinité des astres. Nous ne doutons pas un instant de la sincérité de Platon. Si Gœthe fait paraître l'Esprit de la Terre dans son *Faust*, il y a là plus qu'une fiction

poétique; ce grand esprit croyait à la hiérarchie de
ce qu'il appelait les *monades*, et il ne voyait aucune
difficulté à penser que la monade d'un homme supérieur s'élevât après sa mort au rang de monade de
Sirius ou d'un autre astre.

Faut-il entendre dans le sens de l'athéisme les
vers de l'*Hécube* (799-800) où il est dit que la loi,
c'est-à-dire la coutume (νόμος), est au-dessus des
dieux, puisque c'est elle qui a déterminé la croyance
aux dieux? Nous ne le pensons pas. Hérodote
déclare bien que les traditions religieuses, les noms
et les attributs des dieux, sont choses conventionnelles qui varient de peuple à peuple; et personne
ne contestera la piété d'Hérodote. La religion, en
quelque sorte internationale, du père de l'histoire,
est parfaitement conciliable avec les vers que nous
venons de citer. Ce qui nous porte à croire qu'Euripide était loin de prêcher l'athéisme, qu'il ne voulait pas détruire, mais épurer les croyances de sa
nation, c'est la haute et noble idée qu'il donne de
la nature des dieux. « Si les dieux font une chose
honteuse, ils ne sont pas dieux. » « Je crois qu'aucun
dieu n'est méchant. » « Dieu, s'il est vraiment dieu,
n'éprouve aucun besoin [1]. » Il y a mieux encore
que ces réflexions détachées, c'est la réalisation
dramatique de ces croyances épurées. Qui peut lire
sans une profonde émotion la dernière scène de
l'*Hippolyte*? La présence d'Artémis, dont il entend
la voix, dont il sent le souffle divin sans la voir, ne

---

1. Fragment 292; *Iph. Taur.*, 391; *Hercule furieux*, 1345.

soulage pas seulement la douleur physique du
héros, elle lui inspire les plus nobles sentiments. La
déesse préside à la scène touchante où nous voyons
le fils mourant et le père qui est l'auteur de cette
mort se réconcilier et s'attendrir mutuellement sur
leur sort. Le pardon descend du ciel et, en opposant
Artémis à Aphrodite, le poète semble avoir mis en
regard d'une divinité, telle que la concevait le
peuple, sa propre conception de la nature divine.
Si l'on dit que le théâtre d'Euripide agit comme un
dissolvant sur les vieilles fables et les croyances
populaires, on dit vrai, mais on ne dit pas tout.
Euripide n'a pas seulement ébranlé les opinions
reçues, il a puissamment contribué à répandre une
conception plus haute du divin, qui devait être celle
de l'avenir.

Faut-il croire que, vers la fin de ses jours, le
poète, désabusé de la philosophie, se soit converti
à je ne sais quelle orthodoxie païenne? Les *Bacchantes*, qui ne furent jouées sur le théâtre d'Athènes
qu'après la mort d'Euripide, condamnent hautement la prétendue sagesse des esprits forts et exaltent la foi aveugle des gens du peuple. On y voit un
jeune dieu, Dionysos, introduire son culte dans
Thèbes, où il était né, et, comme il rencontre de
l'incrédulité dans sa propre famille, frapper de
démence les femmes rebelles à la religion nouvelle.
Une mère déchire de ses mains son propre fils,
qu'elle prend pour un jeune lion, et paraît sur la
scène en chantant victoire et brandissant un horrible trophée, la tête de son enfant. Les lecteurs

d'*Électre*, d'*Hercule furieux*, d'*Andromaque*, s'atten-
dent ici à une protestation énergique du poète contre
cette terrible légende; mais le poète s'abstient de
condamner la conduite du dieu : sa vengeance
apparaît comme un acte de justice par lequel il
manifeste sa puissance et établit sa religion. Malgré
les apparences contraires, M. Decharme ne pense
pas qu'Euripide ait voulu renier son passé : « Si le
poète, dit-il, s'est passionné pour la religion dionysiaque, le philosophe a dû secrètement partager les
sentiments de Penthée ». Les derniers éditeurs des
Bacchantes [1] s'accordent sur ce point avec M. Decharme, et nous pensons, nous avons toujours
pensé, qu'il est dans le vrai. Il y a cependant là un
problème qu'on nous permettra de discuter à nouveau, un peu plus longuement que notre auteur ne
l'a fait dans un livre qui embrasse tant de matières
diverses.

Il est incontestable qu'en écrivant les *Bacchantes*
Euripide imposa silence à sa critique, à son esprit
d'examen, pour s'abandonner à son sujet, pour
s'inspirer, s'enivrer de la religion de Dionysos. On
peut dire, en abusant d'un vers d'Eschyle [2], que le
drame d'Euripide est plein du dieu, que ses chants
respirent la folie bachique :

$$\text{ἐνθουσιᾷ δὴ δρᾶμα, βακχεύει μέλος.}$$

Cette folie se manifeste de deux manières. Bac-

---

1. E. Bruhn, Berlin, 1891; R. Yelverton Tyrrel, Londres,
1892.
2. Eschyle, frag. 58 : Ἐνθουσιᾷ δὴ δῶμα, βακχεύει στέγη.

chus est, comme on lit quelque part dans cette pièce, le dieu à la fois le plus terrible et le plus doux aux mortels [1]. Son délire est un bienfait pour les uns, un châtiment pour les autres. Le chœur, composé de femmes lydiennes dévouées au jeune dieu, jouit de ses faveurs, des douceurs infinies de son culte. Les chants du chœur, comme les récits du Messager, nous transportent dans la montagne, dans les frais vallons et les bois solitaires; nous y entendons la bruyante musique des tambours et des cymbales, nous suivons la bacchante dans sa course échevelée, dans les transports où elle oublie les soucis, les misères de la vie journalière, pour vivre dans un monde d'illusions et de merveilles. Là, mieux encore que dans les monuments figurés, on est témoin du délire des adorateurs de Bacchus, de cette exaltation où la personne du fidèle se confond avec celle du dieu. Le caractère propre du mysticisme est toujours le même : le païen, comme le chrétien, ravi hors de lui-même, s'affranchissait du moi, pour se perdre, s'abîmer, dans son dieu. Seulement, pour le mysticisme antique, ce dieu est la nature. C'est en s'oubliant, en se plongeant au sein de la nature, comme dans une fontaine de jouvence, dans une source d'énergies mystérieuses, surhumaines, que le fidèle ressent un soulagement délicieux, se sent purifié et comme sanctifié par une joie ineffable. Mais ce qui est remède pour les uns, est poison pour les autres. Quand le cri « A la montagne,

---

1. *Bacch.*, 860 : Θεὸς δεινότατος, ἀνθρώποισι δ' (τ'?) ἠπιώτατος.

à la montagne! » entraîne les ennemis du dieu, il
les remplit d'une sombre fureur, d'un aveuglement
funeste, d'une démence meurtrière, dont ils pleure-
ront les effets quand ils seront revenus à la raison.
Le poète a dépeint avec la même vigueur les deux
délires, les deux visages du dieu. Il semble bien
pénétré des bienfaits de Dionysos; approuve-t-il
également les terribles vengeances du dieu? On le
dirait; cependant un vers, signalé avec raison par
M. Decharme, trahit le sentiment intime du poète.
Quand Dionysos déclare qu'il a justement puni l'outrage fait à sa divinité, Agavé répond : « Les dieux
ne devraient pas s'abandonner aux mêmes passions
que les hommes ».

Ὀργὰς πρέπει θεοὺς οὐχ ὁμοιοῦσθαι βροτοῖς (v. 1348).

Penthée a beau être traité par les bacchantes
d'insensé contempteur des dieux, de rebelle impie,
semblable aux géants ennemis de l'Olympe, il n'en
est pas moins présenté comme un prince ferme et
sensé, tendrement aimé par son aïeul, le vieux
Kadmos, qu'il défend contre tout outrage et dont il
fait respecter les cheveux blancs [1]. Sont-ce là des
vertus dont est pavé le chemin de la damnation? On
peut trouver que Penthée n'a pas tort de s'opposer
à l'introduction d'un culte fanatique, d'estimer que
les ivresses, les extases, les fêtes nocturnes ne sont
pas sans danger pour la vertu des femmes. Il est
vrai que Tirésias réfute la critique de Penthée,

---

1. Voir v. 1310-1322.

mais les arguments du devin sont assez faibles, et
l'on voit dans un autre drame d'Euripide, que, par
le fait, il était facile d'abuser des bacchantes [1]. Les
esprits forts pouvaient donc, aussi bien que les
âmes dévotes, trouver dans la tragédie d'Euripide
de quoi se confirmer dans leurs sentiments. Il
faut cependant avouer qu'à le prendre dans son
ensemble, le drame est une glorification de Dionysos
et que les sentiments de piété y sont exprimés avec
une ferveur, une insistance qui entraînent le lecteur et lui font oublier les faibles protestations de la
raison. Il est un point en particulier sur lequel il
faut appeler l'attention et qui semble venir à l'appui
de l'opinion qui voit dans les *Bacchantes* une pali-
nodie du poète philosophe.

Le chœur est dans son rôle quand il chante les
bienfaits de son dieu et condamne l'incrédulité de
Penthée, quand il déclare qu'il est sage de se
méfier d'une vaine sagesse et d'embrasser les
croyances et les pratiques de la foule simple et
ignorante [2]. Mais voici qui est plus étonnant : « Il
en coûte si peu de croire que nous sommes gou-
vernés par la puissance mystérieuse des dieux et
que les traditions consacrées par les siècles sont
éternelles et véritables [3]. » Rapprochons de ces
paroles prononcées par le chœur, d'autres qui sont
placées dans la bouche de Tirésias : « Les croyances
que nous tenons de nos pères et qui sont aussi

[1. Voir *Ion*, 550 et suiv.
2. *Bacch.*, 430.
3. *Ib.*, 893-896.

anciennes que le temps, aucun argument ne les
renversera, fût-il imaginé par l'intelligence la plus
subtile [1]. » De pareilles déclarations ont une portée
d'autant plus grande qu'elles ne sont nullement
amenées par le sujet du drame. Penthée refuse de
croire à un dieu nouveau, il s'oppose à l'introduction d'un culte étranger. Le poète fait un anachro-
nisme voulu : il s'adresse à ses contemporains,
pour lesquels la religion de Bacchus, déjà consacrée par le temps, se trouve placée au même rang
que celle des autres dieux de l'Olympe. Ce n'est
plus le chœur des Bacchantes, c'est le poète, c'est
Euripide lui-même qui traite de folie la prétendue
sagesse des esprits forts.

Nous ne trouvons à cela qu'une seule explication.
On a vu depuis longtemps que les *Bacchantes*
furent composées pour le théâtre d'Æges, capitale
d'Archélaüs de Macédoine. L'éloge du pays, de ses
beaux fleuves, de ses montagnes sacrées, de la
piété de ses habitants, ne laisse pas de doute à ce
sujet. On sait du reste, ce qu'attestent les vers du
poète, combien les bacchanales étaient en honneur
dans la Macédoine; l'histoire nous apprend qu'Olym-
pias, la mère du grand Alexandre, était passionnément adonnée à ce culte orgiastique. Dans un
pareil milieu, le poète était astreint à plus de
retenue que dans la démocratique Athènes. Il était
obligé de dissimuler avec plus de soin ses discrètes
objections, et de protester ostensiblement de sa

1. *Bacch.*, 201-203.

dévotion au dieu redoutable qu'il mettait sur la
scène. Dans Athènes même, Euripide n'était pas
toujours libre de dire toute sa pensée, et nous le
voyons quelquefois mettre une sourdine à l'expression de ses sentiments. Clément d'Alexandrie nous
a conservé des vers dans lesquels le disciple d'Anaxagore condamnait les *météorologues*. « Qui donc, à
la vue de ces choses, ne reconnaît Dieu, et ne rejette
loin de lui les fallacieux mensonges des raisonneurs
qui dissertent sur les choses du ciel? »

> Τίς τάδε λεύσσων θεὸν οὐχὶ νοεῖ
> καὶ ἑκὰς ῥίπτει μετεωρολόγων
> σκολιὰς ἀπάτας (frag. 923).

Le héros d'une des tragédies perdues d'Euripide,
Bellérophon, aigri par de tristes expériences, contestait l'existence des dieux et montait sur son coursier ailé pour constater s'il y avait, en effet, un Zeus
résidant au-dessus des nuages. Le présomptueux
était frappé de la foudre du dieu qu'il osait nier.
Les vers que nous venons de traduire étaient peut-
être prononcés par le chœur de cette tragédie
comme un correctif destiné à faire passer les
audaces du poète. Ailleurs encore Euripide s'élève
contre la raison impie : « Dans notre vain orgueil,
dit-il, nous croyons être plus sages que les dieux »;
c'est le héros de la cité, Thésée, qui s'exprime ainsi
dans un discours [1] où il soutient une thèse contraire
au pessimisme habituel d'Euripide. « Le bien, dit-il,

1. *Suppliantes*, 195-218.

l'emporte sur le mal dans notre vie, autrement les
dieux ne nous auraient pas donné l'existence. »
M. Decharme fait observer que la tragédie des
Suppliantes est peut-être la seule où l'on ne puisse
relever un mot de critique à l'adresse des Olympiens. Le sujet patriotique imposait au poète d'être
respectueux des dieux. On voit qu'Euripide savait
se plier aux circonstances, aux nécessités du
moment.

Nous ne quitterons pas les *Bacchantes* sans ajouter
un mot sur un passage assez singulier et diversement jugé par les commentateurs d'Euripide. Tirésias défend le nouveau culte contre les attaques de
Penthée. Il s'étend sur les bienfaits de Dionysos,
mais il mêle à son apologie certains arguments qui
étonnent le lecteur. Le dieu qui a procuré aux
mortels l'oubli de leurs maux en leur donnant le vin,
est confondu avec cette boisson et semble perdre
ainsi sa personnalité. Un mythe baroque est écarté
par une interprétation des plus étranges. Quelques
critiques pensent que le malin poète a glissé sour-
noisement, dans cette apologie de la religion de
Dionysos, des considérations qui en détruisent les
fondements. D'autres ont été choqués de cette contradiction apparente, au point de rejeter les vers en
question comme une interpolation.

Par le fait, ces vers qui ne sont ni interpolés ni
impies, constituent un document pour l'étude de ce
qu'on peut appeler la théologie de cette époque.
Tirésias dit que le fils de Zeus, dieu offert en
libation aux autres dieux, devient ainsi un média-

teur entre les humains et les immortels[1]. On ne
méconnaîtra pas la profondeur mystique de cette
conception, et si Dionysos est ici confondu avec le
fruit de la vigne, on se souviendra que les poètes
emploient indifféremment le nom de Βάκχος pour
désigner le vin et le dieu du vin[2], comme celui
d'Héphæstos pour le dieu et l'élément du feu[3];
qu'un peu plus haut, Déméter vient d'être con-
fondue avec la terre, et que la même déesse est iden-
tifiée avec les céréales dans un oracle delphique[4].
Reste le jeu de mots au moyen duquel la légende de
l'enfant Bacchus arraché du sein de sa mère et
cousu dans la cuisse de Zeus est remplacée par une
fiction un peu moins étrange[5]. Il est vrai que les
chants du chœur célébreront pieusement cette
même légende comme une sainte tradition; mais
cette divergence n'a pas lieu de nous surprendre.
Le prologue d'*Hélène* met en doute le mythe
d'après lequel Zeus aurait pris la forme d'un cygne
pour s'unir à Léda, et néanmoins ce même mythe
est rappelé à deux reprises comme un fait constant
dans les chœurs du même drame[6]. L'interprétation
de la légende de Dionysos est un moyen terme
entre la foi qui accepte tout et l'incrédulité qui nie

1. *Bacch.*, 284-285.
2. Voir *Iph. Taur.*, 953; *Cycl.*, 519-523.
3. Homère, *Il.*, II, 426; Archiloque, frag. 12; Sophocle, *Antig.*, 102 et 1007.
4. Ἦ που σκιδναμένης Δημήτερος ἢ συνιούσης : oracle cité par Hérodote, VII, 141.
5. *Bacch.*, 286-297.
6. *Hélène*, 21, 216, 1145.

8

absolument. Beaucoup de philosophes dans l'antiquité, beaucoup d'esprits demi-croyants à toutes
les époques, ont cherché des accommodements qui
leur permissent de concilier la tradition et la raison.
Euripide s'adresse ici à la partie la plus éclairée de
son public macédonien et donne le moyen de ratio-
naliser, sans le rejeter complètement, ce qu'il y a
de plus choquant dans la légende de Dionysos.

L'originalité d'un poète dramatique se marque
beaucoup plus dans la mise en œuvre que dans le
choix des sujets. Ce dernier point a cependant son
importance. Quand il s'agit des grands poètes tragiques d'Athènes, on peut dire, il est vrai, qu'ils
n'auraient pas fait preuve d'une si étonnante fécondité, s'ils avaient été exclusifs dans leurs choix; les
vieilles traditions nationales étaient le trésor où ils
puisaient tous, sans se laisser rebuter par l'apparente pauvreté de la donnée traditionnelle, sans
redouter de revenir sur les fables déjà mises sur la
scène par leurs devanciers. Malgré cette commu-
nauté de sujets, on peut cependant signaler certaines préférences, certaines nouveautés. Welcker,
qui aimait à suivre les transformations de la légende
à travers les formes successives, épique, lyrique,
dramatique, de la poésie grecque, classa les pièces
d'Euripide d'après les épopées dont elles étaient
tirées. M. Decharme fait une distribution topogra-
phique, il ordonne les tragédies d'après les traditions locales qui s'y trouvaient traitées; et à ce
propos il fait remarquer avec justesse que les fables
troyennes ne tenaient pas dans le théâtre complet

du poëte une place aussi prépondérante que l'on pourrait croire d'après les pièces conservées. Quant aux fables attiques, assez rares encore chez Eschyle, elles sont largement représentées dans le répertoire d'Euripide; pas plus cependant que dans celui de Sophocle.

Ces classements ont leur intérêt. On peut cependant en faire un autre encore, non moins intéressant, en s'attachant à la nature même des sujets. Alors on est frappé à première vue par ce qui est la grande nouveauté et le trait le plus caractéristique du théâtre d'Euripide : les ravages que l'amour fait dans le cœur humain et les maux qu'il attire sur ceux qu'il subjugue et sur leurs proches. On connaît sa galerie des héroïnes victimes de l'amour : c'est Phèdre, malade d'une passion coupable, contre laquelle elle lutte en vain. C'est cette autre Phèdre du premier *Hippolyte*, qui s'abandonnait audacieusement et sans vergogne au penchant de son cœur. Le poëte ne nous laisse pas ignorer que la fille de Minos avait sucé ces ardeurs passionnées avec le lait de sa mère, qu'elle était, comme on dirait aujourd'hui, victime de l'hérédité. D'autres femmes de la même famille lui fournirent le sujet d'autres tragédies. On voyait dans les *Crétoises* une petite-fille de Minos, Aéropé, expier les dérèglements de sa jeunesse [1], son adultère, ses trahisons, par le déses-

---

1. Ces dérèglements étaient rappelés incidemment, mais ne faisaient pas le sujet de la pièce. M. Decharme s'est sans doute laissé induire en erreur (p. 328) par la malencontreuse correction que Nauck a introduite dans le texte du fragment 469. Comment l'éminent et regretté helléniste ne s'aperçut-il pas

poir et le suicide. Euripide osa même mettre sur le
théâtre l'amour monstrueux de l'épouse de Minos.
Sa Médée est une femme barbare, sans frein, sans
mesure, étrangère à cette éducation hellénique qui
enseigne à se modérer jusque dans les égarements.
Elle a tout sacrifié à l'amour, trahi les plus saintes
affections, pour suivre un étranger. Trahie à son
tour par l'amant, elle se venge d'une façon atroce,
incroyable, à laquelle nous croyons cependant,
grâce à l'art du poète, qui a su faire d'une mère à la
fois tendre et dénaturée, un objet de pitié en même
temps que d'horreur. M. Decharme défend son
poète contre les reproches d'Aristophane, et certes
on ne saurait taxer le théâtre d'Euripide d'immora-
lité. Rien de plus douloureux, de plus lamentable,
que le spectacle de ces âmes malades, entraînées
malgré elles, quoique sciemment et de propos délibéré, dans un abîme de crimes et de souffrances.
Sainte-Beuve dit à propos d'une femme passionnée
du XVIIIᵉ siècle : « Cette situation d'âme est si visiblement déplorable, qu'elle s'offre à nous sans
danger, je le crois, tant l'idée de maladie y est
inhérente, et tant il s'y montre pêle-mêle de délire,
de fureur et de malheur [1]. »

Sthénébée s'est, comme Phèdre, vengée par la
calomnie d'un amour dédaigné ; mais, après avoir

qu'il se mettait en contradiction avec lui-même? En effet, il
pensait que les deux titres *Crétoises* et *Thyeste* désignaient une
seule et même tragédie. Or, s'il en est ainsi (et l'on ne saurait
guère en douter), cette tragédie roulait sur l'horrible banquet.
1. Sainte-Beuve, *Causeries du lundi*, II, p. 108.

assouvi sa haine, elle garde toujours son amour : l'image du jeune homme absent, mort peut-être, continue d'obséder son esprit, de remplir son cœur. Elle est punie par celui qu'elle avait calomnié : Bellérophon, de retour à Tyrinthe, feint de partager son amour, afin de l'enlever sur son cheval ailé et de la précipiter dans la mer. Le châtiment est mérité, mais nous ne pouvons nous défendre de trouver odieuse la conduite du justicier.

A côté de ces femmes, Euripide montra quelquefois des hommes égarés par une passion irrésistible. Macarée, épris d'un amour incestueux pour sa sœur; Laïos, enlevant le fils de son hôte, et donnant le premier exemple de l'amour contre nature. Mais dans la grande galerie des victimes de l'amour coupable, les femmes l'emportent par le nombre sur les hommes. Cela était naturel, mais l'étude des égarements du cœur féminin valut à Euripide l'ancienne et persistante réputation de misogyne. Quoi qu'en ait dit Aristophane et quoi qu'en dise M. Decharme, nous croyons que cette misogynie est plus apparente que réelle. Sans doute, les sorties contre les femmes, les boutades, les emportements, sont innombrables dans le théâtre d'Euripide, mais sous la violence de l'accusation, on sent l'intérêt, la pitié même; et il ne faut pas oublier que le poëte ne laisse pas non plus à l'occasion de dire ses vérités au sexe fort [1].

1. Voir *Médée*, 230-247, 420-430; *Hipp.*, 966-970; *Électre*, 1036-1040.

Quoique la tragédie se nourrisse de passions excessives et criminelles, Euripide s'est plu quelquefois à peindre l'amour conjugal. Il faut dire, toutefois, que, la plupart du temps, cet amour prend quelque chose de trop ardent, de trop délirant, pour mériter le nom de vertu, qu'on doit y voir la passion d'une amante plutôt que l'affection d'une épouse. Nous avons en vue cette Évadné qui se précipite avec un appareil théâtral dans le bûcher de Capanée; puis Laodamie, qui n'avait joui qu'un instant de l'amour de son mari, qui le voit revenir des Enfers pour le perdre une seconde fois après quelques heures, qui amuse sa douleur en embrassant l'image de son bien-aimé, et, poussée à bout, quand on lui arrache cette dernière consolation, finit par se donner la mort. Ne nous arrêtons pas à cette Hélène paradoxale qui a moins de réalité encore que le fantôme pour lequel Grecs et Troyens sont censés avoir combattu. La tragédie d'*Hélène* est un simple amusement, une débauche d'esprit. Il ne reste qu'un seul exemple, incomparable celui-là, de l'épouse vertueuse, dévouée jusqu'à la mort, c'est celui d'Alceste. N'oublions pas les jeunes hommes épris d'un amour pur, de cet amour qu'Euripide exalte quelquefois dans ses chœurs, qui est une école de vertu, qui inspire des actions héroïques. Tel était l'amour de Persée pour Andromède, qui excita un grand enthousiasme à Athènes avant de tourner la tête aux Abdérites. Tel encore l'amour d'Hémon pour Antigone. Après avoir aidé sa fiancée à ensevelir Polynice, le fils de Créon était, dans la tragédie d'Euripide, condamné à mourir avec elle; mais les amants furent sauvés par l'intervention du dieu thébain Dionysos.

La maladie de l'âme dont les effets sont les plus terribles, les plus destructifs, c'est incontestablement le délire. D'après la croyance antique un fait aussi extraordinaire, aussi effrayant, que le trouble subit de la raison, ne s'expliquait que par une cause surnaturelle, par la colère d'un dieu. Une fois, dans son *Hercule*, Euripide se conforma à cette croyance. Le délire d'Hercule y est l'œuvre d'Héra, on voit la Rage elle-même descendre sur l'ordre de la déesse, dans le corps du héros, et prendre possession de lui. Les premiers symptômes du mal, son explosion, ses effets, le douloureux réveil de la raison, tout cela est peint avec une vérité navrante. Mais le poète conserve les agents surnaturels, afin de les accuser. Différent est le cas d'Oreste. Que les remords d'un parricide s'exaltent jusqu'au délire; rien de plus naturel et de plus légitime. Le fils de Clytemnestre est épouvanté par les Furies, mais les déesses vengeresses n'existent que dans son imagination, ne sont que les visions qui hantent son esprit malade. Le délire prophétique de Cassandre a aussi tous les caractères d'une maladie. Quand elle entre en dansant, en brandissant le flambeau nuptial, en chantant son hymen avec le vainqueur, elle souffre, et elle fait souffrir les témoins de cette scène poignante, qui tient sa place dans la série des tableaux tragiques dont se composent les *Troyennes*. Mais de même que, peintre des ravages de la passion d'amour, il ne méconnaissait pas l'amour noble et salutaire,

Euripide a dépeint aussi un délire bienfaisant, réparateur de la santé de l'âme, qu'il opposa, nous l'avons vu, dans les *Bacchantes*, au délire féroce et pernicieux.

Le poëte, qui s'arrêtait souvent, avec une douloureuse compassion, au spectacle des maladies de l'âme, donna une fois à son public le spectacle d'un esprit malade. A la vue du malheur immérité qui frappe un jeune homme pur et vertueux, le chœur de l'*Hippolyte* sent chanceler sa croyance à la justice des dieux [1]. Cette croyance était traitée de fable absurde par un héros que l'ingratitude des hommes et l'infortune succédant à de glorieux exploits, avaient fait tomber dans une noire mélancolie. Aigri par de tristes expériences personnelles, Bellérophon est indigné plus qu'un autre de voir partout l'oppression du faible par le puissant, et le bonheur insultant du méchant. Il nie jusqu'à l'existence des dieux, et entreprend d'explorer, sur son coursier ailé, les régions célestes, afin d'acquérir la preuve matérielle du néant des croyances reçues. Qu'Euripide ait traité dans cet esprit une fable déjà connue de Pindare, un fragment considérable venu jusqu'à nous ne permet point d'en douter.

Arrivons aux passions haineuses et à leurs conséquences tragiques. Si les fils d'Œdipe se provoquent et se détruisent dans les *Phéniciennes*, c'est moins par l'effet de l'imprécation paternelle que par ambition et soif de gouverner. La haine de deux femmes

1. *Hipp.*, 1105 et suiv.; 1146.

rivales a plus souvent servi de thème à Euripide. Nous possédons encore la tragédie dans laquelle Hermione, blessée dans son orgueil d'épouse légitime richement dotée, traîne à la mort Andromaque et son fils. Plusieurs tragédies perdues roulaient sur une donnée analogue. Dans le *Phrixos*, Ino attentait à la vie du fils de sa rivale. Dans le drame qui portait son nom, la même Ino sauva ses enfants des mains de Thémisto et, par une substitution adroite, fit en sorte que sa rivale immolât, sans le savoir, ses propres enfants. Ailleurs, Théano, longtemps stérile, avait fait passer les deux fils de Mélanippe pour ses propres enfants; devenue mère à son tour, elle concerte avec ses frères [1] un complot contre la vie des jeunes hommes qui lui sont devenus odieux. Mais les frères de Théano tombent dans le piège qu'ils avaient dressé, Théano se donne la mort, et Mélanippe prisonnière (tel était le titre de la tragédie) est délivrée par ses fils.

On peut considérer comme une espèce de pendant à la rivalité de deux femmes, le cas assez fréquent dans la mythologie grecque où un époux mortel se trouve en présence d'un amant divin. Dans l'*Ion*, une intrigue très habilement combinée aboutit à la satisfaction des deux pères. Le sujet de la comédie d'Amphitryon avait été traité d'une manière

---

1. Cela résulte avec la dernière évidence du fragment publié d'abord par M. Blass, qui porte le numéro 495 dans le recueil de Nauck. Pourquoi M. Decharme, qui connaît ce fragment, s'obstine-t-il (p. 310 et p. 270) à prêter à Euripide la version d'Hygin?

tout à fait originale par Euripide dans sa tragédie d'*Alcmène*. Informé qu'il avait été prévenu par un rival mystérieux, Amphitryon faisait monter sa femme sur un bûcher et l'eût brûlée vive sans l'intervention du dieu des orages et des pluies. Le *Phaéthon* se terminait d'une façon plus tragique. Le jour même fixé pour le mariage de Phaéthon avec une déesse, au milieu des apprêts de la fête et des chants d'hyménée, Mérops découvre le cadavre du jeune homme foudroyé et le mystère de sa naissance.

Sans vouloir énumérer ici toutes les catégories de sujets traités par Euripide, n'oublions pas de rappeler que le poète s'est souvent consolé du spectacle des passions criminelles ou égoïstes par la peinture des nobles et purs dévouements. Nous avons déjà parlé plus haut des femmes qui ne veulent pas survivre à leur mari ou qui font le sacrifice de leur vie pour sauver la sienne. Macarie et Ménécée meurent volontairement pour leur famille ou leur patrie; Praxithée immole ses enfants au salut d'Athènes. Nous renvoyons le lecteur aux belles pages consacrées par M. Decharme à cette matière. Ajoutons seulement que le poète a eu souvent l'art de tourner en sacrifice volontaire ce qui avait été dans la légende une immolation imposée. L'exemple le plus connu de ces heureuses modifications est celui d'*Iphigénie à Aulis*. Dans l'*Agamemnon* d'Eschyle, dans la première *Iphigénie* (*en Tauride*) d'Euripide lui-même, la fille d'Agamemnon était encore, comme elle le sera plus tard chez

Lucrèce, une lamentable victime traînée à l'autel malgré ses supplications. Euripide, le premier, conçut l'idée de la faire marcher volontairement au sacrifice, offrant sa vie afin de faire triompher les Hellènes sur les Barbares. Polyxène est immolée sur le tombeau d'Achille ; mais en allant courageusement au-devant de la mort, en l'acceptant comme un bienfait, elle peut s'écrier : « Je meurs volontairement » (ἑκοῦσα θνῄσκω, v. 548), et devancer en quelque sorte la doctrine des stoïciens, qui sauvegardaient la liberté du sage par son assentiment volontaire aux arrêts de la Providence [1].

On a soutenu [2] que les épisodes de Macarie dans les *Héraclides*, et de Ménécée dans les *Phéniciennes*, avaient été imaginés par Euripide. Les arguments allégués à l'appui de cette thèse ne nous ont pas persuadé. Nous croyons que là encore l'invention du poète est dans la mise en œuvre, qu'elle consiste en modifications, en perfectionnements. Dans les deux cas le texte même laisse, ce nous semble, entrevoir la tradition primitive. Macarie ne veut pas que le sort désigne la fille d'Hercule qui mourra pour le salut commun. Nous pensons que le tirage au sort était conforme à l'ancienne version de la fable, et qu'Euripide la corrigea, afin de faire admirer son héroïne. On peut en dire autant du sacrifice de Ménécée, victime désignée par le devin Tirésias.

1. En écrivant son hymne à Zeus, Cléanthe s'est souvenu des vers 346-348 d'*Hécube*.
2. U. de Wilamowitz-Moellendorf, *De Euripidis Heraclidis*, programme de Greifswalde. 1882.

Ce sacrifice devient plus beau et plus spontané par
l'invention du poète. Euripide a voulu que Créon
donnât à son fils le moyen de fuir, et que celui-ci,
trompant la tendresse paternelle, se dévouât pour
sauver Thèbes. Il a fait d'Andromaque et de Mélanippe les exemples de mères sacrifiant leur vie pour
sauver celle de leur enfant; et on peut croire, ainsi
que nous l'avons conjecturé ailleurs, que la fable
de Danaé fut modifiée par lui d'une manière analogue. Au lieu d'être condamnée par Acrisios à
être jetée à la mer avec son nouveau-né, il semble
que dans la tragédie de notre poète elle partageât
volontairement le sort de son enfant [1].

Tous les poètes tragiques usèrent largement du
droit, que la poésie n'abdiqua jamais en Grèce, de
rajeunir les vieilles fables en les modifiant. Eschyle
en donna l'exemple, nous n'en voulons d'autre preuve
que son *Prométhée*. M. Decharme a peut-être raison
d'affirmer que les libertés prises par Euripide à ce
sujet ne furent ni beaucoup plus fréquentes, ni
beaucoup plus considérables que celles dont ses
devanciers avaient usé. Il convient cependant de
distinguer les modifications matérielles, qui ne sont
pas toujours très importantes, de la liberté qui consiste à infuser un esprit nouveau dans les vieilles
traditions. Quant aux premières, on ne peut guère
douter que certaines fables, telles que le châtiment

---

1. Le chœur exprimait peut-être son admiration dans ces
deux vers (frag. 329) :

Φεῦ, τοῖσι γενναίοισιν ὡς ἀπανταχοῦ
πρέπει χαρακτὴρ χρηστὸς εἰς εὐψυχίαν.

infligé par Bellérophon à Sthénébée, ou le bûcher
d'Alcmène, ne soient de l'invention d'Euripide. Il a
dû construire lui-même à peu près toute l'intrigue
de son *Ion*, drame pour lequel la légende athénienne
ne lui offrait probablement que de maigres données.
D'autres fois le poète innova en transportant les
traits d'une fable dans une fable différente. Quand,
pour plaire à son hôte, le roi Archélaos, Euripide
prit l'ancêtre homonyme de ce roi pour héros d'un
drame, il prêta à ce dernier, dont on ne savait
pas grand'chose, les actions d'un autre Héraclide, le
fameux Téménos. — Phénix, le gouverneur d'Achille,
raconte lui-même dans l'*Iliade* son histoire, qui n'est
rien moins qu'édifiante. Chez Euripide, il devenait
un autre Hippolyte, aussi pur et aussi malheureux
que le fils de Thésée ; un père trop crédule lui faisait
brûler les yeux. Nous savons qu'Euripide combina
la fable de Phénix avec celle d'Anagyros, héros
d'une légende attique [1].

Dans Homère, Éole, le roi des vents, qui réside
avec ses enfants dans une île solitaire, a marié ses
six fils avec ses six filles. Nous croyons qu'Euripide
prit ailleurs, peut-être dans les légendes d'une co-
lonie gréco-phénicienne, la passion incestueuse de
Macarée et ses conséquences tragiques. En ce cas,
son drame aurait été le résultat d'une contamination. Son Macarée proposa d'abord à Éole, sans
avouer encore sa passion, de marier les frères avec

---

1. Cf. Hiéronymos, περὶ τραγῳδοποιῶν, cité par Suidas, art.
Ἀναγυράσιος.

les sœurs, ce qui est évidemment un souvenir de l'*Odyssée*.

La Jocaste des *Phéniciennes* ne s'est pas donné la mort après l'horrible révélation; le poète a prolongé sa vie, afin qu'elle ménageât l'entrevue des frères ennemis et qu'elle reçût leur dernier soupir sur le champ de bataille. Là encore, Euripide combina deux traditions différentes. On sait que, dans l'ancienne épopée, les enfants d'Œdipe n'étaient pas le fruit de l'inceste, mais d'un second mariage, contracté après la mort de Jocaste ou Épicaste. D'après cette version de la fable, à laquelle il est fait allusion dans l'*Odyssée*, une peinture d'Onasias, contemporain de Polygnote, montra la mère d'Étéocle et de Polynice, Euryganeia, sur le champ de bataille où gisaient les frères ennemis [1].

On remarque des transpositions du même genre jusque dans de petits détails. Homère raconte que Théano, l'épouse d'Anténor, poussa la complaisance jusqu'à élever les bâtards de son mari avec ses propres fils; Euripide prête ce trait avec une légère variante à son Andromaque [2]. Le père de la même Théano, Cissée, devient père d'Hécube, dans la pièce qui porte ce nom [3], ou l'était déjà devenu dans la source où puisa Euripide.

Mais, nous l'avons dit, la grande nouveauté des drames d'Euripide ne consistait pas tant dans les modifications qu'il apportait aux fables que dans

1. Pausanias, IX, 5, 11.
2. Homère, *Il.*, V, 70; Euripide, *Androm.*, 224.
3. Cf. Homère, *Il.*, VI, 299; Euripide, *Hécube*, 3.

l'esprit de son théâtre. On n'a qu'à se rappeler son *Électre*, son *Hercule*, et d'autres pièces que nous avons mentionnées en parlant des idées religieuses et philosophiques de notre poète. La touchante histoire d'Antiope avait pris sous la main d'Euripide, sans rien perdre d'ailleurs, ce semble, de son intérêt tragique, une tournure particulière. Le poète s'est plu à discuter à propos de cette fable le mérite de la gymnastique et de la musique et d'établir, par le dénouement de la pièce, la supériorité de la culture de l'esprit sur les exercices du corps. Les fragments récemment trouvés ont pleinement confirmé ce que nous en avions déjà entrevu depuis longtemps. Le sujet de *Philoctète à Lemnos*, qui tenta les trois grands tragiques, fut traité par Euripide de manière à mettre en lumière la puissance de la parole. L'éloquence d'Ulysse, qui était le héros de la pièce, y triomphait deux fois des plus grandes difficultés. Comme un oracle relatif à Philoctète avait été rendu par Hélénos, fils de Priam, le poète avait imaginé, avec assez de vraisemblance, une ambassade chargée de gagner à force de présents et de promesses l'exilé de Lemnos à la cause troyenne. Ulysse, changé par la baguette de Minerve, s'était donné pour une victime des intrigues du prince d'Ithaque; sans jeter le masque, il plaida la cause des Hellènes contre les Barbares et l'emporta sur les envoyés de Priam : premier triomphe qui dut être suivi d'un second. Il fallait, en effet, amener Philoctète, moitié de gré, moitié de force, à se joindre aux Achéens. Euripide prêta plus d'une fois à ses personnages l'artifice qui consiste à faire semblant de défendre une cause générale, pour arriver à des fins personnelles. C'est ainsi que le Mysien Télèphe, qui avait été blessé en combattant contre les Grecs, se présentait d'abord devant eux déguisé en mendiant, afin d'obtenir sa guérison. C'est ainsi encore que fit Mélanippe. Ses enfants, exposés dans les bois et trouvés au milieu d'un troupeau, avaient été condamnés au feu, parce qu'on les prenait pour la progéniture monstrueuse du taureau qui avait veillé sur eux. La mère essayait d'abord de les sauver sans avouer sa faute et en établissant l'impossibilité d'un prodige contraire aux lois de la nature. De même Macarée, sans avouer sa passion incestueuse, cherchait à persuader à son père de marier ses filles à ses fils, en soutenant que les idées sur l'inceste étaient affaire de convention. Cette thèse pouvait avoir quelque chose de spécieux dans la vieille Athènes, dont les lois admettaient les unions entre frère et sœur non utérins.

Il est peu de points sur lesquels nous différions d'avis avec M. Decharme. En voici un cependant. On sait qu'Euripide a préparé les voies à la comédie nouvelle par sa façon de concevoir les hommes et la vie humaine, que ses héros descendent souvent du cothurne où les avait fait monter Eschyle. Mais est-il vrai qu'ils deviennent quelquefois comiques? M. Decharme dit avec raison qu'en rendant ridicule un esclave, Euripide ne s'écartait pas des traditions. Puis il ajoute : « En faisant rire d'un héros, il innova », et il cite comme exemples de personnages

tragi-comiques Amphitryon, Iolaos et Polynice.
Commençons par Iolaos. Cet ancien compagnon
d'Hercule ressent dans sa vieillesse un beau trans-
port guerrier : quoique brisé par l'âge, il veut combattre pour les siens. Touchés d'un si grand courage, les dieux lui rendront une seconde jeunesse et
lui permettront de triompher d'Eurysthée, l'ancien
ennemi de sa famille. Iolaos part pour la bataille en
se traînant péniblement, appuyé sur un serviteur
qui portera, jusqu'au moment d'arriver sur le terrain, l'armure devenue trop lourde pour le vieillard.
Il y a dans cette scène [1] un contraste entre la débilité
sénile et les intentions belliqueuses; mais ce contraste est-il comique? Ne sert-il pas à faire admirer
un courage digne du miracle que les dieux feront
en faveur de l'héroïque vieillard? Les rieurs, s'il y
en avait dans le public antique (ce dont nous doutons), se trouvèrent confondus en apprenant la bra-
voure d'Iolaos. Arrivons à Polynice [2]. Chef de l'armée
qui assiège Thèbes, il entre dans sa ville natale seul
et sans escorte, sur la foi d'une parole dont il se
défie. Il s'avance l'épée nue à la main, attentif à
tous les bruits, craignant partout un guet-apens.
Pour le trouver comique, l'accuser de poltronnerie,
il faut être imbu d'idées chevaleresques, tout à fait
modernes et étrangères aux anciens. Ceux-là auraient
répondu que Polynice avait raison d'être sur ses
gardes, et que son épée tirée montrait assez qu'il

1. *Héraclides*, 680-747.
2. *Phéniciennes*, 261-273.

9

était décidé à vendre chèrement sa vie à quiconque
oserait y attenter. Nous en dirons autant de la conduite d'Amphitryon veillant sur le sommeil où est
tombé son fils après l'accès de rage homicide[1]. Quand
le héros se réveille, le premier mouvement du vieillard est de fuir et de se cacher, afin d'épargner à
Hercule d'ajouter un nouveau meurtre aux meurtres
qu'il vient d'accomplir, Amphitryon ne se rassure
qu'en jugeant à certains signes que le délire est
passé. N'a-t-il pas raison, ne serait-ce pas faire
parade d'une audace peu sensée que de s'exposer
aux coups d'un furieux? On connaît la première
scène de l'*Ajax* de Sophocle. Ulysse n'est pas rassuré
quand la déesse le met en présence de son ennemi
devenu fou furieux. « Je ne le craindrais pas, dit-il,
s'il avait sa raison. » Il est impossible d'admettre
ici que Sophocle ait eu l'intention de faire rire aux
dépens de son héros. Aux yeux d'un ancien, Ulysse
dans cette scène n'est nullement poltron, il est pru-
dent et sensé.

Quelque novateur qu'il paraisse à ceux qui étu-
dient l'esprit de son théâtre, Euripide ne fut l'auteur
d'aucune nouveauté matérielle dans les représentations dramatiques. Il n'ajouta ni au nombre des
acteurs ni à celui des choreutes, ne changea rien à
leur costume, ni au décor peint de la scène, perfectionnements dus à l'initiative d'Eschyle et de
Sophocle. Faut-il compter au nombre des nouveautés matérielles l'usage du prologue, au sens que

---

1. *Héraklès*, 1068-1085.

nous attachons aujourd'hui à ce mot, c'est-à-dire
de ce monologue qui ouvre la pièce, et qui est
ostensiblement destiné à mettre le spectateur au
courant de l'action, ou bien encore l'emploi fréquent
du *deus ex machina* à la fin des tragédies? On a
souvent critiqué ces expédients où se montre un
peu trop la main qui fait mouvoir les ficelles de
l'action. M. Decharme défend Euripide, non sans
succès. Il est vrai qu'à la fin de l'*Oreste*, au moment
où l'intrigue est désespérément embrouillée, Apollon arrive fort à propos pour tirer le poète d'embarras. Mais ce n'est là qu'une exception; généralement les apparitions divines servent à faire connaître
des événements à venir, qui ne pouvaient entrer
dans le cadre du drame depuis qu'on avait renoncé
à la forme trilogique. Aristote, qui reproche à Euripide l'économie défectueuse de plusieurs de ses
drames, approuve expressément cet emploi de la
machine [1].

Quant aux expositions en monologue, on croit
généralement qu'Euripide eut recours à ces scènes
extra-dramatiques pour bien expliquer aux spectateurs des fables peu connues et qui ne leur étaient
pas familières, ou des fables anciennes dont les
modifications hardies pouvaient les dérouter. Ce
motif était apparemment pour quelque chose dans
certains prologues d'Euripide. Cela est si vrai
qu'une fois le poète annonçait une nouveauté longtemps d'avance : dans l'épilogue d'*Électre*, il pré-

1. Aristote, *Poét.*, chap. XIII et XV.

pare les Athéniens à son Hélène chaste et vertueuse
qui ne devait paraître sur la scène qu'un an plus
tard. Cependant, comme Euripide use du même procédé pour des fables très connues et traitées d'une
manière assez conforme à la tradition, M. Decharme
croit que « cette préoccupation de clarté, cette
recherche d'une précision parfois méticuleuse, ont
leur source dans un excès d'esprit méthodique ».

Toute l'histoire de la tragédie grecque peut se
ramener à la relation variable des deux éléments
qui la composent. Le chœur, après avoir été à l'origine le drame tout entier, voit son rôle et son importance s'amoindrir graduellement, au point que ses
chants d'ensemble finissent par n'être plus que des
intermèdes étrangers au sujet du drame et ne ser-
vant qu'à séparer les actes. Nous n'en sommes pas
encore là avec Euripide. M. Decharme montre très
bien que les chants du chœur sans aucun rapport
avec l'action sont extrêmement rares dans son
théâtre, et que la plupart du temps son chœur
s'intéresse assez vivement à l'action. Si on voulait
faire à Euripide l'honneur, que l'on fait à Eschyle
et à Sophocle, de ne pas juger le poète à première
vue, mais de rechercher ses intentions cachées, on
lui rendrait plus de justice. Nous défendrons contre
M. Decharme lui-même l'éloge d'Athènes qui remplit
la première moitié d'un des chœurs de *Médée*. Aux
yeux du public, dit-il, un morceau aussi patriotique
ne pouvait être un hors-d'œuvre, mais pour les lecteurs actuels, il est insuffisamment motivé. Il nous
semble que ces beaux vers, dans lesquels la profon-

deur de la pensée s'allie à l'éclat de la poésie, sont
aussi de la plus haute portée pour le drame tout
entier. Médée s'étant assuré un asile dans l'Attique,
le chœur demande comment ce pays pourrait
recueillir une mère souillée du sang de ses propres
enfants, et il oppose l'amour vraiment hellénique,
cet amour tempéré par la sagesse et auxiliaire de
toutes les vertus, à l'amour barbare qui est une
fureur des sens, une rage capable de toutes les atro-
cités[1]. D'un autre côté, on ne saurait nier que le lien
qui rattache les chants du chœur à l'action, tout en
étant réel, ne laisse pas d'être souvent assez faible.
M. Decharme signale avec raison la prédominance
de l'élément descriptif dans les chœurs d'Euripide.
Le poète se plaît souvent à évoquer des images
riantes, à dérouler des tableaux charmants et gracieux. De pareils morceaux reposent agréablement
des horreurs tragiques; il n'en est pas moins vrai
que, par leur caractère et leur développement, ils
font perdre de vue l'action et justifient la critique
d'Aristote.

Les progrès de l'art amoindrissent fatalement le
rôle du chœur. La comédie grecque finit par s'en
débarrasser, et l'on peut poser la question pourquoi
la tragédie n'en a pas fait autant. Ce témoin de tout
ce qui se dit, se trame, s'exécute sur la scène, ne
laisse pas de devenir quelquefois assez gênant, à
mesure que l'action perd son caractère de publicité,
que les plans secrètement combinés, que les senti-

1. *Médée*, 824-865.

ments intimes, y tiennent plus de place. Les scènes qui précédaient la première entrée du chœur et que les Grecs désignaient du nom de prologue, étaient une grande ressource pour le poète. Eschyle n'en fait pas usage dans toutes ses tragédies, parce qu'il n'en a pas encore besoin. Sophocle a tiré un merveilleux parti de ce premier acte, qui laisse aux acteurs, débarrassés de témoins importuns, toute leur liberté de parole et d'action.

Dans un besoin urgent les poètes faisaient sortir le chœur au milieu de la pièce; mais, comme les sorties et les rentrées de ce bataillon de chanteurs et de danseurs prenaient beaucoup de temps, c'était là une ressource très exceptionnelle, et la présence non interrompue du chœur demeure la règle générale. De là vient que le chœur est nécessairement mis dans la confidence de choses qui doivent rester secrètes. Dans *Médée*, les femmes de Corinthe laissent commettre à une étrangère un attentat contre la vie de leurs souverains, sans rien révéler. Le poète explique leur silence par la ligue des femmes contre les hommes, plus forte, il le faut bien, que les liens de la cité. Dans *Iphigénie à Aulis*, les jeunes femmes de Chalcis, venues pour voir le camp des Grecs, ont la plus grande sympathie pour une vierge destinée à un sacrifice cruel ; pour qu'elles se taisent, il faut qu'Agamemnon leur impose le silence sous peine de la vie. La règle formulée par Horace : *Ille tegat commissa*, est assez naïve. Pourquoi faut-il que le chœur soit discret? C'est afin que la pièce marche.

Si l'on excepte les grands morceaux d'ensemble qui remplissent les entr'actes, on constate à première vue que les relations entre le chœur et les acteurs sont continuelles. Encore cette exception ne s'applique-t-elle guère au morceau qui suit le premier acte et marque l'entrée du chœur. En effet, la *parodos* se distingue des *stasima* en ce qu'elle prend les formes les plus variées et que les acteurs y ont souvent leur part. En lisant avec quelque attention les drames conservés, on ne tarde pas à s'apercevoir que la séparation locale du chœur et des acteurs est loin d'être une règle générale; ils se rapprochent souvent. Le chœur monte quelquefois sur la scène, plus souvent encore les acteurs descendent dans l'orchestre, et ces rapprochements entre les deux éléments du drame sont assez fréquents pour que l'on puisse se demander si la distinction que nous sommes habitués à faire entre scène et orchestre sur la foi d'auteurs de l'époque romaine, existait déjà au siècle des grands tragiques grecs. Les fouilles de M. Doerpfeld ont mis hors de doute que les théâtres grecs du ɪᴠᵉ siècle et, à plus forte raison, ceux du ᴠᵉ siècle, ne possédaient pas d'estrade en maçonnerie à l'usage des acteurs. L'éminent architecte en tire la conclusion que les acteurs de Sophocle, d'Euripide et de leurs successeurs paraissaient sur le même niveau que le chœur. Voilà qui bouleverse toutes les idées reçues. En désignant les morceaux que chantaient les acteurs par la locution « chants qui viennent de la scène » (τὰ ἀπὸ σκηνῆς), Aristote n'atteste-t-il pas positivement l'existence d'une estrade? On répond que chez Aristote le terme de *scène* n'a encore que le sens de *décor* du fond, et que « chants venant de la scène » veut dire morceaux qui sont chantés près du mur qui ferme le théâtre. D'après le système nouveau, le chœur aurait évolué dans le demi-cercle de l'orchestre qui se trouvait entouré de gradins destinés aux spectateurs. Les acteurs se seraient mus de préférence dans l'espace compris entre ce demi-cercle et le mur du fond. Comme les deux espaces se trouvaient sur le même plan sans aucune séparation matérielle, si ce n'est la *thymélé*, c'est-à-dire l'autel qui était placé au centre, il était facile soit au chœur, soit aux acteurs, de quitter l'endroit où ils figuraient habituellement. On ajoute que tout en étant plus éloignés du public, les acteurs n'étaient guère masqués par le chœur rangé pendant les actes à droite et à gauche de l'orchestre, et que, de plus, ils étaient montés sur le cothurne, qui leur servait en quelque sorte d'estrade mobile.

On voit que, d'après ce système, l'image de la disposition du théâtre antique ne diffère pas de l'image traditionnelle aussi profondément qu'on pourrait le croire au premier abord. Cependant la locution dont Aristote se sert à plusieurs reprises, et qui était évidemment usuelle, pour désigner les chants des acteurs peut sembler assez étrange alors que ces derniers s'avançaient jusqu'au milieu de l'orchestre. Quand le même Aristote dit que, dans les tragédies, on ne voit que la partie de l'action qui est jouée ἐπὶ τῆς σκηνῆς et par les

acteurs [1], il faut vraiment beaucoup de bonne
volonté pour traduire les mots que nous venons de
citer en grec par *près de la scène*, plutôt que par
sur la scène. [Tout le monde ne se persuadera pas
non plus que les acteurs sont appelés οἱ ἀπὸ σκηνῆς [2],
parce qu'ils sortent de la σκηνή.]

Parmi les passages des drames conservés qui
semblent militer en faveur d'une estrade, nous en
citerons deux qui nous avaient toujours particulièrement frappé. Dans l'*Electre* d'Euripide, le vieillard
qui avait été gouverneur d'Agamemnon monte péniblement jusqu'à l'habitation de sa maîtresse et trouve
l'ascension bien dure pour ses vieux os [3]. Dans
Ion, un autre vieillard demande que sa jeune maîtresse l'aide à monter jusqu'au temple d'Apollon [4].
On a essayé d'atténuer la portée de ces deux passages dans le dernier mémoire consacré à cette
matière et où la question est discutée sans parti
pris, avec une minutieuse conscience. M. E. Boden-
steiner [5] amène en ligne un troisième passage, où
des plaintes du même genre sont placées dans la
bouche du chœur. Les vieillards dont il se compose
dans *Hercule* s'avancent lentement malgré la hâte
qu'ils ont d'arriver, comme un cheval, disent-ils, qui

---

1. Aristote, *Poét.*, chap. xxiv : Ἐν τῇ τραγῳδίᾳ οὐκ ἐνδέχεται
πολλὰ μέρη μιμεῖσθαι, ἀλλὰ τὸ ἐπὶ τῆς σκηνῆς καὶ τῶν ὑποκριτῶν
μέρος μόνον.
2. Démosthène, *Couronne*, § 180.
3. Euripide, *El.*, 489-492.
4. *Ion*, 738-740. Cf. 727.
5. *Szenische Fragen betreffend das griechische Drama*, dans
Jahrbücher für Philologie, supplément xix (1893), p. 637 et
suiv.

traîne une lourde voiture en gravissant un tertre
rocailleux [1]. Si ce dernier passage faisait allusion à
un plan incliné par lequel on montait à l'orchestre
même, on pourrait expliquer les deux autres passages
de la même façon. Mais le chœur d'*Hercule* ne dit pas
qu'il gravit une hauteur; il compare seulement son
effort à celui d'un cheval (littéralement d'un jeune
cheval) forcé de traîner une lourde charge à contre-
mont. Il y a plus; admettons, d'après quelques
indices, que dans le théâtre d'Athènes le plan de
l'orchestre s'élevait au-dessus du terrain environ-
nant, encore la montée dut-elle se trouver, ce nous
semble, en dehors des deux entrées latérales et du
champ de vision des spectateurs.

En somme, nous tenons, comme M. Decharme et
comme M. Curtius, jusqu'à plus ample informé,
pour une estrade en bois élevée de quelques
marches au-dessus de l'orchestre. C'est ainsi qu'on
se figurait à l'époque d'Auguste les représentations
du siècle de Périclès. Horace dit : *Æschylus et modi-
cis instravit pulpita lignis.* Laissons de côté le passage controversé de Vitruve et les renseignements
embrouillés de la compilation de Pollux; l'auteur de
la Μουσικὴ ἱστορία, qui avait fait des études spéciales,
se sert à propos d'Eschyle de la vieille locution τὰ
ἀπὸ σκηνῆς, et il y oppose les chants de l'orchestre,
ἀπ' ὀρχήστρας [2]. Sans doute ces témoignages tardifs ne

1. *Héraklès*, 119-122.
2. A la suite du *Bios* d'Eschyle. [Voici comment M. Dœrpfeld
(ouvrage cité ci-dessous, p. 346) interprète ce passage de Pollux
(IV, 123) : Ἡ σκηνὴ ὑποκριτῶν ἴδιον « parce qu'ils sont censés

décident rien; ils ne laissent cependant pas de
fournir une présomption en faveur de l'estrade [1].

Les dialogues lyriques entre le chœur et un ou
deux personnages de la scène sont un des plus
anciens éléments de la tragédie grecque : ils pro-
viennent de la complainte funèbre, et ont continué
d'en porter le nom (χομμός, *planctus*), lors même
qu'ils n'avaient rien de funèbre. Ici il faut se mettre
en garde du double sens de notre verbe *répondre*.
S'agit-il simplement de chants alternatifs, tout le
chœur ou une partie du chœur peut répondre à
l'acteur. Mais quand il y a accord antistrophique,
c'est-à-dire identité de mesure et d'air, il faut qu'une
seule voix réponde à une voix unique. Nous n'admettons donc pas que « le chœur entier unissait ses
voix » pour répondre à l'acteur dans la *parodos*
d'*Hélène* [2]. De même, nous nous sommes refusé à

y demeurer et en sortent », ἡ δὲ ὀρχήστρα τοῦ χοροῦ « parce
qu'ils s'y tiennent ». Nous aurions là deux membres de
phrase en apparence parallèles, mais louchant l'un vers la
droite, l'autre vers la gauche.]

1. [Voir maintenant, dans *B.C.H.*, 1894, p. 161-168, le rapport
de M. Homolle sur le théâtre de Délos (IVe siècle). Les magis-
trats chargés de présider à la construction du théâtre se servent dans leurs comptes indifféremment des termes προσχή-
νιον et λογεῖον. Il est vrai que M. Doerpfeld veut que l'on entende
le θεολογεῖον. Voir *Das griechische Theater*, von W. Doerpfeld
und E. Reisch. Athen und Leipzig, 1896. A la page 118, M. Doerpfeld dit que le λογεῖον est ainsi appelé parce que les dieux y
paraissent dans les drames et les orateurs dans les assemblées. Cependant M. Reisch admet (p. 229), ce qui est incontestable, que, depuis Euripide, les dieux parlaient du haut
d'une machine (ἀπὸ μηχανῆς) qui les tenait suspendus en l'air.
— *Ibid.*, p. 191, nous relevons la concession que les acteurs
qui prononçaient des allocutions se tenaient sur les degrés de
la scène.]

2. *Hélène*, 167-228 : deux couples de strophes, Decharme, p. 185.

distribuer entre plusieurs choreutes un morceau de
l'*Hippolyte* dont le pendant est chanté tout entier
par Phèdre seule [1]. D'autres morceaux amébées sont
distribués soit entre les demi-chœurs, soit entre
deux ou plusieurs choreutes ; ils appartiennent tout
entiers à l'orchestre. D'autres encore viennent uniquement de la scène et sont alternativement débités par deux acteurs. A ces trois espèces de dialogues lyriques s'ajoutent des dialogues mixtes.
Il arrive assez souvent qu'un des interlocuteurs, soit coryphée, soit acteur, plus calme que
l'autre, fasse sa partie en vers iambiques simplement
récités, ou bien qu'il passe de la récitation au chant,
ou du chant à la récitation, suivant que son émotion
va en croissant ou en décroissant.

M. Decharme fait bien comprendre au lecteur ces
divers moyens d'expression, dont il cite de nombreux
exemples. Cependant il lui est arrivé, je ne sais comment, de passer sous silence un mode de débit intermédiaire entre le chant et la récitation ordinaire, à
savoir la déclamation mesurée par l'accompagnement musical. On sait que les systèmes anapestiques,
le mètre de marche par excellence, étaient débités de
cette façon, d'autres mètres pouvaient être traités
de la même manière. Dans *Hippolyte*, la plainte de
Thésée sur le cadavre de Phèdre s'exhale dans une
série de distiques dochmiaques et de distiques iambiques régulièrement enlacés. Ces derniers semblent
réclamer le débit mélodramatique [2].

1. *Hippol.*, 362-371 et 668-679, avec notre note.
2. *Ibid.*, 818 et suiv.

Restent enfin les fameuses monodies, ces airs de solo, où s'épanchent la joie, la douleur, la passion en couplets variés qui n'obéissent plus à la loi antistrophique, *numeris feruntur lege solutis*. Ces morceaux, par lesquels la tragédie d'Euripide se rapprochait de notre opéra, faisaient les délices du grand public, autant qu'ils prêtaient aux critiques des connaisseurs. Ni le mélange des rythmes et des modes musicaux, ni les roulades, ni les autres nouveautés empruntées aux musiciens contemporains, ne trouvaient grâce auprès des critiques d'art. Les protestations d'Aristophane sont répétées par d'autres poètes comiques; les philosophes aussi, Aristote, Aristoxène, regrettent la vieille musique, la musique classique, et condamnent ce qu'ils appellent dédaigneusement la musique de théâtre. Il ne nous appartient pas de juger un procès si ancien, puisqu'il remonte aux Grecs et qu'il subsiste encore aujourd'hui sans qu'on ait trouvé moyen de mettre les parties d'accord.

Le livre de M. Decharme se termine par quelques pages magistrales où se trouvent résumés, sous le titre de Conclusion, les traits les plus saillants d'un génie qui avait au plus haut degré le don d'émouvoir les cœurs et de faire réfléchir les esprits.

V

LES *PHÉNICIENNES* ET LA « PURGATION DES PASSIONS[1] »

L'étude de l'antiquité grecque retournerait-elle aujourd'hui au berceau d'où elle sortit il y a quatre ou cinq siècles? Exilée du pays natal après la prise de Constantinople, elle reçut dans nos pays d'Occident plus que l'hospitalité, elle trouva une nouvelle patrie. La science, la poésie, l'art des Hellènes, tant de trésors révélés à la fois ne ravirent pas seulement les esprits, mais les firent entrer dans des voies nouvelles, y provoquèrent cette révolution qu'on a pu appeler, sans exagération, une renaissance. Nous nous sommes imprégnés d'hellénisme et nous nous sommes appliqués avec une piété vraiment filiale à remettre en lumière et à restaurer les monuments de la civilisation grecque, avant même de songer à

---

1. *Journal des Savants*, 1889, mars et avril, p. 174 et p. 212 et suiv. ΕΥΡΙΠΙΔΟΥ ΔΡΑΜΑΤΑ ἐξ ἑρμηνείας καὶ ἀναγνώσεως Δημητρίου Ν. Βερναρδάκης. Τόμος πρῶτος, ΦΟΙΝΙΣΣΑΙ. — *Les drames d'Euripide revus et commentés par Démétrios N. Bernardakis. T. I. Les Phéniciennes.* Athènes, typographie des frères Perri, en commission chez Carl Beck, 1888. (Bibliothèque hellénique Zographos.)

ressaisir nos propres origines. Ressaisir ses origines, voilà le besoin qu'éprouve à son tour la nation grecque depuis qu'elle s'est affranchie par un héroïque effort, et de même qu'elle invoqua l'appui de l'Europe pour se reconstituer politiquement, elle lui demanda aussi des secours pour sa régénération intellectuelle.

C'est ainsi que nos anciens maîtres sont devenus nos disciples. On a vu un Athénien s'asseoir aux pieds d'un barbare du pays batave pour apprendre le pur attique, et l'élite de la jeunesse studieuse de la Grèce vient chercher dans les universités allemandes et françaises les lumières et les méthodes à répandre dans son pays. Mais, en s'instruisant chez nous, les Hellènes entendent user de cette instruction à leur guise, avec indépendance et conformément à leur propre génie : ce sont des tributaires jaloux de s'émanciper.

Le présent volume est le deuxième d'une œuvre vraiment nationale, qui fait le plus grand honneur au Syllogue de Constantinople, sous les auspices duquel elle a été entreprise, et en particulier à M. Christakis Zographos, dont la noble générosité s'inspire d'un zèle ardent pour le progrès de l'instruction parmi ses compatriotes. M. Démétrios Sémitélos s'est chargé de publier Sophocle, et il a donné l'*Antigone* en 1887; les *Phéniciennes* d'Euripide viennent de paraître avec le commentaire de M. Démétrios Bernardakis. Ces éditions, tout en ressemblant à celles qu'on fait chez nous, ont cependant un caractère particulier, qui tient à leur tendance patriotique. Leurs auteurs sont des érudits et des humanistes, mais ils sont aussi et surtout des Hellènes : ils expliquent aux contemporains les chefs-d'œuvre littéraires des ancêtres, pour les retremper aux sources les plus pures du génie national. Cette régénération a été étendue, on le sait, jusqu'aux mots et aux formes du langage : les savants s'efforcent d'écrire et de parler comme on faisait au temps de Xénophon et d'Isocrate, et, non contents de se réformer eux-mêmes, ils prétendent imposer cette réforme à la société, au peuple. On dit que les savants réussissent dans cette tentative extraordinaire; mais leur succès fût-il complet aujourd'hui, l'œuvre serait à recommencer dans un siècle : l'érudition est impuissante à enchaîner la vie. M. Bernardakis goûte médiocrement les vues des Pollux et des Phrynichos du xıxᵉ siècle. « Depuis une soixantaine d'années, dit-il, que la jeunesse grecque consacre les sept dixièmes de l'enfance et de l'adolescence à l'étude de la langue grecque, elle n'a réussi ni à apprendre la vieille langue, ni à savoir comment il faut parler et écrire aujourd'hui. » Il déplore comme une triste fatalité (κακὴ μοῖρα) ce progrès en arrière; mais il s'y résigne comme à un fait irrévocable, et il suit le courant à son corps défendant, témoin sa préface même, où l'on voit des idées modernes et des vocables du jour s'affubler à la mode antique.

Cette préface, longue, très longue, n'est pas la partie la moins curieuse du volume. En dissertant sur Euripide, l'auteur s'échauffe, s'emporte, il

10

lâche la bride à sa verve. Il vous entraîne, sans vous
convaincre; vous le suivez dans tous les détours
d'une causerie prolixe, tantôt subtile, tantôt chaleu-
reuse et éloquente; vous le lisez jusqu'au bout sans
ennui, avec intérêt même, parce qu'il vous semble,
dans cette lecture, lier connaissance avec l'homme,
être admis dans sa studieuse retraite de Mitylène, y
entendre deviser le savant et le patriote, à l'humeur
chagrine, au cœur chaud, à l'âme enthousiaste.

La thèse de M. Bernardakis peut se résumer en
deux mots : Euripide est le prince des poètes tragiques de la Grèce, de tous les pays, de tous les
temps. Cette thèse, il s'efforce de l'établir doctement,
la *Poétique* d'Aristote en main, et il la plaide avec
ardeur, en combattant, en écrasant quiconque a
jamais dit du mal d'Euripide. Parlons d'abord du
plaidoyer. Trouverait-on aujourd'hui un juge
quelque peu compétent qui acceptât comme dignes
de foi toutes les médisances d'Aristophane ou qui
approuvât toutes ses critiques? Nous relisons les
Grenouilles avec plaisir, moins pour nous éclairer
sur la valeur d'Euripide qu'à cause de l'intérêt historique que nous prenons aux querelles littéraires et
morales d'une époque mémorable; la vieille et la
jeune Athènes y sont aux prises, le poète s'est fait
l'interprète de leurs admirations et de leurs aver-
sions, de leurs principes et de leurs tendances; il a
reproduit leurs arguments à sa manière; mais si
nous prenons la peine de traduire en langage ordinaire les grossissements bouffons du style comique,
force nous est de reconnaître que peu d'arguments

nouveaux ont été ajoutés, depuis, soit par les partisans, soit par les détracteurs d'Euripide.

Il n'était donc pas bien nécessaire de partir en guerre contre Aristophane; il était injuste de le présenter comme un esprit frivole, sans principes, sans convictions, se moquant également des deux grands poètes qu'il met en scène, au point qu'à l'entendre, ni l'un ni l'autre n'aurait de réelle valeur. Dans une lutte en paroles, un débat contradictoire, force était qu'Euripide, aussi bien qu'Eschyle, cherchât à porter des coups à son adversaire; mais on voit bien que l'éloge que le plus jeune des deux poètes fait de ses innovations n'est au fond qu'une critique et qu'un persiflage indirect, tandis qu'Aristophane s'associe de cœur au noble langage dans lequel son Eschyle fait ressortir la grandeur et la beauté de ses conceptions dramatiques. Toute l'économie des *Grenouilles*, depuis le premier vers jusqu'au dénoûment, démontre assez qu'Aristophane, après avoir feint de donner, lui aussi, dans l'euripidomanie, cherche à guérir le public athénien de cette maladie et à le convertir tout doucement à l'admiration du vieil Eschyle, dont il voudrait que les tragédies fussent reprises sur le théâtre.

D'un autre côté, il faut dire qu'Aristophane rend involontairement et inconsciemment hommage au poète qu'il harcèle sans cesse. Il me semble évident qu'il n'a pu se défendre lui-même de l'engouement qu'il combat dans les autres. Il est sous le charme; il sait par cœur son Euripide, et s'il parodie souvent ses vers, ce n'est pas toujours pour les tourner

en ridicule, mais pour tirer des effets plaisants du
contraste de ce qu'il y a de plus pathétique avec la
réalité vulgaire. Les fictions dramatiques d'Euripide,
aussi bien que ses vers, obsèdent l'esprit d'Aristophane : il en a tiré la fantastique chevauchée de
Trygée, qui est certainement ce qu'il y a de plus
amusant dans la *Paix*, et plus d'une scène de ses
autres comédies. Aussi, de son vivant même, ses
rivaux lui ont-ils reproché, non sans raison, qu'il
euripidisait, et un jour il laissa échapper l'aveu
qu'il admirait et cherchait à imiter l'os *rotundum*
(τοῦ στόματος τὸ στρογγύλον) du poëte qu'il déchirait
avec tant d'acharnement. La persistance et l'acri-
monie des attaques sont un indice de l'ascendant
qu'il subit, quoi qu'il en ait, et dont il cherche vainement à se défendre : nous nous débattons avec le
plus d'insistance contre les influences qui nous
envahissent nous-mêmes.

Pour ce qui est des personnalités et des commé-
rages répétés par Aristophane, la critique en a fait
justice depuis longtemps. M. Bernardakis refuse
même de croire aux infortunes domestiques d'Euripide. Il fait finement remarquer que la grande nouveauté des drames d'Euripide, la vérité et la vigueur
avec lesquelles il savait peindre les égarements des
passions, ne semblait pouvoir s'expliquer que par la
propre expérience du peintre. On disait et l'on
croyait que sa femme avait posé pour les Phèdre et
les Sthénébée. C'est ainsi que tel peintre italien fut
accusé d'avoir martyrisé son modèle pour rendre
plus fidèlement l'agonie des suppliciés; c'est ainsi

qu'on se persuada que Byron avait tué le mari de
sa maîtresse, parce qu'il avait su prêter des accents
si déchirants au désespoir de Manfred. Ces rapprochements sont très ingénieux; en effet, la vérité sai-
sissante des tableaux a souvent fait tort à la réputation personnelle des artistes. Cependant, pour
ce qui est de la femme d'Euripide, il est sage de
suspendre notre jugement, et, tout bien considéré,
nous n'oserions nous porter garant de sa vertu.

Après Aristophane, Schlegel est mis sur la sel-
lette. Schlegel n'est pas mort depuis plus de deux
mille ans, c'est presque un contemporain, et cependant son cours de littérature dramatique est déjà
un vieux livre, dont on connaît si bien le fort et le
faible qu'il peut paraître inutile d'en réfuter les
erreurs et les préventions. Signalons toutefois dans
l'Introduction de M. Bernardakis quelques pages
intéressantes [1], piquantes même, sur les variations
du célèbre critique. En 1807, Schlegel écrit la comparaison des deux Phèdre et il porte Euripide aux
nues; en 1808, Euripide est devenu un méchant
poète qui marque la décadence du théâtre grec.
D'où vient cette brusque conversion? En 1807, l'ami
de Mme de Staël, l'Allemand impatient de l'hégé-
monie politique et littéraire de la France, exalte
Euripide à Paris pour déprécier Racine et le chef-
d'œuvre de la tragédie française. L'an d'après, à
Vienne, au centre des idées réactionnaires, il fait
sa cour à l'opinion en damnant Euripide, l'esprit

1. P. 74 et suiv.

fort, le poète révolutionnaire qui, en attaquant les croyances établies et la religion officielle, ébranle l'autorité des principes tutélaires de la société et sape les fondements de l'État.

Arrivons à Euripide lui-même et à sa glorification. J'aime Euripide et je crois l'admirer comme il convient. Mais M. Bernardakis a écrit un plaidoyer en faveur de son poète de prédilection plutôt qu'un examen de son œuvre et une étude de son génie; or il est dans la nature de tout plaidoyer de provoquer la contradiction. Aristote proclame Euripide le plus tragique des poètes; il est vrai qu'il ajoute qu'Euripide pèche par l'économie de ses pièces; mais, dit M. Bernardakis, cette critique porte sur un point tout à fait secondaire; le plus grand éloge que l'on puisse faire d'une tragédie, c'est qu'elle est tragique, qu'elle répond à la nature et aux lois du genre; le reste importe peu, et ce n'est pas la peine de s'y arrêter. Quelque spécieux que soit ce raisonnement, nous continuerons à penser qu'une tragédie est un poème dramatique et qu'à ce titre nous pouvons lui demander d'être bien conduite, qu'elle est une œuvre d'art et qu'elle doit, à ce titre encore, être bien composée : si elle ne répond pas aux lois générales qui s'imposent à tout drame et à tout poème, nous la jugerons moins parfaite, tout en rendant justice au mérite qu'elle peut avoir d'ailleurs. Elle nous émeut, c'est beaucoup; mais notre plaisir ne serait-il pas plus grand, notre émotion même ne serait-elle pas plus profonde, si l'action se déroulait avec une certaine nécessité, si la péripétie et le

dénouement étaient la suite logique des circonstances données et des caractères mis en présence?
Sophocle excelle dans l'art de conduire une pièce,
de soutenir un caractère, et voilà pourquoi nous lui
donnons la palme, sans méconnaître qu'Euripide
l'emporte sur lui par certaines parties. Mais quoi?
Sophocle est aujourd'hui, comme il l'était de son
vivant, le rival d'Euripide, et M. Bernardakis a
voué à ce dernier une admiration trop exclusive
pour sentir et pour reconnaître le génie du premier.
Voici le rang qu'il lui assigne parmi les maîtres du
théâtre grec. Eschyle, incomparable dans sa grandeur titanique, avait rempli la scène de terreur;
Euripide ajouta la pitié à la terreur, et, en portant
au plus haut degré les deux émotions qui constituent l'essence de la tragédie, il s'est élevé au-dessus
de tous les poètes tragiques de tous les siècles.
Placé entre ces deux géants, Sophocle est un
homme de talent, qui sait bien construire une
pièce, qui possède, comme personne, l'habileté du
dramaturge; mais ce sont là des qualités accessoires, secondaires; l'essentiel, c'est d'être possédé
du démon tragique, d'être ivre de Dionysos, plein
du dieu. Or c'est là, à entendre notre critique, ce
qui manque à Sophocle : il ne frappe pas notre
âme de terreur, ni ne l'émeut de pitié; tout au plus
réussit-il quelquefois à exciter une légère crainte,
ordinairement il n'inspire que de l'intérêt, rien au
delà. Que peut-on répondre à cela? Les impressions
personnelles ne se discutent pas, et nous ne contes-
terons pas à M. Bernardakis le droit de rester froid

à la lecture de Sophocle. Nous lui ferons observer
cependant qu'il n'est pas d'accord avec son compa-
triote, M. Sémitélos, l'éditeur de Sophocle, qui proclame *Antigone* le chef-d'œuvre du théâtre grec, et
qu'il n'est pas d'accord non plus avec le public de
Paris. Les Parisiens ne se lassent pas d'accourir
aux représentations d'*Œdipe Roi*, et si le talent
d'un grand acteur est pour beaucoup dans ce succès,
n'est-ce point que le poète a trouvé en lui un interprète capable de sentir et de rendre admirablement
tout ce qu'il y a dans une œuvre encore pleine de
vie après plus de vingt siècles. A quelle épreuve
plus redoutable pourrait-on soumettre un poète?
Ses vers sont traduits dans une autre langue; les
conventions théâtrales, les mœurs, les croyances,
tout a changé; et néanmoins il exerce toujours une
action puissante, il entraîne, il enlève, il remue profondément les âmes. Allez, l'auteur d'*Œdipe* n'était
pas seulement un artiste consommé, il avait, comme
Voltaire aimait à dire, le diable au corps, il avait
l'ardeur, le souffle tragique, et il ne transporterait
pas, s'il n'avait été transporté tout le premier par le
dieu qui l'inspirait. Mais ce qui fait tort à Sophocle
auprès de certains juges, c'est la perfection même
de ses ouvrages. Sophocle, nous dit M. Bernardakis,
n'a pas compensé par ses qualités et son industrie ce
qu'il a fait perdre à la tragédie d'Eschyle en grandeur et en puissance. Les génies inconscients, exces-
sifs, sont moins contestés; ils s'imposent par leurs
excès mêmes, et on leur sait gré de ne pas savoir
ce qu'ils font. Les poètes qui s'observent, dont la

haute intelligence sait dominer l'imagination, régler les écarts de l'enthousiasme, les Sophocle et les Racine, n'en sont pas moins ardents pour être plus lumineux, et parce qu'ils ont plus d'art, il ne faut pas croire qu'ils aient moins de puissance. Ils sont tranquilles sur un cheval fougueux, et l'on est tellement frappé du calme de leurs traits, qu'on ne voit pas la fougue de leur coursier.

Mais la comparaison entre Sophocle et Eschyle tient peu de place dans le livre dont nous rendons compte; l'auteur s'attache surtout à démontrer la supériorité d'Euripide sur Sophocle, et, pour que cette démonstration soit concluante, il prend une des pièces les plus critiquées d'Euripide, l'*Électre*, et la rapproche de la tragédie correspondante de Sophocle. Cette entreprise est quelque peu hardie. Pour qui se proposerait de faire connaître Euripide plutôt que de le faire admirer, le choix de l'*Électre* serait assez heureux. Cette pièce n'est certainement pas un des chefs-d'œuvre du poète, mais, par ses qualités comme par ses défauts, elle donne une idée assez exacte des tendances multiples de cet esprit actif et agité. On y voit son originalité, ses innovations, ce besoin qu'il éprouvait de tout soumettre à l'examen de sa critique. On y voit une vieille fable modifiée et rajeunie, et à la fois combattue et convaincue d'absurdité par le poète qui la met en œuvre; on y reconnaît le précurseur de la comédie de Ménandre, et, dans quelques scènes, l'héritier d'Eschyle. Quant à l'*Électre* de Sophocle, nous accorderons que le dénouement du drame a de quoi

nous étonner et nous choquer. Nous admettons difficilement qu'un fils immole sa mère sans hésitation,
sans émotion; qu'il ne marque pas plus de trouble
après avoir commis un acte qui révolte la nature
qu'il n'en avait laissé voir en s'y préparant; qu'il
garde assez de sang-froid pour se servir du cadavre
de sa victime comme moyen d'abuser Égisthe. Mais,
avant de condamner un poète tel que Sophocle,
tâchons de le comprendre. Son Oreste ne fait
qu'exécuter l'oracle d'Apollon, il est l'instrument
du dieu, c'est un justicier dont l'acte est couvert
par une autorité supérieure. Aussi n'est-il qu'un
personnage secondaire dans le drame, et la mort de
Clytemnestre n'en est pas, à vrai dire, le sujet. La
vieille fable ne sert que de cadre et de prétexte à
une action toute différente. Comment Sophocle
a-t-il été amené à déplacer ainsi le centre et l'intérêt
d'une antique tradition? Je crois qu'il y a ici ce
qu'on peut appeler un problème psychologique; il
me semble que Sophocle prenait en affection certaines de ses créations favorites. De ce nombre
étaient Antigone et Œdipe. On sait que le poète,
sur le point de quitter la vie, s'est plu à réunir dans
une œuvre immortelle cette famille poétique qui lui
était chère : ces enfants dont la vue, à la fin de
l'*Œdipe Roi*, avait fait succéder l'attendrissement
au désespoir et la pitié à la terreur, il a voulu les
montrer tendrement empressés autour du vieillard,
grandi et purifié par le malheur. Eh bien, ce type
d'Antigone, il voulut un jour le reproduire sous un
autre nom, en d'autres circonstances : son Électre

est, à proprement parler, une autre Antigone, moins grande peut-être, mais plus expansive, plus éloquente, et passant par des situations d'âme plus diverses. Elle reste toujours en scène et remplit la pièce tout entière. Dans le sombre drame du fils parricide par devoir filial, Sophocle ne voyait qu'Électre. Tout le reste est secondaire ; et quand la fille d'Agamemnon, après avoir tant souffert, après avoir été cruellement abusée, après s'être élevée à une résolution héroïque, retrouve son frère au moment même où elle le pleurait croyant tenir ses cendres, le drame est arrivé à sa péripétie, et les scènes suivantes ne font que compléter la fable traditionnelle. Afin de bien juger de l'œuvre, mettons-nous **au** point de vue où l'artiste demande qu'on se place pour la contempler.

Sachons être équitables pour deux grands poètes, sans nous croire obligés de rabaisser l'un aux dépens de l'autre. Dès l'antiquité ils avaient l'un et l'autre leurs admirateurs exclusifs, et l'on agitait la question de savoir à qui donner la palme[1]. Ne renouvelons pas une discussion aussi oiseuse que stérile. Il faut rendre à M. Bernardakis la justice que sa critique de Sophocle n'est pas aussi malveillante que celle de certains jeunes écrivains allemands qui se plaisent à dénigrer et à ravaler le grand poète. Seraient-ils dans le cas de ce bourgeois d'Athènes qui votait le bannissement d'Aristide parce qu'il

---

1. Cf. Quintilien, *Instit. orat.*, X, 1, 67 : « Sophocles atque Euripides : quorum in dispari dicendi via uter sit poeta melior, inter plurimos quaeritur ».

était ennuyé de l'entendre appeler le juste? ou cher-
chent-ils une originalité peu enviable à démolir les
grands noms et à contredire les jugements consacrés par le temps et l'assentiment général? Quoi
qu'il en soit, le temps fera bientôt justice de ces
nouveautés tapageuses.

Relèverons-nous l'excès du sentiment patriotique
qui a entraîné M. Bernardakis à immoler aux pieds
de son idole les gloires dramatiques de toutes les
autres nations? Shakespeare, à l'entendre, après
avoir paru dans un petit coin du monde, a passé
comme une ombre [1], et ses admirateurs fanatiques
n'ont pu le maintenir sur la scène de leur propre
pays. C'est qu'Euripide était, est et sera le modèle
idéal et universel de toute tragédie, tandis que Shakespeare n'est que l'idole des critiques romantiques
de la Germanie, qui érigent ses œuvres en canon de
l'art dramatique et font son apothéose par amour-
propre national.

M. Bernardakis se défendra sans doute d'avoir
écouté ses préventions nationales et personnelles en
prononçant des jugements aussi absolus [2]. Il procède
avec ordre et méthode; il développe toute une
théorie, à l'appui de laquelle il invoque l'autorité du
plus grand philosophe des Hellènes. La *Poétique*
d'Aristote est son bréviaire et son code littéraire. Ce

1. Ἦλθε μόνον καὶ παρῆλθεν ὡς σκιὰ εἰς μίαν γωνίαν τοῦ
κόσμου. (Intr., p. 108.)
2. [C'est là ce que M. Bernardakis déclare en effet dans sa
brochure : *Mon édition d'Euripide et la définition de la tragédie dans la Poétique d'Aristote*. Athènes, 1894.]

code n'est pas toujours facile à comprendre; M. Bernardakis l'interprète à sa façon. Il a consacré un grand nombre de pages à discuter la définition aristotélique de la tragédie et il donne une nouvelle explication, après tant d'autres, de la fameuse purgation des passions. Il soutient qu'Aristote ne parle pas de l'effet produit sur les spectateurs, mais de l'action dramatique, et en particulier de son dénouement. Suivant lui, le mot παθήματα signifie ici, non les affections de l'âme, l'émotion que nous éprouvons, mais les malheurs qui font le sujet du drame, les maux éprouvés par les personnages. L'auteur de ces maux doit être puni : le châtiment du coupable, voilà l'expiation, la purification, la κάθαρσις que le philosophe avait en vue. Pour prendre un exemple, dans la fable d'Oreste, la *catharsis* consiste dans le châtiment infligé au fils parricide.

Cette explication se rapproche beaucoup de celle qu'avait donnée Gœthe, et M. Bernardakis en convient; mais, tandis que le poète allemand procédait par intuition et se contentait de deviner le sens des paroles d'Aristote, M. Bernardakis soumet chacun des termes du texte à une longue et savante discussion. Ces termes sont susceptibles d'un grand nombre d'acceptions. A les prendre chacun isolément, l'interprétation qu'en donne M. Bernardakis est admissible et peut se défendre, aussi bien que toutes les autres interprétations, par des passages parallèles; mais cela n'implique nullement qu'il ait bien interprété l'ensemble du passage. Voici comme il l'entend : « Par la pitié et la crainte, la tragédie mène à sa fin l'expiation des faits de mal qui causent cette pitié et cette crainte [1] ». « Par la pitié et la crainte » ou, comme notre auteur traduit ailleurs, « à travers la pitié et la crainte ». Cela veut dire sans doute « à travers une suite d'incidents qui provoquent la pitié et la crainte ». Si telle avait été la pensée d'Aristote, j'aime à croire qu'il l'aurait exprimée moins obscurément. « Faits de mal » doit rendre le grec παθημάτων. Ce mot, qui signifie souffrance, prendrait donc ici le sens d'action (ἔργον). Sans doute, il est des cas où les deux mots peuvent être employés indifféremment : car le même coup peut être envisagé comme porté par l'un ou reçu par l'autre. Mais ici il serait plus qu'étrange de dire « l'expiation des souffrances » pour faire entendre « l'expiation des actes qui font souffrir ». N'insistons pas. Il suffit de bien établir le sens du terme *catharsis*.

Nous en appelons aux lecteurs de la *Poétique* d'Aristote. Ont-ils vu dans le reste de ce traité un seul mot qui rappelât ou qui indiquât que cette expiation, cet apaisement, fût, aux yeux du philosophe, un élément essentiel de la tragédie? Il insiste partout sur la crainte et la pitié, il veut que le poète choisisse les sujets les plus propres à produire ces émotions, il fait à ce point de vue un classement

---

1. Voici le texte : Ἔστιν οὖν ἡ τραγῳδία μίμησις πράξεως... δι' ἐλέου καὶ φόβου περαίνουσα τὴν τῶν τοιούτων παθημάτων κάθαρσιν. [Nous mettons sous les yeux du lecteur la traduction que M. Bernardakis donne dans la brochure citée ci-dessus, p. 60, et en vue de laquelle nous avons légèrement modifié les lignes suivantes.]

des fables. Enfin, au chapitre xiv, on lit que la tragédie ne doit pas procurer toute espèce de plaisir,
mais seulement celui que la crainte et la pitié nous
font éprouver dans une fiction dramatique. En rapprochant ce passage de la définition de la tragédie,
on ne peut s'empêcher de penser que la *catharsis*
dont parle Aristote doit être une espèce de plaisir,
et que le philosophe désigne par ce terme cette
jouissance d'une nature si particulière que nous
procurent les émotions tragiques.

Cette présomption est pleinement confirmée par
le chapitre de la *Politique* [1] dans lequel Aristote
parle de la *catharsis* et s'étend un peu sur cette
matière. Or, quand on se trouve en face d'un mot
qui a été appliqué à des ordres d'idées très divers et
qui a pris par là des significations très variées, il
faut examiner avec attention les endroits où le même
auteur se sert du même terme en traitant des mêmes
matières ou de matières analogues. Le seul moyen
de ne pas faire fausse route en cherchant à expliquer la définition de la tragédie, c'est de recourir
au passage dans lequel Aristote lui-même s'explique
sur le sens qu'il attache au terme qui nous embar-
rasse. M. Bernardakis veut nous priver de cet unique
moyen de nous éclairer; il prétend que la *catharsis*
de la *Politique* est toute différente de celle de la
Poétique, sous couleur qu'il s'agit ici de poésie et là
de musique. Nous n'acceptons pas ces distinctions

1. C'est le septième et dernier chapitre du livre V, qui était
le livre VIII avant la transposition due à M. Barthélemy Saint-
Hilaire.

arbitraires. En parlant de la *catharsis* produite par
la musique, Aristote renvoie expressément pour
plus de détails à son traité de la *Poétique*. Le texte
actuel de ce traité ne contient pas ces détails : toujours est-il que, par ce renvoi, le philosophe marque
lui-même que, dans les deux traités, il attache la
même idée au terme de *catharsis*. Quand on voit de
plus les mots de *pitié* et de *crainte* revenir dans le
passage de la *Politique* et y être désignés comme
sources du plaisir attaché à la *catharsis*, on ne saurait plus conserver le moindre doute.

Mais arrêtons-nous un instant sur le passage de
la *Politique*. Pour faire comprendre ce qu'il entend
par *catharsis*, Aristote en appelle à un fait qui était
familier à ses lecteurs. Tous connaissaient l'effet
produit par les airs que l'on attribuait au Phrygien
Olympos et par les airs semblables, composés dans
le mode phrygien. Ces airs produisaient une religieuse extase [1], et c'est par là même qu'ils exerçaient
une influence bienfaisante sur les personnes sujettes
aux transports extatiques; elles s'en trouvaient gué-
ries comme par un traitement médical, une purgation (ὥσπερ ἰατρείας τυχόντας καὶ καθάρσεως). Cet effet
est d'autant plus puissant que les personnes sont
plus sujettes à l'extase; mais tous les hommes le
sont plus ou moins. Il faut en dire autant, continue

---

1. [Τοῖς ἐξοργιάζουσι τὴν ψυχὴν μέλεσι. Les interprètes avaient
entendu « les chants qui délivrent l'âme des transports extatiques ». Dans l'article visé plus bas, nous avons établi le vrai
sens de ces mots et montré que la préposition ἐχ n'a le sens
privatif que dans les verbes dérivés d'adjectifs composés.]

le philosophe, de la musique qui produit la pitié, la crainte et d'autres émotions; elle affecte les auditeurs dans la mesure où ils sont enclins à ces émotions, mais chacun l'est dans une certaine mesure, et tous reçoivent une certaine *catharsis* et se trouvent agréablement soulagés (καὶ πᾶσι γίγνεσθαί τινα κάθαρσιν καὶ κουφίζεσθαι μεθ' ἡδονῆς). Or, si l'extase est attribuée aux modes qu'Aristote appelle *enthousiastes*, la pitié et la crainte appartiennent aux modes dramatiques, car c'est là ce qu'il faut entendre par modes appropriés à l'action (πρακτικαί) : Aristote se sert du même terme pour caractériser le trimètre iambique [1], celui que le poète latin appelle *natum rebus agendis*. Il va sans dire que, dans la tragédie, le caractère de la musique s'accordait avec celui du poème, et que ce qui est vrai de l'une l'est également de l'autre.

La théorie de la *catharsis* n'a donc rien de bien mystérieux. Aristote, observateur sagace et plein de bon sens, fait tout simplement remarquer que la tragédie répond à ce besoin d'émotion que tous les hommes éprouvent dans une certaine mesure. Ce besoin est satisfait d'une manière agréable par les fictions dramatiques. Le spectacle de malheurs réels nous fait mal, l'image poétique qui nous en est offerte au théâtre nous donne le plaisir de l'émotion sans mélange d'amertume (χωρὶν λύπαθῆ).

Nous ne pensons pas que M. Bernardakis soit parvenu à réfuter cette explication, que nous avons

---

1. Voir *Poétique*, chap. xxiv : Τὸ δὲ ἰαμβικὸν (μέτρον)... πρακτικόν

donnée il y a plus de quarante ans et qui a été soutenue depuis par J. Bernays dans un mémoire aussi brillant que solide[1]. Notre communication, faite au congrès philologique de Bâle en 1847 et imprimée dans l'année mémorable de 1848[2], avait passé presque inaperçue pour des raisons faciles à comprendre. M. Bernays ne la connaissait pas quand il écrivait son mémoire, et la circonstance que deux philologues ont trouvé la même solution indépendamment l'un de l'autre peut faire présumer qu'ils ont rencontré la vérité. M. Bernardakis n'a pas non plus vu notre travail; il ne le connaît que vaguement par ce que M. Egger en a dit dans son *Essai sur l'histoire de la critique chez les Grecs*. Comme nous ne nous accordons pas avec Bernays pour tous les menus détails de l'interprétation, répétons ici la traduction que nous avons donnée des lignes controversées et que nous persistons à tenir pour bonne : « La tragédie est l'image d'une action... qui, par la pitié et la crainte, accomplit la *catharsis* propre aux émotions de cette nature ». Aristote ne dit pas que la tragédie purge ou épure la pitié ou la crainte; il ne dit pas non plus qu'elle nous délivre de ces affections, il dit qu'en nous les faisant éprouver, elle nous procure le soulagement, le plaisir,

1. Jacob Bernays. *Grundzüge der verlorenen Abhandlung des Aristoteles über die Wirkung der Tragœdie*, tiré des *Abhandlungen der hist.-phil. Gesellschaft* de Breslau (I, p. 135 et suiv.), 1857.
2. *Ueber die Wirkung der Tragœdie nach Aristoteles*, dans *Verhandlungen der zehnten Versammlung deutscher Philologen...*, p. 131 et suiv., Bâle, 1858.

que donne la satisfaction du besoin que nous avons
de telles émotions.

Les Prolégomènes forment, on l'a vu, une introduction générale au théâtre d'Euripide; parlons
maintenant du corps du présent volume, l'édition
des *Phéniciennes*. Il va presque sans dire qu'aux
yeux de M. Bernardakis ce drame est une œuvre
d'art parfaite, que les critiques anciens et modernes
qui ont cru y remarquer des défauts l'ont mal jugé,
et qu'en particulier l'unité de l'action ne laisse rien
à désirer, quoi qu'on en ait dit. C'est que le sujet du
drame n'est pas uniquement la mort des frères
ennemis, mais la chute d'une vieille dynastie, glo-
rieuse et puissante, succombant sous le poids de
fautes et de crimes à expier. Les *Phéniciennes* faisaient partie d'une trilogie encore plus vaste que
celle d'Eschyle. On sait, en effet, qu'elles étaient
précédées de l'*Œnomaos* et du *Chrysippe*. Dans la
première de ces pièces, Pélops l'emporte à la course
des chars sur le farouche Œnomaos et devient
l'époux de la belle Hippodamie, qui avait conspiré
avec lui contre son propre père. Dans la seconde,
Laïos enlève le jeune Chrysippe, fils de Pélops, et
attire sur sa tête les imprécations de ce dernier.
Cette seconde pièce se rattache, si l'on veut, à la
première, grâce au personnage de Pélops, qui
figure dans l'une et dans l'autre; elle se rattache
aussi à la troisième, parce que le rapt de Chrysippe

et les malédictions de Pélops peuvent expliquer les malheurs de Laïos et de sa descendance. Mais quel lien unit le premier drame au troisième? On n'en aperçoit aucun. Puis, point à noter, s'il y a un rapport entre les deux derniers drames, le poète n'a pas l'air d'y tenir : ni dans le prologue des *Phéniciennes*, ni dans les chœurs, ni dans les révélations de Tirésias, ni dans aucun endroit de cette tragédie, il n'est fait la moindre mention de la faute de Laïos ni des imprécations de Pélops. Les antécédents de la maison royale de Thèbes, jusqu'à l'antique Kadmos, y sont exposés à satiété; le seul fait passé sous silence est précisément celui qui pourrait rappeler au spectateur que, dans la pensée de l'auteur, l'action des *Phéniciennes* se reliait à celle du *Chrysippe*. Il faut dire que les trois actions se suivent dans l'ordre des temps, mais qu'elles ne se tiennent pas, et qu'Euripide n'avait nullement l'intention d'en faire une trilogie proprement dite. Je crois qu'il serait bien étonné d'apprendre qu'en mettant sur la scène une partie des légendes relatives aux Pélopides et aux Labdacides, il avait voulu réunir en un seul tableau grandiose les traditions tragiques du Péloponnèse et de l'Hellade continentale. Plus grand encore eût été son étonnement, si on lui avait dit que Jocaste pleurant sur les cadavres de ses deux fils était le symbole de la Grèce malheureuse de voir les enfants d'Athènes et de Sparte s'entre-déchirer dans la guerre du Péloponnèse. Nous connaissons de longue date les rêveries de ce genre : M. Bernardakis n'est pas le premier qui s'y laisse aller. Est-ce à dire que les *Phéniciennes* ne contiennent pas d'allusion aux événements contemporains? Nous sommes loin de le penser. Dans un beau chœur, animé d'un puissant souffle lyrique, le poète apostrophe le dieu Arès : « Pourquoi, s'écrie-t-il, es-tu possédé de la fureur meurtrière des batailles, qui s'accorde si mal avec l'aimable ivresse de Bacchus [1]? » Il insiste sur le contraste des chœurs qui, couronnés des fleurs du renouveau [2], dansent au son de la flûte, et des bataillons armés, dont les mouvements sinistres sont rebelles à l'art des Muses; il montre le pays occupé par l'ennemi et les citoyens obligés de défendre les murs de leur ville, *thiase* qui porte des boucliers au lieu de thyrses et qui remplace le lierre par l'airain. Ce chœur nous transporte dans les dernières années de la guerre du Péloponnèse : nous voyons l'Attique envahie par les Lacédémoniens pendant que le théâtre de Bacchus retentit de chants et de danses.

La place a manqué à M. Bernardakis pour motiver en détail l'éloge enthousiaste qu'il fait des *Phéniciennes*; mais nous savons par son introduction générale ce qu'il eût répondu à certaines critiques. La plupart des chœurs ont peu ou point de rapport avec les actes qu'ils suivent : ils touchent, sans trop d'à-propos et avec beaucoup de redites, aux plus anciennes traditions de Thèbes. Notre critique pense qu'Euripide avait raison de réduire les chœurs

---

1. Ὦ πολύμοχθος Ἄρης, τί ποθ' αἵματι καὶ θανάτῳ κατέχῃ Βρομίου παράμουσος ἑορταῖς; (V. 784 et suiv.)
2. C'est ainsi que j'entends les mots καλλιχόροις στεφάνοισι νεάνιδος ὥρας.

au rang de simples intermèdes. Élément essentiel
de la tragédie primitive, les chœurs avaient fini par
être un embarras, une superfétation dans la tragédie
parvenue à sa pleine éclosion; le meilleur eût été de
s'en débarrasser une bonne fois; mais comme la
coutume n'admettait pas une réforme aussi radicale,
le poète ne pouvait mieux faire que de les traiter en
hors-d'œuvre, en entr'actes, qui permissent au spectateur de respirer avant de faire un nouvel effort
d'attention. Ces considérations ne manquent pas de
justesse; elles ne nous empêcheront cependant pas de
penser, avec Aristote et avec Horace, que, sans unité,
il n'est pas d'œuvre d'art parfaite. Mais admettons
les hors-d'œuvre lyriques; que dirons-nous pour
justifier les hors-d'œuvre dramatiques? Le dévouement de Ménécée ne constitue-t-il pas un épisode
inutile, une action dans l'action? Ailleurs Euripide
a fait de ces sacrifices héroïques, qu'il affectionnait,
le centre même de la tragédie; ici nous n'avons pas
le temps d'admirer la noble résolution du fils de
Créon; nous lui en voulons presque, comme à un
fâcheux qui viendrait détourner notre attention
quand nous sommes occupés d'autre chose. C'est
pis encore à la fin de la pièce. Antigone ne veut pas
laisser sans sépulture le corps de son frère bien-
aimé; elle bravera la défense de Créon et elle le lui
déclare intrépidement d'avance, ce qui n'est pas précisément le moyen d'accomplir son dessein. Antigone
n'abandonnera pas non plus son père. OEdipe est
chassé de Thèbes par le nouveau roi; le vieillard
aveugle part sous nos yeux pour l'exil, appuyé sur

le bras de sa fille. Reviendra-t-elle pour ensevelir Polynice? Comment pourra-t-elle s'acquitter à la fois de ses devoirs de fille et de sœur? Voilà un étrange encombrement, une accumulation confuse de matière tragique, dont nous nous trouvons moins émus qu'accablés et étourdis.

Si nous relevons ces défauts, qui frappent tous les yeux, ce n'est point pour déprécier un grand poète, mais pour modérer des transports d'admiration qui, par leur excès, provoquent la contradiction et compromettent ainsi ce qu'ils prétendent exalter. Malgré tout ce qu'on peut y critiquer, les *Phéniciennes* n'en restent pas moins une œuvre dramatique de premier ordre. Notre éditeur admire particulièrement la scène dans laquelle Antigone, montée sur le toit du palais, contemple avec effroi l'armée qui s'avance à l'assaut de Thèbes et demande à son gouverneur les noms des chefs qui la conduisent. C'est la seule scène sur laquelle M. Bernardakis s'arrête dans son commentaire, pour en faire ressortir le mérite. Cette scène, qui forme, en quelque sorte, l'équivalent du premier chœur des *Sept chefs* d'Eschyle, est en effet très belle; c'est, après le prologue, une seconde exposition pleine de vie et de mouvement; mais ce n'est cependant qu'une scène accessoire, et, s'il fallait choisir, nous nous serions attaché de préférence à la scène capitale qui fait la grande et heureuse originalité des *Phéniciennes*. Cette scène est celle de l'entrevue des deux frères. Un commentateur ancien la déclare inutile parce qu'elle n'aboutit pas; c'est en cela même que consiste sa beauté dramatique.

Jocaste a obtenu un sauf-conduit pour Polynice, les frères se verront, elle assistera à l'entretien, et, comme ils respectent tous les deux leur mère, ils ne résisteront pas à ses sages conseils. Telles sont les espérances de la tendresse maternelle, espérances cruellement déçues : le moyen même imaginé pour apaiser la querelle l'aigrit, au contraire, et l'envenime. En se parlant, les frères rivaux se passionnent de plus en plus et finissent par se provoquer. Ainsi l'entrevue prépare le combat singulier, combat prémédité, proposé et accepté solennellement. Voilà la nouveauté caractéristique de la tragédie d'Euripide. Chez Eschyle, Polynice et Étéocle ont fait choix, sans le savoir, de la même porte, l'un pour l'attaquer, l'autre pour la défendre [1], et cette coïncidence fatale les pousse dans la voie qu'ils ne sont que trop enclins à suivre : l'imprécation paternelle s'accomplit; s'ils ne veulent pas résister à leur destinée, c'est qu'il leur semble qu'ils ne le pourraient pas. Euripide a voulu que ses personnages agissent librement, en pleine connaissance de cause; il n'a pas supprimé la fatale imprécation, mais il aurait pu s'en passer, les causes psychologiques expliquent assez chez lui le tragique dénouement de la querelle.

---

1. Saint-Marc Girardin dit dans son *Cours de littérature dramatique* (II, p. 270) : « Étéocle, qui, par une sorte d'instinct haineux, n'avait point choisi de poste, Étéocle alors déclare que c'est à lui de combattre son frère ». Patin semble être du même avis, si je comprends bien ce qu'il en dit (*Tragiques grecs*, I, p. 194). Mais Étéocle avait assigné son poste à chacun des sept défenseurs de Thèbes avant d'entendre le rapport du messager : voir v. 282 et surtout v. 508 : Ἑρμῆς δ' εὐλόγως συν-ήγαγεν.

Les œuvres vraiment belles sont fécondes : elles
font naître d'autres belles œuvres. Schiller avait
distingué dans les *Phéniciennes* la scène capitale ;
après l'avoir traduite en vers allemands, il la repro-
duisit dans sa *Fiancée de Messine*, en la modifiant
toutefois : la mère y parvient à réconcilier ses fils,
et la catastrophe est amenée par un incident fatal.
Là, il y a emprunt et ressemblance matérielle, et
ce drame rentre dans la classe nombreuse des tragédies qui roulent sur le sujet des frères ennemis. Il
est plus intéressant et plus instructif de remarquer
l'influence d'Euripide sur la conduite d'un sujet tout
différent. Schiller a mis dans sa *Marie Stuart* une
scène que l'histoire ne lui avait pas fournie. Les
amis de Marie ménagent une entrevue entre les
deux reines : il leur paraît impossible qu'après avoir
vu sa captive, Élisabeth ne lui fasse pas grâce de la
vie. Ils oublient que ces deux reines sont deux
femmes, deux rivales : mises en présence, elles se
blessent par des paroles irréparables, et le moyen
imaginé pour sauver Marie scelle l'arrêt de sa mort.
En s'inspirant si heureusement de la scène qui est
le nœud des *Phéniciennes*, Schiller fait mieux comprendre la profondeur du dessein d'Euripide et met
en pleine lumière ce qu'il y a de plus original et de
plus dramatique dans la tragédie du poète grec.

En dehors de l'appréciation littéraire, une double
tâche s'impose au savant qui publie un texte ancien.
Il doit constituer ce texte d'après les règles d'une
saine critique, il doit l'interpréter en pénétrant les
intentions de l'auteur. Au fond, il est vrai, critique

et interprétation se tiennent; on pourrait même
faire rentrer la critique dans l'interprétation, pourvu
que l'on imposât à l'interprète le devoir de ne pas
expliquer ce qui ne peut être compris. Quant à la
constitution du texte, M. Bernardakis trouve, non
sans raison, qu'on a abusé des conjectures, et il
prend hautement la défense des leçons traditionnelles. Il est curieux que les deux ouvrages que la
bibliothèque Zographos comprend jusqu'ici aient
été conçus suivant des principes diamétralement
opposés. Autant M. Bernardakis respecte la tradition, autant M. Sémitélos se donne licence pour
remanier à son gré le texte de Sophocle. Excès pour
excès, nous avouons préférer l'extrême prudence à
la hardiesse excessive. M. Bernardakis est donc
conservateur, ce qui ne l'empêche pas d'être batail-
leur; et nous savons par expérience qu'en littérature,
comme ailleurs, on peut être l'un et l'autre. Dans
son volume, la polémique occupe plus de quatre
cents pages compactes : il ne se contente pas
d'énumérer toutes les corrections proposées, même
celles qui sont depuis longtemps abandonnées; il
les discute, les réfute, il prend plaisir à la contro-
verse et y déploie une faconde intarissable [1]. Il ne

---

1. [A voir cette polémique incessante contre tous les hellénistes français, hollandais, allemands, anglais, depuis Valcke-
naer jusqu'à Nauck, je m'étais persuadé que M. Bernardakis
entendait réserver aux enfants de la Grèce le sentiment du
grec ancien, et que les épithètes élogieuses prodiguées aux
savants qu'il critique sentaient l'ironie. M. Bernardakis assure
qu'il n'en est rien. Je n'ai qu'à me rétracter. J'avais été induit
en erreur par des discussions du genre de celle qui se trouve
p. 436.]

peut donc trouver mauvais que l'on épluche son travail et qu'on relève les erreurs qu'il a pu commettre. En effet, le commentaire que nous avons sous les yeux, malgré la sagacité et la compétence incontestables de l'auteur, ressemble à ceux des autres interprètes. On y trouve d'excellentes remarques, quelques restitutions heureuses, mais on y trouve aussi des difficultés non résolues, des interprétations forcées, inadmissibles, et, même, de loin en loin, des corrections plus que douteuses.

Il faut citer quelques exemples à l'appui [1]. Commençons par une conjecture excellente de tout point. Tirésias arrive, conduit par Manto et Ménécée; je suppose qu'il y avait sur la scène une pierre ou un autre siège, où le vieillard pût se reposer après une longue course. Créon dit à la fille de Tirésias d'aider l'aveugle à s'asseoir, et il ajoute (v. 855) :

ὡς πᾶσ᾽ ἀπήνη ποὺς τε πρεσβύτου φιλεῖ
χειρὸς θυραίας ἀναμένειν κουφίσματα.

Autant πᾶσα est vide de sens, autant la correction στᾶσα (ὡς στᾶσ᾽ ἀπήνη) dit tout ce qu'il fallait dire ici. « De même qu'un char, le pied du vieillard attend, quand il s'arrête, qu'une main étrangère vienne le soulager » : le char (et, en grec, ce mot comprend aussi l'attelage), pour être dételé [2]; le vieillard,

---

1. [J'aurais supprimé ces critiques de détail, si M. Bernardakis ne m'avait pas fait l'honneur de les réfuter longuement dans la brochure citée ci-dessus.]

2. M. Bernardakis entend que les voyageurs qui sont dans la voiture ont besoin d'une main du dehors pour mettre

pour s'asseoir. Mais M. Bernardakis se donne trop
de peine pour expliquer les deux vers qui précèdent :

$$\text{Θάρσει· πέλας γὰρ, Τειρεσία, φίλοισι σοῖς}$$
$$\text{ἐξώρμισαι σὸν πόδα.}$$

Le devin aveugle avait demandé à Ménécée si la
route était encore longue ; on le rassure en lui disant
qu'il est arrivé près du port. Dans le texte ci-dessus
le verbe ἐξώρμισαι est employé dans un sens possible,
il est vrai, mais contraire à l'usage, et il devrait être
à l'actif pour gouverner l'accusatif σὸν πόδα, qu'on
ne saurait en séparer sans violence ; de plus, on est
obligé de construire πέλας avec φίλοισι σοῖς, tandis
que πέλας devrait désigner la proximité du port. Une
correction très facile, voisine de la leçon des meil-
leurs manuscrits, ἐξορμίσαι, peut obvier à tous ces
inconvénients. Écrivons :

$$\text{Θάρσει· πέλας γὰρ, Τειρεσία, φίλοισι σοῖς}$$
$$\text{ἔσθ' ὁρμίσαι σὸν πόδα, λαβοῦ δ'αὐτοῦ, τέκνον.}$$

« Courage, Tirésias, l'endroit est tout près où tes
amis (hellénisme pour « ta fille ») peuvent faire
reposer ton pied dans le port[1]. Soutiens-le, enfant. »

M. Bernardakis ne croit pas aux interpolations et
prend la défense des vers suspectés ou éliminés par
d'autres éditeurs. Il n'a pas toujours tort, mais il

---

pied à terre. Je préfère mon explication pour plusieurs raisons.

1. [La critique de M. Bernardakis (p. 60 de sa brochure)
m'oblige de lui dire que je me sers d'une périphrase pour
conserver en français l'ordre des mots et des idées de l'original.]

lui arrive aussi de n'avoir raison qu'à demi. Jocaste raconte dans le prologue :

Κρέων ἀδελφὸς τἀμὰ κηρύσσει λέγη,
ὅστις σοφῆς αἴνιγμα παρθένου μάθοι,
τούτῳ ξυνάψειν λέκτρα. Τυγχάνει δέ πως
μούσας ἐμὸς παῖς Οἰδίπους Σφιγγὸς μαθών·
ὅθεν τύραννος τῆσδε γῆς καθίσταται
καὶ σκῆπτρ᾽ ἔπαθλα τῆσδε λαμβάνει χθονός.

Le dernier de ces vers redit en d'autres mots ce qu'avait dit l'avant-dernier. Aussi quelques critiques l'écartent-ils; d'autres (et M. Bernardakis est de ce nombre) répondent qu'il doit être permis à un poète de répéter la même idée de deux façons, afin d'y insister. On peut répliquer que cette insistance doit être motivée, et qu'elle ne l'est pas ici. Nous estimons que ni les uns ni les autres ne sont dans le vrai. Jocaste dit d'abord que sa main fut promise au vainqueur du Sphinx; elle dit ensuite qu'Œdipe, ayant deviné l'énigme, obtint, pour prix de cette victoire, la royauté. Il n'y a pas de contradiction, cependant ce récit ne se suit pas bien; il conviendrait de marquer que le sceptre était une seconde récompense ajoutée à la première (à la main de Jocaste, était-il besoin de le dire?); Euripide avait écrit :

ὅθεν τύραννος τῆσδε γῆς καθίσταται,
καὶ σκῆπτρ᾽ ἔπαθλα τῆσδε λαμβάνων χθονός.

La particule καὶ signifie ici *etiam*; mais il était facile de s'y tromper et de substituer λαμβάνει à λαμβάνων[1].

1. [Le participe présent λαμβάνων n'est pas moins de mise ici, n'en déplaise à M. Bernardakis, que dans Thucydide, VIII,

Polynice arrive l'épée nue à la main; malgré la
trêve, il craint quelque embûche : mais il se rassure
à la vue d'un autel qui pourrait lui servir de refuge :

> Ἀλλ' ἐγγὺς ἀλκή· βώμιοι γὰρ ἐσχάραι
> πέλας πάρεισι, κοὐκ ἔρημα δώματα.

Les derniers mots visent le chœur, que Polynice
vient d'apercevoir. Plusieurs critiques ont dit que
la présence de jeunes femmes n'était pas une sau-
vegarde (ἀλκή) pour le frère d'Étéocle, et ils ont proposé les corrections les plus aventureuses. M. Bernardakis a mille fois raison de ne pas suivre ces
critiques; mais il ne réfute pas bien leur argument.
Il prête à Polynice le raisonnement qu'on n'osera
pas l'arracher à un asile sacré en présence de
témoins. Si le texte ne se prêtait pas à une explication plus plausible, nous le tiendrions, nous aussi,
pour suspect. Heureusement il suffit de changer
la ponctuation pour que tout devienne clair et
facile :

> Ἀλλ' ἐγγὺς ἀλκή, (βώμιοι γὰρ ἐσχάραι
> πέλας πάρεισι) κοὐκ ἔρημα δώματα,
> φέρ' ἐς σκοτεινὰς περιβολὰς μεθῶ ξίφος
> καὶ τάσδ' ἔρωμαι, τίνες ἐφεστᾶσιν δόμοις.

Voici un autel, dit Polynice, c'est un refuge, mettons
l'épée au fourreau; voici des femmes, demandons-
leur qui elles sont. Les deux premiers vers moti-

50, 4 : Ἀλκιβιάδης εὐθὺς πέμπει κατὰ Φρυνίχου γράμματα. . ἀξιῶν
αὐτὸν ἀποθνῄσκειν... Ἀποστέλλει αὖθις... τὰ πρότερα μεμφόμενος.
— Quant au participe de l'imparfait, je renvoie à mes notes
sur *Hécube*, 321 et 484.]

vent les deux vers suivants. Personne ne s'y serait
trompé s'il y avait ἀλλ' ἐγγὺς γὰρ ἀλκή : mais ἀλλὰ
équivaut ici à ἀλλὰ γάρ, comme au vers 99 :

’Αλλ’ οὔτις ἀστῶν ταῖσδε χρίμπτεται δόμοις,
κέδρου παλαιὰν κλίμακ’ ἐκπέρα ποδί.

Les effusions lyriques de Jocaste à la vue de son
bien-aimé Polynice offrent plus d'une difficulté au
lecteur. Dès les premiers vers, il se heurte à la
phrase impossible γηραιῷ ποδὶ τρομερὰν ἕλκω ποδὸς
βάσιν. Notre éditeur la corrige heureusement en
écrivant γήρᾳ τρίποδι. Mais immédiatement après
(v. 309), il obscurcit, par des bizarreries doctement
développées, un texte assez clair. Il veut que les
mots πκρηίδων τ’ ὄρεγμα βοστρύχων τε fassent corps, et
que Jocaste désigne ainsi l'espace qui s'étend de
ses joues à son cou et où il n'y a pas de cheveux.
Ensuite Jocaste parle de l'affliction où la plongea
l'exil de son fils et du sombre désespoir d'Œdipe.
D'où vient ce désespoir? A entendre M. Bernardakis,
le vieillard se serait désolé d'avoir été séparé de
Jocaste, et il aurait, à cause de cela, renouvelé les
imprécations contre ses fils, auteurs de cette séparation. Pour arriver à une interprétation aussi
étrange, M. Bernardakis s'efforce de prouver que le
trope ἀπήνας ὁμοπτέρου τᾶς ἀποζυγείσας δόμων (v. 330) ne
peut s'appliquer à Polynice, mais doit être entendu
de la compagne d'Œdipe. Mais Jocaste n'a pas été
chassée du palais, ni séparée d'Œdipe (voir v. 1555).
Est-il besoin d'ajouter que dans tout ce morceau, il
n'est question que des regrets qui suivaient Polynice,

banni de Thèbes? Quand éclate la discorde des
frères, quand l'un d'eux est violemment expulsé, le
vieillard reconnaît avec effroi que ses anciennes
malédictions vont s'accomplir et, loin de les renou-
veler, il les déplore. Tel est le sens de στενάζων ἀρὰς
τέχνοις, mots qui deviendraient plus clairs si l'on
insérait, avec Hermann, ἀρχιάς, ou, ce que j'aime-
rais mieux, ἀτηρὰς (στενάζων ἀρὰς ἀτηρὰς τέχνοις). En
revanche, le vers 350 est bien interprété dans la
nouvelle édition. Si Polynice s'était marié dans sa
patrie, le rite nuptial eût été observé, l'eau lustrale
eût été puisée à la rivière de Thèbes; mais l'Isménos
n'a pas concouru aux cérémonies de l'hymen en
fournissant le bain (ἀνυμέναια δ' Ἰσμηνὸς ἐκηδεύθη
λουτροφόρου χλιδᾶς). Quiconque a le sentiment de la
poésie grecque, reconnaîtra la justesse de cette
explication, déjà indiquée dans une scholie.

Dans la grande scène de l'entrevue des princes,
Jocaste conjure Étéocle de ne pas empiéter sur les
droits de son frère : elle lui montre que rien n'est
plus beau que l'égalité et la mesure, que la soumission à une loi qui gouverne l'univers. Le jour et la
nuit, dit-elle, consentent alternativement, dans le
cours de l'année, à se contenter d'une part plus
petite, ils cèdent l'un à l'autre sans jalousie; et tu
ne supporterais pas la loi équitable qui veut que
vous régniez chacun à son tour? Mais ici les manuscrits font dire à Jocaste que le soleil et la nuit se
soumettent aux hommes (δουλεύει βροτοῖς). Pour
éviter ce contresens, M. Bernardakis écrit ainsi les
vers 549 et suivants :

Εἶθ' ἥλιος μὲν νύξ τε δουλεύει· 'ν βροτοῖς
σὺ δ' οὐκ ἀνέξει δωμάτων ἔχων ἴσον
καὶ τῷδε νεῖμαι; κᾆτα ποῦ 'στιν ἡ δίκη;

'ν βροτοῖς σὺ δ' οὐκ ἀνέξει... [1] Voilà où l'on en arrive
quand on se croit obligé d'expliquer à tout prix
une leçon traditionnelle. Il faut ici un complément
au verbe δουλεύει, le sens ne saurait faire doute, et
le mot se trouvera aussi : écrivons

Εἶθ' ἥλιος μὲν νύξ τε δουλεύει μέτροις.

On sait que dans les vieux manuscrits les lettres β
et μ se ressemblent assez, et l'on se souvient de
l'apophtegme d'Héraclite : Ἥλιος οὐχ ὑπερβήσεται
μέτρα.

Les vers 823 et suivants sont inintelligibles. Les
conjectures abondent ; M. Bernardakis les condamne toutes, et il introduit dans le texte la sienne,
dont nous ne citerons que les derniers mots : πατρὸς
δὲ συναίμονος ἐκ λέχος ἦλθον. J'avoue franchement que
je n'aurais pas compris, si le commentaire ne m'apprenait que ce texte nouveau veut dire : « Ils sortent
du lit (ἐξῆλθον λέχος) d'un père qui était leur frère ».
Il est incontestable que le verbe ἐξέρχεσθαι peut se
construire avec l'accusatif; mais il faut ajouter que,
suivi de ce cas, il équivaut toujours à « quitter »

1. M. Bernardakis assure que le vieux scholiaste avait sous
les yeux la leçon qu'il imagine. C'est une erreur. Les mots
ἐν βροτοῖς sont une addition tardive et ne figurent pas dans la
vieille rédaction de la scholie. M. Bernardakis s'est servi de
l'édition de Dindorf, mais il n'a pas remarqué la note en bas
de la page. Une vieille scholie dit très bien : Εἶτα ὁ ἥλιος μὲν
καὶ ἡ νὺξ τῷ ἴσῳ δουλεύουσι, σὺ δ'οὐκ ἀνέξῃ, τῶν δωμάτων ἔχων τὸ
ἴσον, τῷ ἴσῳ δουλεύειν.

et ne peut avoir le sens de « provenir », si tant
est qu'il se prenne jamais dans cette acception.
Voyez plutôt les exemples réunis par M. Bernardakis
lui-même.

Malgré ces taches, nous regardons comme la
partie la plus méritoire du volume le commentaire
purement explicatif placé en bas du texte. M. Bernardakis ne se borne pas à paraphraser les vers
d'Euripide dans la prose conventionnelle qu'on
écrit aujourd'hui en Grèce; il ne dédaigne pas de
se servir, à l'occasion, de la langue commune, la
langue vivante : pour bien faire comprendre un vieil
auteur aux hommes de la génération actuelle, il a
pensé avec raison que le plus simple et le plus utile
était de leur indiquer des équivalents empruntés à
l'idiome qu'ils ont appris de leur mère et qu'ils
entendent sans effort. C'est par là que cette édition
atteint au but qu'avaient en vue M. Zographos et le
Syllogue de Constantinople. Le livre répond parfaitement à sa destination : c'est le plus bel éloge que
nous en puissions faire, et que la suite de l'ouvrage
méritera sans doute de plus en plus. Le présent
volume nous avait effrayé par ses proportions, mais
la couverture nous rassure. Le volume a huit cents
grandes pages, et il ne donne que les *Phéniciennes*;
mais M. Bernardakis annonce que les dix-huit
autres pièces d'Euripide tiendront en trois volumes;
nous pouvons donc espérer qu'il mènera à bonne
fin son entreprise patriotique [1].

1. [Le deuxième volume, paru en 1894, contient trois pièces :
Hécube, Hippolyte et *Médée.*]

VI

L' « HÉRAKLÈS » D'EURIPIDE[1]

Héraklès est le plus grand des héros grecs, le
type même de l'humanité divinisée; son culte s'est
répandu parmi toutes les tribus, dans tous les pays
helléniques, il s'est introduit à Rome et chez les
autres peuples italiens; un grand nombre de maisons princières, et des plus illustres, se faisaient
gloire de descendre de lui; et cependant il n'a pas
eu son Homère. Les *Héraklèides*, dont parle Aristote, pâlirent dès leur apparition devant l'*Iliade* et
l'*Odyssée*; les poètes athéniens ont rarement puisé
dans sa légende un sujet de tragédie, ils ont plus
souvent introduit dans leurs drames satyriques un
Hercule à la fois glorieux fils de Zeus, demi-dieu
invincible, et Béotien à l'appétit pantagruélique.
Héraklès est cependant une figure à part, fortement

---

1. *Journal des Savants*, 1890, avril, p. 201 et suiv. L'ouvrage
de M. Ulrich von Wilamowitz-Moellendorf, *Euripides Herakles*,
2 vol., Berlin, 1888, a paru depuis (1895) en seconde édition,
sans l' « Introduction à la tragédie attique », mais augmenté
d'une belle traduction allemande.

caractérisée par la légende, par l'art et par la poésie :
il ne ressemble ni à Achille, le héros juvénile, doué
de toutes les qualités brillantes et aimables, comme
des défauts, d'une bouillante jeunesse, et moissonné
à la fleur de l'âge, au comble de la gloire; ni à
Ulysse, ce héros éminemment ionien, aussi rusé
que brave, sachant se fair' tout à tous, toujours
maître de lui-même. Tout différent est Héraklès,
nature plus rude à la fois et plus puissante, d'un
âge plus voisin de la sauvagerie primitive. Tel
serait (la comparaison est de notre auteur) l'Adam
de Michel-Ange, si l'image se dressait et que la vie
circulât dans ses veines. Dans les travaux qui forment le noyau de sa légende, nous le voyons lutter
contre les bêtes féroces et les géants malfaisants,
seul, sans compagnon, sans armure, n'ayant pour
combattre de près que ses bras et sa massue, et ses
flèches inévitables pour atteindre au loin. Dans
l'*Iliade*, la massue est l'arme d'Aréithoos, guerrier
d'une autre génération, antérieure à la jeunesse du
vieux Nestor [1]. Dans l'*Odyssée*, l'ombre d'Orion,
héros gigantesque des temps jadis, poursuit avec sa
massue les ombres des bêtes qu'il tua de son vivant.

Mais les traits caractéristiques d'Héraklès tiennent
peut-être autant à la race qu'au siècle qui les a
d'abord conçus. M. de Wilamowitz le regarde, après

---

1. Voir *Iliade*, VIII, v. 137 et suiv. Il est vrai que ce morceau ne s'accorde guère avec les vers 8-10 du même livre, où
l'homme à la massue, κορυνήτης Ἀρηΐθοος, se trouve singulièrement rajeuni, puisqu'on y voit son fils combattre devant
Troie.

d'autres, comme le héros de la race dorienne; voici comment il s'exprime à ce sujet : « La légende d'Hercule s'adresse à l'homme dorien : pour lui seul elle est l'Évangile; en dehors de lui, elle ne connaît point d'hommes, elle ne voit qu'esclaves et malfaiteurs. Voici ce qu'elle dit : « Tu es né bon, et tu « peux le bien dès que tu le veux. Tu reposes sur « toi seul, sur ta force; aucun dieu ni aucun « homme ne te décharge de ce que tu as à faire; « mais ta force, si tu en fais usage, suffit pour « remporter la victoire. Tu veux vivre : agis. La « vie, c'est le travail, le travail sans paix ni trêve, « non le travail de l'égoïsme, qui ne voit que son « intérêt, ni celui de l'égoïsme négatif, de l'ascé- « tisme, qui se sacrifie pour d'autres, mais le travail « qui consiste à faire tous les jours tout ce que « l'on peut faire, parce qu'on le peut et parce qu'il « le faut. Tu dois remplir ta mission, tu es du sang « des dieux, et tu dois aider à établir et à défendre « le royaume de ton dieu. Quelque part que surgisse « un méchant, ennemi de ce royaume, marche « droit contre lui et abats-le sans crainte. En dépit « de tous les fantômes effrayants, de tous les « charmes séducteurs, empoigne vaillamment et « tiens bon; si tu n'as pas peur, la victoire sera à « toi. Ta vie ne sera que peine et que travail; mais « le plus noble prix t'est assuré. Pour le mériter, tu « ne dois pas suivre le grand chemin du commun « des mortels, vil peuple issu de la terre et inca- « pable de s'en détacher. Il faut, si tant est que tu « sois de sang divin, que tu marches par le sentier

« étroit, en avant, toujours en avant. En haut se
« montre la porte du ciel; quand tu y frapperas,
« les bienheureux maîtres du ciel te feront une
« place dans leurs rangs et t'offriront la coupe où
« brille le nectar de la vie éternelle. Tu es né pour
« la valeur virile, qui est l'honneur de l'homme,
« ἀρετή; tu dois la conquérir, elle ne s'achète qu'au
« prix de la vie; mais celui qui y met cet enjeu y
« gagne la vie éternelle. » Nous avons tenu à traduire ce morceau aussi fidèlement que possible,
pour faire sentir la manière de l'auteur et ces ana-
chronismes de style au moyen desquels il se plaît à
rapprocher les idées antiques de nos conceptions
modernes.

L'originalité du type d'Hercule s'explique aux
yeux de notre auteur par celle de la race dorienne.
Suivant lui, les Doriens, ainsi que leurs proches
parents les Thessaliens et les Béotiens, sont des
envahisseurs barbares, étrangers à la race hellénique, qu'ils subjuguèrent. C'est une extension de
la thèse d'Otfried Müller, qui en avait dit autant
des Thessaliens. Les généalogies hésiodiques donnent Doros pour fils aîné d'Hellen et ne font descendre Ion du père commun de la race hellénique
que par l'intermédiaire de Xouthos; Hérodote considère les Doriens comme les Hellènes par excellence; leur idiome est sans contredit un dialecte
grec. Auraient-ils adopté la langue de leurs sujets
à une époque où la civilisation de ces derniers ne
semble pas avoir été assez avancée pour s'imposer
aux vainqueurs? La thèse des Doriens originai-

rement non hellènes est, on le voit, très hasardée.
Je me demande même si pareille question doit être
posée. Le nom d'Hellène ne s'est étendu qu'assez
tard à l'ensemble des peuples qui constituèrent la
famille hellénique, celle-ci s'est formée peu à peu
d'éléments divers, plus ou moins congénères. Ce
que nous appelons la race hellénique ne doit pas
être cherché dans les origines du peuple, c'est le
résultat d'un mélange, d'une longue élaboration,
qui aboutit à une civilisation commune. Cette com-
munauté n'exclut pas des différences, des contrastes
même, dans le sein de la famille. Doriens et Ioniens
sont frères, ils se ressemblent par certains traits;
mais, comme il arrive entre frères, ils diffèrent par
d'autres côtés, et cette différence est assez forte
pour produire un an...agonisme permanent.

Pour ce qui est du mythe d'Hercule, nous le
trouvons localisé à Argos, à Thèbes et dans la
Thessalie. La légende argienne est généralement
regardée comme la plus ancienne que nous puissions atteindre. Héraklès réside à Tirynthe et
accomplit ses fameux travaux au service du lâche
Eurysthée. C'est, dit-on, une fable inventée par les
Doriens, afin de légitimer leur conquête en pré-
sentant l'invasion comme le retour des maîtres
légitimes, descendants de Persée. Qu'est-ce qui
empêcherait de donner de cette fable une autre
interprétation historique? On pourrait dire que des
bandes de Doriens, venues du nord de la Grèce,
servirent comme mercenaires les princes d'Argos
avant de se rendre maîtres du pays, ainsi que les

Germains feront plus tard dans l'empire romain.
Loin de moi l'idée d'émettre pareille hypothèse;
mais les mythologues, comme les peintres et les
poètes, n'ont-ils pas toujours joui du privilège de
pouvoir tout oser?

Le cycle des douze travaux remonte à une haute
antiquité; ce qui le prouve, c'est que des expédi-
tions et des guerres, bien plus considérables que
les combats contre les brigands et les bêtes féroces,
ont toujours été rattachées aux douze travaux
comme des faits secondaires. Ces amplifications de
la légende d'Hercule se trouvant déjà dans le poème
de Pisandre de Camiros, M. de Wilamowitz a raison
de soutenir qu'il ne faut pas regarder ce poète
du vie siècle comme le premier qui ait établi le
cycle des douze travaux. Il l'attribue avec vraisemblance à un poète péloponnésien du viiie siècle,
dont le nom et l'œuvre seraient tombés en oubli
quand l'épopée homérique, venue d'Ionie, éclipsa
toutes les autres productions épiques. Comme le
costume du héros se rattache à ces travaux, on ne
peut pas non plus en faire honneur à l'imagination
de Pisandre. Quoi qu'en dise Strabon, les plus
anciens monuments figurés représentent déjà Hercule nu, brandissant la massue et lançant des
flèches [1].

Parmi les douze travaux, les deux derniers occupent une place à part : les mythographes assurent

1. Voir l'article *Héraklès* de M. Furtwaengler dans *Lexikon
der griechischen und römischen Mythologie* de Roscher.

qu'ils furent ajoutés après coup par Eurysthée, et
ils sont en effet d'une nature particulière. On y voit
le héros triompher de la Mort en domptant Cerbère,
triompher aussi (on peut l'ajouter d'après d'anciens
monuments figurés) de la Vieillesse, et cueillir la
pomme de l'Immortalité dans le jardin des Hespérides. M. de Wilamowitz suppose que ces deux
travaux, tout en faisant partie du cycle primitif,
n'y étaient pas imposés par Eurysthée. C'est qu'il
pense que, dès la première conception du personnage d'Hercule, le héros s'était déjà élevé par son
mérite au rang des dieux. Cela est possible; mais
on pourrait aussi dire que la place distincte occupée
par les deux derniers travaux fait penser que l'apothéose est plus récente que le mythe primitif; on
pourrait ajouter que la pomme de l'arbre de vie
immortelle rappelle des traditions orientales.

L'Hercule thébain n'est plus seul, il a pour compagnon son neveu Iolaos, le conducteur de ses che-
vaux. Dans le *Bouclier* hésiodique, Hercule paraît
avec lui sur son char, armé comme les héros d'Homère, et l'on sait que le souvenir du campagnon-
nage héroïque s'est longtemps conservé à Thèbes.
Les serpents étouffés par le nouveau-né sont un
autre mythe thébain, dont la portée n'a pas été assez
appréciée. Il pourrait être invoqué par ceux qui
regardent Hercule comme un dieu ravalé, par une
espèce de dégradation, à la condition humaine. En
effet, les dieux ont le privilège d'être dès leur naissance tout ce qu'ils seront plus tard, de se trouver
soustraits à l'infirmité de l'enfance, aussi bien qu'à

celle de la vieillesse. Athéné sort tout armée de la
tête de Zeus et jette le cri de guerre; Apollon se
débarrasse des langes dont on l'avait enveloppé et
demande la cithare et l'arc, en marchant à grands
pas sur le sol de Délos; Hermès s'échappe de son
berceau pour construire une lyre avec la carapace
d'une tortue et voler les bœufs d'Apollon. En
étouffant de ses mains les dragons envoyés par Héra,
Héraklès marque sa nature divine. C'est ce que Pindare a fait admirablement sentir dans sa première
Néméenne. Informé du prodige, Tirésias révèle tous
les glorieux labeurs du bienfaiteur de l'humanité,
couronnés par l'apothéose. Du berceau de l'enfant
sort la lumière qui, grâce à la prophétie du devin,
éclaire toute sa vie à venir [1].

Le bûcher du mont OEta appartient à la légende
thessalienne. M. de Wilamowitz fait remarquer avec
justesse que c'est là un mythe parallèle à celui de la
pomme des Hespérides, une autre manière d'exprimer l'apothéose. Le bûcher et les flammes qui con-
sument la partie terrestre et mortelle du héros rappellent la légende du dieu désigné par les Grecs
comme l'Hercule phénicien. M. de Wilamowitz, qui
conteste les influences orientales, rapproche du
bûcher d'Hercule les récits d'après lesquels Thétis

---

1. Quiconque lira ce morceau sans opinion préconçue restera
convaincu, quoi qu'en dise M. de Wilamowitz, que Pindare
regarde la participation d'Héraklès à la lutte des Dieux contre
les Géants comme le plus grand exploit du héros et comme la
transition naturelle à son apothéose. Ce morceau indique comment Pindare entendait les mots μέγα ἔργον ἐν ἀθανάτοισιν
ἀνύσσας au vers 954 de la *Théogonie* d'Hésiode, et nous ferons
bien de nous en tenir à l'interprétation donnée par le poète.

met son enfant dans la flamme pour le rendre
immortel, et Déméter durcit par le même moyen
son nourrisson éleusinien contre la vieillesse et la
mort. Si vous voulez pénétrer, dit-il, jusqu'à l'antique conception thessalo-dorienne et l'admirer dans
toute sa grandeur et sa pureté, écartez les femmes,
Déjanire et Iole, l'amour et la jalousie; l'idéal dorien
de l'homme-dieu ne connaît point ces faiblesses :
l'épopée ionienne et la tragédie attique ont altéré
les traits du héros et, en le rapprochant de l'humanité, l'ont dégradé pour le rendre plus intéressant.
A ceux qui objecteront que les dieux grecs ne sont
pas non plus exempts des faiblesses que les traditions reçues prêtent à Hercule, M. de Wilamowitz
répondra que les Doriens primitifs n'étaient pas des
Hellènes et que leur idéal différait de l'idéal hellénique. Notre auteur est conséquent avec lui-même,
toutes les parties de sa construction se tiennent; il
faut l'accepter ou la rejeter en bloc.

La fable qui fait le sujet de la tragédie d'Euripide
donne un démenti flagrant à la conception d'un
Hercule sans faute et sans faiblesse. Comment se
fait-il qu'un pareil héros tue ses enfants dans un
accès de délire? Notre auteur trouve un ingénieux
moyen pour échapper à cette difficulté. La fable en
question, suivant lui, aurait eu une origine tout
accidentelle. Que pouvait répondre un Thébain du
vie siècle si on lui demandait : « Pourquoi Héraklès
quitta-t-il votre ville, où il était né, pour aller servir
Eurysthée à Argos? Vous dites qu'il épousa Mégara,
la fille de votre roi; où sont leurs enfants? D'où

vient qu'ils n'ont pas laissé de descendants? » La réponse était dictée par l'analogie d'une foule de récits des temps héroïques. Hercule fut obligé de s'expatrier pour avoir commis un homicide; s'il n'est pas question de ses enfants thébains, c'est qu'il les tua; et s'il commit cette action, c'est que la jalouse Héra lui envoya la démence. Cette explication n'est peut-être pas tout à fait satisfaisante. D'après la version thébaine, Hercule tua ses enfants en les jetant dans le feu; cela fait penser à un sacrifice et à ces influences phéniciennes dont les traces semblent trop nombreuses à Thèbes pour être contestées.

On racontait aussi à Thèbes que le héros était sur le point de tuer Amphitryon, son père, et qu'il n'en avait été empêché que par une pierre lancée par Athéna, qui l'étendit à terre sans connaissance [1]. Euripide a conservé ce trait, qui porte le cachet d'une haute antiquité. Si le délire d'Hercule n'avait été imaginé que pour expliquer son exil, il était inutile d'en pousser la peinture jusqu'à la limite d'un parricide qui n'est pas exécuté. Nous voilà arrivés à la tragédie d'Euripide. Là, Dieu merci, nous ne tâtonnons plus dans l'ombre; il fait jour et nous voyons clairement comment le poète a mis en œuvre les éléments traditionnels qu'il avait reçus, comment il les modifia, quels sont les incidents qu'il y ajouta, quel est l'esprit dont il anima la vieille fable.

Et d'abord Euripide introduit un contraste sai-

---

1. Voir *Pausanias*, IX, 11, 2.

sissant dans l'action de son drame : ces mêmes
enfants qu'Hercule tuera dans un accès de démence,
il vient de les sauver de la mort. Le héros étant descendu aux enfers, ses ennemis espèrent qu'il ne
reviendra plus, et ses amis le craignent. Un usurpateur s'empare du pouvoir dans Thèbes, et, pour
affermir son nouveau règne, il veut mettre à mort
toute la famille d'Hercule. Tous ces incidents sont
évidemment imaginés par Euripide. A cette fin il
donne au roi Lykos, qui figurait dans les vieilles traditions de Thèbes, un fils du même nom. Les
enfants, leur mère Mégara, le vieil Amphitryon, vont
mourir par le feu (il y a là peut-être un souvenir de
la légende thébaine rappelée plus haut), quand Hercule paraît. Et le poëte se plaît à peindre par des
traits familiers la tendre affection du héros pour ses
enfants. Ils s'attachent à ses vêtements, le bon père
les laisse faire, les traîne à la remorque, les caresse ;
et un instant après, il les immolera lui-même.

La seconde innovation n'a pas moins de portée.
Dans la légende, la démence et le meurtre des
enfants ont pour suite l'exil d'Hercule et sa servitude
ou son vasselage à Argos. Ils précèdent donc les
travaux du héros. Euripide place la démence après
l'accomplissement des travaux, à la fin de la carrière du héros. Il est déjà le plus grand des mortels,
le bienfaiteur de l'humanité ; les chants du chœur
exaltent tous ses hauts faits : et c'est alors, au
comble de la gloire, qu'une divinité jalouse trouble
son esprit et fera du héros victorieux un objet de
pitié pour tous, d'horreur pour lui-même.

Le délire d'Hercule n'est pas traité par Euripide comme le délire d'Oreste. Ce dernier est malade, et les Furies qu'il croit voir n'existent que dans son imagination hallucinée. La fureur qui possède Hercule est un être démoniaque, distinct de sa personne, et que le poète montre aux yeux du spectateur. Euripide revient, dans ce drame, à la conception mythologique, il procède à la façon d'Eschyle : ce qui se passe dans l'âme d'Hercule est projeté en dehors, prend un corps et s'appelle la Fureur, Λύσσα. Pourquoi Euripide abandonne-t-il ici l'explication psychologique et la méthode qui lui est propre, pour revenir aux idées légendaires? Son intention est évidente, il reprend la vieille fable afin de protester contre elle. La haine implacable d'Héra, acharnée à dégrader ce que le ciel et la terre admirent, sa basse jalousie, sont indignes d'une divinité. Le poète le déclare dans ses vers; mais il ne s'en tient pas là, il fait ressortir d'une manière plus frappante l'odieux de la conduite de cette déesse, en mettant la protestation dans la bouche de Fureur. Cet être aux traits hideux, qui n'a d'autre fonction que d'égarer l'esprit des hommes, hésite à se faire l'instrument de l'injuste Héra. Il lui répugne de frapper le héros, et c'est à contre-cœur qu'il obéit aux ordres de la reine du ciel. Cette dernière est représentée par Iris, sa messagère et sa fidèle servante; on voit paraître à la fois la belle déesse olympienne et l'horrible démon infernal; de ces deux êtres, le plus équitable, le plus humain, c'est celui qui semble voué par sa nature à faire le mal et à s'y complaire. Il était

impossible de flétrir plus énergiquement les
croyances populaires.

Euripide avait-il en même temps l'intention de
présenter le délire d'Hercule comme l'effet naturel
d'une longue suite de victoires sans exemple, comme
la conséquence, dans les âmes héroïques, du sentiment exagéré de leur propre grandeur ? C'est l'avis
de M. de Wilamowitz. Aristote remarque quelque part
que les hommes de génie sont sujets aux accès de la
bile noire (μελαγχολικοί), et le premier exemple qu'il
cite est précisément celui d'Hercule. Nous nous
exprimerions plutôt comme Sénèque, qui dit, en
traduisant le passage du philosophe grec, que les
grands hommes ne sont pas sans un grain de folie [1].
M. de Wilamowitz pense que tel était aussi le sentiment d'Euripide. Il appelle l'attention sur les propos
que tient Hercule avant que le démon de la fureur
se loge dans son corps. Le héros s'emporte, il veut
renverser le palais de Lykos, faire mourir avec le
tyran tous les Thébains qui ont pris son parti, remplir de leurs cadavres, teindre de leur sang, les
rivières de Thèbes. Ces paroles annoncent-elles, en
effet, que l'esprit d'Hercule est sur le point de
s'égarer ? Je ne le pense pas. Sans doute la vengeance méditée par le héros est terrible, mais d'après
les idées des anciens elle n'a rien d'excessif. Les
rebelles qui ont conspiré avec l'usurpateur ont
mérité de mourir avec lui ; la cruauté de Lykos, qui

1. Voir Aristote, *Problèmes*, XXX, 1 ; Sénèque, *De tranquilli-
tate animi*, XVII, 10 : « Sive credimus... Aristoteli : nullum
magnum ingenium sine mixtura dementiæ fuit ».

s'acharne sur la femme, les enfants, toute la famille
du héros, est digne d'un châtiment exemplaire; et
la tendresse d'Hercule pour ses enfants explique les
éclats de sa colère. Dans la tragédie d'*Ion*, quand la
fille d'Érechthée croit qu'Apollon veut introduire
un fils naturel de Xouthos, un étranger, dans l'antique maison de ses pères, le vieillard qui accom-
pagne cette princesse lui propose, d'abord de mettre
le feu au temple de Delphes, ensuite de tuer son
mari, enfin d'assassiner l'odieux enfant. Celui qui
donne de tels conseils a été le gouverneur d'Érechthée; c'est un homme cassé par l'âge, qui gravit à
grand'peine les degrés du temple : il est de sens
rassis, et rien n'indique en lui un dérangement de
l'esprit. Pour revenir à Hercule, il suit les conseils
de prudence que lui donne Amphitryon; il entre
dans sa demeure pour saluer les dieux domestiques;
il fait la remarque que les hommes placés au plus
haut rang aiment leurs enfants comme les plus
obscurs : rien dans sa conduite n'indique un esprit
dérangé.

Il y a plus, la manière dont Euripide présente le
délire d'Hercule exclut, à mon sens, l'explication
psychologique. Chez Sophocle, chez les poètes
croyants, les faits extraordinaires ont beau être
expliqués par une action surnaturelle, cela ne nous
empêche pas d'y reconnaître le cours naturel des
choses humaines. La démence d'Ajax est présentée
comme un châtiment infligé par Athéna, et ne laisse
pas d'être une suite de l'orgueil démesuré qui égare
l'esprit du héros. Le cas d'Euripide n'est pas le

même. Il introduit les dieux pour les accuser, et cette accusation n'aurait pas de sens si l'intervention divine n'était que l'expression mythologique d'un fait naturel.

La troisième innovation est inspirée à la fois par le patriotisme attique et par une noble conception philosophique. Revenu à la raison, Hercule ne veut pas survivre à sa honte et aux actions atroces dont il s'est souillé malgré lui, il est sur le point de faire comme Ajax; quand arrive Thésée qu'il vient de ramener des enfers. Thésée lui fait comprendre que le suicide serait indigne de son courage, et qu'il faut plus d'héroïsme pour supporter la vie quand on est malheureux que pour se donner la mort. Hercule trouvera un asile, des honneurs et un culte dans Athènes, et il part pour sa nouvelle patrie, appuyé sur le bras de l'ami. M. de Wilamowitz fait observer avec justesse que ce dénouement est la cause d'une autre modification introduite par le poète dans la fable traditionnelle. D'après cette dernière, les enfants seuls ont été victimes de la démence d'Hercule. Euripide y ajoute l'épouse; c'est que le rôle de consolatrice revenait naturellement à Mégara, si elle avait survécu. Il fallait l'écarter pour faire place à Thésée.

Prise dans son ensemble, cette tragédie est de celles dans lesquelles Euripide s'est plu à combiner deux actions qui se tiennent tout en étant distinctes l'une de l'autre, et dont le rapprochement frappe par un contraste saisissant. L'usurpateur triomphe, Hercule descendu aux Enfers passe pour mort, sa

13

famille est sur le point d'être immolée par le tyran, sa femme et ses enfants sont parés pour le sacrifice; quand tout à coup Hercule revient, les délivre et châtie le tyran. Cette première péripétie est suivie d'une autre, tout aussi imprévue et bien plus navrante. Le même Hercule, qui vient de sauver de la mort sa femme et ses enfants, les tue dans un accès de délire. Cette action n'est pas mise sous les yeux du spectateur, le théâtre grec reculait devant de telles horreurs; mais elle est rapprochée de notre imagination par deux scènes, l'apparition de la Fureur en personne, le récit du Messager. De ces deux scènes, la première est certainement la plus belle, la plus poétique. On peut la comparer avec celle des prophéties de Cassandre dans l'*Agamemnon* d'Eschyle, mais c'est aller trop loin que de la mettre au même rang. La scène de Cassandre, peinture anticipée de la catastrophe imminente, et qui dispense de tout récit, pleine à la fois de terreur et de pitié, est unique dans le théâtre grec. D'un autre côté, il n'y a rien dans Eschyle, et il ne pouvait rien y avoir chez ce poète, qui ressemble aux dernières scènes de l'*Héraklès* : le réveil du héros, son désespoir et sa résignation. On peut trouver là une nouvelle péripétie, toute différente du coup de théâtre qui terminait la première partie du drame, moins faite pour être goûtée par le gros du public, mais plus rare et plus exquise, parce qu'elle se passe tout entière dans l'âme du héros.

Si l'on compare maintenant notre tragédie avec celle d'*Hécube*, on voit dans l'une comme dans l'autre deux actions distinctes qui font contraste; mais dans l'*Hécube* les deux actions se ramènent à l'unité par le personnage qui remplit et qui domine toute la pièce. Il n'en est pas de même ici. Le personnage le plus important de l'action n'a pas le premier rôle dans la pièce : Hercule ne paraît que tard, pour disparaître aussitôt; son délire se passe derrière la scène, et quand on le revoit, il est d'abord plongé dans un profond sommeil. Le protagoniste n'est pas Hercule, mais Amphitryon. Amphitryon est un personnage vénérable, sympathique par l'affection qu'il ressent et qu'il inspire. Défenseur, autant que sa vieillesse le lui permet, de sa famille, qu'on menace, et de la mémoire d'Hercule, qu'on outrage, puis consolateur d'un fils qu'il chérit et qui le révère, il ne quitte presque pas la scène, et il est le seul des acteurs qui ait des morceaux de chant dans son rôle. Hercule n'est donc pas l'acteur principal dans le drame qui porte son nom, on ne saurait en douter; mais faut-il, avec M. de Wilamowitz, le reléguer au troisième rang? Les rôles d'Hercule et de Lykos, d'un côté, et, de l'autre, ceux de Mégara et de Thésée, revenaient nécessairement au même acteur. Mais nous sommes libres de donner au tritagoniste ces deux derniers rôles avec celui d'Iris, et de réserver le rôle difficile de Fureur, ainsi que celui du Messager, à l'acteur qui jouait Hercule, et qui se trouvera ainsi être le deutéragoniste.

Revenons au personnage d'Amphitryon, qui soulève un problème singulier. Héraklès est indifféremment appelé fils d'Amphitryon et fils de Zeus :

que faut-il penser de cette double filiation? La première réponse qui se présente, c'est que le dieu est
le vrai père du héros, le mortel son père légal,
putatif. C'est ainsi qu'Euripide a traité la naissance d'Ion, que la tradition donnait comme fils de
Xouthos et d'Apollon : l'intrigue de la tragédie
d'*Ion* est si habilement combinée par le dieu,
ou plutôt par le poète, qu'après avoir failli amener
une catastrophe, elle finit par un dénouement
qui contente à la fois le mari et la femme. Le
cas d'Alcmène, qui se prête si bien à la comédie,
avait fourni à Euripide la matière d'une complication tragique. Dans la présente tragédie, les deux
paternités sont si nettement affirmées que le lecteur
se trouve perplexe. Héraklès dit au vers 1258 qu'il
est né d'Amphitryon (ἐκ τοῦδ' ἐγενόμην), et un instant
après, au vers 1263, il dit que Zeus l'engendra (Ζεύς...
μ' ἐγείνατο). M. de Wilamowitz pense que, pour Euripide, Héraklès n'est pas matériellement fils de Zeus,
qu'il doit à ce dieu, non la vie, mais l'héroïsme
surhumain. En effet, pour expliquer les malheurs
qui le frappent, Héraklès rappelle qu'Amphitryon
s'unit à Alcmène après avoir tué le père d'Alcmène :
s'il porte la peine de cette faute, il est donc né de
leur union. Mais il assure aussi que la jalousie
d'Héra (λέκτρων φθονοῦσα Ζηνί, v. 1309) est cause de
tous ses malheurs : il est donc le fruit des amours
de Zeus et d'Alcmène. Je ne sais si l'on a remarqué
qu'Euripide s'est souvenu en cet endroit d'un petit
poème dont la valeur littéraire nous paraît aujour-
d'hui contestable, mais qui jouissait d'une grande

autorité auprès des anciens. Dans le poème hésiodique du *Bouclier*, le fils de Zeus s'écrie : « Ah!
grande fut la faute d'Amphitryon quand il épousa
la fille de l'homme qu'il avait tué, puisque ses deux
fils, Iphiclès et moi, sont voués à tant de souffrances ». Tel est le sens des paroles qu'Héraklès
adresse à son fidèle Ioalos [1], si je comprends bien la
suite des idées; et cependant Héraklès est très nettement désigné comme fils de Zeus dans le même
poème. Les deux données contradictoires qui nous
embarrassent remontent donc beaucoup plus haut
qu'Euripide. Comment les concilier? Admettait-on
que deux pères, l'un mortel, l'autre immortel, con-
courent à la génération d'un héros qui était à la
fois homme et dieu? Cela est fort étrange, mais il
paraît bien que c'est cela. N'a-t-on pas imaginé de
donner à Pan jusqu'à cinquante pères ?

Disons maintenant sur quels principes repose la
constitution du texte de notre tragédie. On sait que
les dix-neuf pièces d'Euripide venues jusqu'à nous se
composent de deux séries. Supposons que le recueil
qui porte le titre de chefs-d'œuvre de Corneille, et
qui renferme dix drames de ce poète, soit transmis
à la postérité avec des notes à l'usage des écoles;
ce recueil répondrait assez aux neuf drames d'Euripide qui forment la première série et que nous
lisons, accompagnés de scholies, dans un assez

---

1. *Bouclier d'Héraklès*, v. 79-94 : Ἢ τι μέγ' ἀθανάτους μάκαρας,
τοὶ Ὄλυμπον ἔχουσιν, ἤλιτεν Ἀμφιτρύων.. αὐτὰρ ἐμοὶ δαίμων
χαλεποὺς ἐπετέλλετ' ἀέθλους. Les vers 52-56 sont avec raison écartés par les derniers éditeurs.

grand nombre de manuscrits. Imaginons d'un autre côté une édition sans commentaire du théâtre complet de Corneille, dans laquelle les pièces auraient été rangées d'après l'ordre alphabétique des titres, et dont tous les volumes n'auraient pas été conservés; nous aurons l'équivalent des deux manuscrits d'Euripide qui contiennent, outre les neuf drames de la première série, les dix de la seconde.

Afin de bien établir la méthode à suivre pour la recension du texte soit de l'une, soit de l'autre de ces deux séries, M. de Wilamowitz essaye de refaire, autant que cela est possible, l'histoire du texte d'Euripide dans l'antiquité et les temps modernes, sujet qui s'élargit sous sa main jusqu'à embrasser l'histoire du texte des tragiques et, en général, des poètes grecs. Indiquons rapidement les étapes principales de cette histoire. Dès le Ve siècle avant notre ère, les œuvres des grands poètes tragiques d'Athènes ont été publiées soit par eux-mêmes, soit par leurs héritiers; mais n'insistons pas sur ces éditions, ni sur le fameux exemplaire officiel déposé dans les archives d'Athènes sur la proposition de l'orateur Lycurgue; nos textes traditionnels dérivent des exemplaires dus aux soins des grands critiques d'Alexandrie et, en particulier, d'Aristophane de Byzance. A côté d'éditions accompagnées de signes critiques, ils rédigèrent des mémoires (ὑπομνήματα) destinés à leurs disciples et aux savants qui s'occupaient des mêmes études. Plus tard il y eut à Rome et dans l'empire romain un grand nombre de lettrés qui s'intéressaient à la

littérature grecque et qui demandaient qu'on leur
en facilitât l'intelligence, sans les obliger de recourir
à un grand nombre de volumes. C'est pour répondre
à des besoins nouveaux que Didyme, s'aidant des
trésors d'érudition accumulés dans les bibiothèques,
donna des éditions où le texte établi se trouvait
entouré d'un commentaire à l'usage du monde
lettré. Le siècle des Antonins, enfoncé dans la rhétorique, engoué d'un purisme attique qui s'efforçait
d'exhumer les mots usités dans les rues et sur
l'agora d'Athènes depuis Andocide jusqu'à Démos-
sthène, se détourna de la haute poésie. La lecture
des tragiques se réduisit à un nombre de pièces restreint; le commentaire, élagué d'un côté, délayé de
l'autre, affecta la forme d'une paraphrase prosaïque,
d'une traduction en langue vulgaire : le public
qu'on avait en vue n'était plus le même, on ne
s'adressait plus aux savants ni aux lettrés, mais aux
écoliers. A mesure qu'on s'éloignait de la haute
antiquité, ces tendances se marquaient davantage :
l'annotation devint de plus en plus élémentaire, le
choix de plus en plus maigre, bientôt il ne compre-
nait plus que sept drames de chacun des trois
grands tragiques, enfin il descendit à trois fois trois
drames.

Cependant, jusque vers la fin du XIIe siècle, on
s'abstint de toucher au texte; les leçons, telles que
les Alexandrins les avaient établies, étaient fidèlement reproduites, sauf quelques erreurs, quelques
fautes involontairement commises par les copistes,
légères et clairsemées grâce à la surveillance inces-

sante des reviseurs. Ce n'est qu'à partir du xiiiᵉ siècle
que les grammairiens de Constantinople se mirent
à corriger les textes par conjecture, ouvrant ainsi
une voie où s'engagèrent à l'envi les éditeurs modernes, et leur donnant des exemples de science et
d'ignorance, de prudence et de témérité, de divina-
tion heureuse et malheureuse. M. de Wilamowitz
passe en revue les travaux de Thomas Magister et
de Démétrios Triklinios, des philologues italiens,
français, hollandais, anglais, allemands, qui se sont
succédé depuis la Renaissance. Signalons quelques
pages qu'on lira avec intérêt, celles où il raconte
la querelle qui divisa naguère deux écoles rivales,
l'une plus occupée des textes littéraires, l'autre plus
ouverte aux études historiques, et représentées,
la première par Gottfried Hermann, la seconde par
August Boeckh et Otfried Müller[1]. M. de Wilamowitz
les juge, les uns et les autres, avec une parfaite
impartialité. Quand il arrive aux contemporains,
ses jugements sont moins équitables, il écoute ses
sympathies et ses antipathies : il a un faible pour
ses amis, et de l'autre côté, il est des hommes, des
savants, qu'il ne peut souffrir. Cela se comprend;
les querelles savantes ont leurs vivacités aussi bien
que les querelles politiques; on peut cependant
regretter le ton hautain et blessant de certaines
attaques où l'auteur s'est laissé entraîner par sa
nature ardente et son humeur batailleuse. Après

---

1. [Voir la très intéressante Correspondance de Boeckh et
de Müller, Leipzig, 1883. Nous en avons rendu compte dans
le *Journ. des Sav.*, 1886, octobre, p. 601 et suiv.]

tout, il faut se résigner à des excès qui ne sont
peut-être que le revers obligé d'efforts obstinément
et passionnément voués à la science et à la vérité.

Revenons à Euripide et aux deux séries de ses tragédies. La première série, celle des drames choisis,
nous a été transmise dans un texte qui n'a guère
varié depuis les Alexandrins jusqu'au XIIᵉ siècle :
des fragments sur papyrus ou sur parchemin, beaucoup plus anciens que nos manuscrits, attestent ce
fait. Si ce texte est altéré en plusieurs endroits, la
plupart de ses blessures remontent très haut et
sont, par là même, difficiles à guérir, sinon incu-
rables. Ajoutons qu'il convient de distinguer entre
les tragédies de cette série, suivant qu'elles ont été
conservées dans le meilleur manuscrit (le nᵒ 471 de
la bibliothèque de Saint-Marc), ou qu'elles ne se
trouvent que dans des manuscrits inférieurs. L'*Héraklès* appartient à la seconde série, celle qui est
tirée d'un recueil complet du théâtre d'Euripide; les
pièces qu'elle contient n'ont plus été commentées,
ce semble, dès le siècle des Antonins, et leurs copies
n'ont pas été surveillées avec le même soin que
celles des pièces qui jouissaient du privilège d'être
lues et expliquées dans les classes. Là encore, il y a
des distinctions à faire, le texte n'est pas gâté au
même degré dans toutes les tragédies; cependant
il l'est partout assez pour fournir large matière à la
sagacité des éditeurs. Nous devons les drames de la
seconde série à deux manuscrits, le nᵒ XXXII, 2, de
la bibliothèque Laurentienne, et le Palatinus 287
de la Vaticane. M. Kirchhoff préférait ce dernier

manuscrit; mais, grâce aux collations exactes de
MM. de Wilamowitz et Vitelli, on sait aujourd'hui
que la première main du Laurentianus doit servir
de base à la critique. Quant à l'*Héraklès*, la présente
édition a le mérite de faire, pour la première fois,
connaître les leçons de cette première main, difficiles à déchiffrer, parce qu'elles se trouvent obs-
curcies par des corrections récentes. L'annotation
critique en bas des pages est un modèle de conci-
sion : elle donne tout ce qu'il importe de savoir
pour se rendre compte de la constitution du texte,
rien au delà. En revanche, le commentaire a pris
des proportions telles qu'il a fallu le rejeter à la
suite du texte; autrement les vers du poète eussent
été *rari nantes in gurgite vasto*. Le texte est imprimé
d'une manière particulière et inusitée. L'alternance
des interlocuteurs est indiquée par une petite barre
(la παράγραφος des manuscrits); d'autres signes,
empruntés à la pratique des anciens, notent la
division des morceaux lyriques et leur correspondance. Espérons que ces nouveautés archaïques,
peu commodes pour le lecteur, ne trouveront pas
d'imitateurs.

Donnons maintenant une idée de la manière dont
M. de Wilamowitz s'est acquitté de sa double tâche
d'éditeur et de commentateur. Quand il s'agit du
texte d'un vieux poète grec, il n'est pas donné à
tout le monde de savoir à propos comprendre et ne
pas comprendre, je veux dire de distinguer, parmi
les endroits qui peuvent embarrasser le lecteur,
ceux qui ont besoin d'être interprétés de ceux qu'il

convient de suspecter ou de corriger. Ne reculer
devant rien, expliquer bravement les leçons les plus
impossibles, est une infirmité qui tient à une trop
grande subtilité d'esprit ou bien à une connaissance
imparfaite de la langue. D'un autre côté, les plus
savants hellénistes sont plus d'une fois tombés dans
l'excès contraire. Il est arrivé aux Dindorf, aux
Cobet, aux Nauck de traiter des tournures origi-
nales d'incorrections, et de condamner des har-
diesses poétiques comme des non-sens : leur goût
chatouilleux altère la main de l'auteur en prétendant
corriger la bévue d'un copiste. Nous ne ferons pas
un médiocre éloge de la présente édition en décla-
rant qu'elle nous paraît heureusement éviter l'un et
l'autre écueil : soit qu'elle maintienne des leçons
contestées, soit qu'elle adopte des corrections ou
qu'elle en introduise de nouvelles, elle nous semble
presque toujours dans le vrai.

Voici quelques exemples de tournures rares et
poétiques qu'on avait essayé d'écarter comme vicieuses et auxquelles notre éditeur s'est sagement gardé
de toucher. Pour rendre l'idée qu'un petit nombre
d'autochtones a peuplé par sa descendance la ville
de Thèbes, le prologue (v. 7) s'exprime ainsi : Κάδμου
πόλιν | τεκνοῦσι παίδων παισίν. Introduire dans ces vers
un tour de phrase plus usuel, ce serait effacer la
marque du poète. Faut-il, avec notre éditeur, prêter
au verbe τεκνοῦσι le sens de « pourvoir d'enfants » ?
Nous aimons mieux le prendre dans son sens ordinaire de « enfanter » et traduire Κάδμου πόλιν par
Cadmi civitatem, « le peuple de Kadmos ». — Les

enfants d'Hercule sont expulsés, exclus de leur demeure par l'usurpateur, ἐκκεκλημένοι δόμων. Voilà qui serait la locution usuelle. Peut-on croire que des copistes y aient substitué ce que nous lisons dans le texte, ἐκ γὰρ ἐσφραγισμένοι | δόμων (v. 53)? Au lieu de « forclos », le poëte dit « forscellés ». Les écrivains enrichissent la langue en formant des mots nouveaux sur le patron de mots courants. — Les composés grecs peuvent prendre des sens différents, même opposés. Ἐκποιεῖν signifie « achever » et « aliéner ». Ἐκφέρειν veut dire « enlever », « produire » ou « accomplir ». Si ἐκπονεῖν s'emploie généralement dans l'acception de « élaborer », ce n'est pas une raison pour interdire à Euripide d'attacher à ce verbe un autre sens que l'analogie autorisait. Son Hercule peut très bien dire (v. 581) : « Ne ferai-je pas un effort pour détourner la mort de mes enfants? »

Τῶν δ'ἐμῶν τέκνων | οὐκ ἐκπονήσω θάνατον;

Ici les conjectures sont d'autant plus téméraires que le verbe ἐκμοχθεῖν se lit un peu plus haut (v. 309) avec le sens de « faire des efforts pour éviter ». — Un relief mis au jour par les fouilles de l'Acropole justifie la leçon des manuscrits τρισωμάτους Τυφῶνας au vers 1271. Faute de connaître une vieille conception mythologique, on avait préféré la leçon de Plutarque πελωρίους Τυφῶνας.

Il y a très peu de corrections inutiles dans la présente édition; nous n'oserions dire qu'il n'y en a aucune. Thésée ayant reproché à Hercule de trop céder à la douleur, celui-ci demande : « Me juges-tu faible, moi qui (je puis bien le dire) ne le fus jamais? » (V. 1413.)

Ζῶ σοι ταπεινός; ἀλλὰ πρόσθεν οὔ, δοκῶ.

Thésée répond : « Il n'est que trop vrai; où est le grand Hercule d'autrefois? »

Ἄγαν γ' · ὁ κλεινὸς Ἡρακλῆς ποῦ κεῖνος ὤν ;

M. de Wilamowitz écrit ὁ κλεινὸς Ἡρακλῆς οὐκ εἶ νοσῶν. Nous conserverions la leçon des manuscrits, qui équivaut à ἄγαν γε ζῆς μοι ταπεινός, οὐδαμοῦ ὢν ὁ κλεινὸς Ἡρακλῆς ἐκεῖνος.

Arrivons aux changements introduits dans le texte. Ils sont de plusieurs espèces : vers transposés, vers écartés au moyen de crochets, leçons modifiées; quelquefois l'éditeur indique une lacune, quelquefois il se contente de marquer d'une croix un endroit qu'il estime fautif. Jamais il ne propose de conjecture en note : le doute semble répugner à son caractère décidé, il corrige ou s'abstient. Nous aurions à faire par-ci par-là une réserve sur les transpositions et les éliminations; mais il faudrait citer de longs morceaux et entrer en des développements qui dépasseraient les limites de cet article. Bornons-nous à signaler quelques corrections dans les dernières scènes de la tragédie.

Après son réveil, Héraklès, se voyant chargé de liens et entouré de cadavres, se demande s'il ne se trouve pas de nouveau aux Enfers; mais non, objecte-t-il (v. 1103-1104),

ἀλλ' οὔτε Σισύφειον εἰσορῶ πέτρον,
Πλούτωνά τ' οὐδὲ σκῆπτρα Δήμητρος κόρης.

Il faut accorder que σκῆπτρα désigne ici l'empire de Perséphone et que ni Πλούτωνα ni surtout la conjonction τε ne sont de mise. Le mal est certain, mais le remède est douteux. M. de Wilamowitz écrit οὐ δώματ' οὐδὲ σκῆπτρα. [Peut-être Πλούτωνι οὐδὲ σκῆπτρα.]

Le malheureux apprend la cruelle vérité d'Amphitryon, ou plutôt il la lui arrache peu à peu dans une longue stichomythie, à la fin de laquelle notre éditeur a placé, par une transposition plausible, les vers 1142-1143 :

HP. Ἦ γὰρ συνήραξ' οἶκον ἢ 'βάκχευσ' ἐμόν;
AM. Οὐκ οἶδα πλὴν ἕν· πάντα δυστυχεῖ τὰ σά.

Cependant, comme le premier de ces deux vers n'offre pas de sens, il le rétablit ainsi par une correction facile :

Ἦ γὰρ συνήραξ' οἶκον ἐν βαχχεύμασιν;

Voici maintenant trois vers du dialogue entre Thésée et Héraklès (1239-1241) :

ΘΗ. Ἄπτῃ κάτωθεν οὐρανοῦ δυσπραξία.
HP. Τοιγὰρ παρεσκευάσμεθ' ὥστε κατθανεῖν.
ΘΗ. Δοκεῖς ἀπειλῶν σῶν μέλειν τι δαίμοσιν;

Il est vrai qu'Héraklès veut se donner la mort; mais s'il déclarait dès maintenant en termes précis qu'il

se prépare à mourir, Thésée ne pourrait lui demander
un peu plus bas quel est son dessein et ce qu'il
compte faire ; on ne comprendrait pas non plus qu'il
traitât le suicide de défi jeté aux dieux. M. de Wilamowitz a mille fois raison de ne pas supporter la
leçon κατθανεῖν, qui n'est qu'une glose explicative. Il
y substitue καὶ περᾶν, et il suppose un malentendu :
Héraklès veut dire περᾶν τὴν δυσπραξίαν, Thésée comprend περᾶν τόν οὐρανόν. Parions que le lecteur n'y
comprendra absolument rien, avant de lire le commentaire de l'éditeur, et encore. Voici une correction
qui sera peut-être plus claire. Thésée accorde que
le malheur d'Hercule est immense : « Tu atteins,
dit-il dans le langage hyperbolique des Grecs, le
ciel par ton infortune. — Aussi, répond Hercule,
suis-je résolu à l'emporter sur le ciel. »

Τοιγὰρ παρεσκευάσμεθ' ὥστε καὶ κρατεῖν [1].

Voici en revanche une correction satisfaisante à
tout égard, une des plus belles que l'on trouve dans
ce volume. Hercule se ravise : il a compris que le
vrai courage consiste à supporter virilement les
coups de la fortune, que s'y soustraire par le suicide
serait une lâcheté. Il se rend donc aux instances de
son ami, il consent à vivre. Mais le vers 1351 lui
fait dire le contraire de ce qu'il pense : on y lit
ἐγκαρτερήσω θάνατον. Les éditeurs avaient imaginé un
mauvais palliatif, qui achevait de corrompre le texte.

---

1. [Conjecture adoptée par M. de Wilamowitz dans sa seconde
édition.]

Wecklein a vu que le contresens ne provenait pas
d'une erreur de lecture, mais de la sottise d'un
copiste : il écrit ἐγκαρτερήσω βίοτον, « je supporterai
la vie ». — Citons encore le vers 1422 :

$$\text{Ἀλλ' ἐσκόμιζε τέκνα, δυσκόμιστα γῆ.}$$

Il serait malaisé d'expliquer ce que cela veut dire,
et on doit approuver l'éditeur d'avoir cherché autre
chose. Sa conjecture δυσκόμιστ' ἄχη ne laisse rien à
désirer.

Le commentaire, abondant, surabondant même,
a été rédigé avec un soin tout particulier. L'auteur
ne s'est pas borné à résoudre les difficultés qui peuvent arrêter le lecteur et à lui expliquer le sens de
l'original, il s'est efforcé de saisir la nuance des
mots, des locutions, des tours de phrase, de distinguer ce qui appartient au langage usuel, ce qui est
archaïque, ce qu'Euripide doit aux poètes épiques,
aux lyriques, aux philosophes, ce qu'il a rajeuni en
l'empruntant, ce qu'il a osé le premier. Telle méta-
phore a passé d'un écrivain à l'autre, en se modifiant, en s'appliquant à un autre ordre d'idées :
M. de Wilamowitz la suit de proche en proche, en
fait l'histoire. Et il ne se renferme pas dans le rôle
de rapporteur, il juge, il critique, il trouve certaines
tournures heureuses, d'autres obscures, recherchées,
précieuses, boursouflées. Tout en rendant justice à
son érudition et à son goût, nous tremblons parfois
pour lui, nous nous demandons où il prend tant de
courage, tant de décision. Le sentiment des nuances
délicates de style, de ce qui convient et de ce qui

dépasse la mesure, les esprits cultivés peuvent l'acquérir pour leur langue maternelle; ils ne peuvent
se flatter de l'avoir au même degré pour les langues
étrangères, quoique vivantes encore. Que sera-ce
quand on entreprend de juger un auteur, un poète,
qui écrivit il y a plus de vingt siècles dans une
langue qui est morte, quoi qu'on puisse en dire
aujourd'hui à Athènes? Sans doute, nous avons la
légitime ambition de comprendre l'antiquité et ses
écrivains; et comprendre ne va pas sans juger, sans
approuver et désapprouver, admirer et critiquer; il
convient cependant d'y mettre beaucoup de discrétion, de nous souvenir toujours que nous savons
peu de chose, et que nous sentons les choses, les
écrits, les chants d'autrefois encore plus imparfaitement que nous ne les connaissons.

La défiance en ces matières délicates nous est
d'autant plus commandée que nous n'échappons pas
à l'erreur dans les choses plus palpables. Quand
Hercule demande à Amphitryon d'enterrer les morts
et de supporter le séjour de Thèbes, il lui dit
(v. 1366) :

ψυχὴν βιάζου τἀμὰ συμφέρειν κακά.

Les mots ψυχὴν βιάζου veulent dire « force ton âme,
fais violence à ton inclination », et l'explication de
notre éditeur « force-toi à vivre » nous semble absolument impossible [1]. Cet exemple prouve une chose

---

1. [Que ψυχή ait souvent le sens de *vie*, personne n'en a
jamais douté. Mais cela n'implique pas que la locution ψυχὴν
βιάζεσθαι puisse s'entendre comme le veut l'éditeur.]

qui n'a pas besoin de preuve, à savoir que les plus forts peuvent se tromper. Personne ne contestera à M. de Wilamowitz de posséder le grec à un degré rare; son commentaire est plein de choses excellentes, instructives et suggestives. Ici les exemples abondent; nous n'en citerons qu'un seul. A propos de l'adverbe ὄντως, qui se lit au vers 610, notre éditeur fait observer qu'Aristophane s'en sert déjà dans les *Guêpes* (997), apparemment avant Euripide, et qu'on le trouve d'abord chez Antiphon (*Tetral.*, I, β, 10). C'est évidemment la société raisonneuse des sophistes et des rhéteurs qui forma ce vocable et qui le fit entrer dans l'atticisme. Or, M. Schanz s'est récemment servi de ce vocable pour déterminer la suite chronologique des dialogues de Platon : le philosophe l'aurait employé de plus en plus exclusivement dans ses derniers ouvrages, après avoir d'abord rendu la même idée par τῷ ὄντι. Cette observation aboutit à des résultats imprévus : le *Phèdre* aurait été écrit assez tard, après le *Banquet*, et le *Phédon* serait de beaucoup antérieur au *Lysis*. Que devient ce système en présence du fait que le mot ὄντως était depuis longtemps reçu dans l'usage attique? Ajoutons que M. Schanz confirme son système par une autre observation, qui nous paraît propre à le ruiner. Il constate que l'emploi de ὡς ἀληθῶς et de ἀληθῶς est parallèle à celui de τῷ ὄντι et de ὄντως; là encore l'expression plus concise succède à la locution composée de deux mots. Or rien n'est d'un usage plus courant que l'adverbe ἀληθῶς tout court : on le trouve déjà dans les vers de Simonide.

Le hasard seul a pu faire que, dans certains ouvrages, Platon a écrit plus souvent ὡς ἀληθῶς que ἀληθῶς; mais les faiseurs de ces laborieuses statistiques, qui comptent les vocables et jusqu'aux particules, ne comptent pas avec le hasard.

Nous n'en finirions pas, si nous voulions signaler et discuter tout ce que les deux volumes de M. de Wilamowitz renferment de science, d'idées, de vues, d'excursions intéressantes dans le domaine de la grammaire, de la littérature, de la philosophie, de la mythologie, de l'archéologie, de l'art. Ce serait déjà un travail de classer toutes ces bonnes choses qui entourent une excellente édition d'une des belles tragédies d'un grand poète.

VII

L'*ANTIOPE* D'EURIPIDE [1]

Le voyageur qui parcourt un champ couvert des débris d'un temple antique aime à recomposer dans son esprit, à retracer sur le papier l'ensemble de l'édifice dont il découvre les fragments dispersés : on approuve ces restitutions, on leur accorde un certain degré de probabilité. Dessiner d'après des vers détachés, des indications et des analyses le plan général d'une tragédie perdue, est une entreprise ni moins intéressante ni plus chimérique. Des tronçons de colonnes dont on peut mesurer la distance, des chapiteaux retirés des décombres, des restes de l'entablement, quelques fragments de frise enfouis dans le sol, suffisent à l'archéologue qui connaît les proportions de l'architecture grecque, pour remettre chaque débris à sa place, et combler les lacunes par la pensée. Des vers aussi, bien que décousus, portent en eux certains indices qui per-

---

1. *Journal général de l'Instruction publique*, 1847, p. 850 et p. 858 et suiv.

mettent de les assigner à tel ou tel personnage; leur
forme métrique les classe soit dans la partie lyrique,
soit dans le dialogue; les allusions des orateurs, des
philosophes, des rhéteurs, répandent souvent un
jour inattendu sur la composition du poème; des
résumés en fournissent l'économie générale. De
plus, la tragédie grecque a presque, comme les
arts du dessin, ses proportions, ses procédés stéréo-
types, ses parties obligées, ses analogies. Chacun
des grands poètes a son style, non seulement pour
le langage, mais aussi pour la composition. L'unité
du lieu, les ressources connues du machiniste, les
rôles fixes du chœur, du messager, la limite de trois
acteurs dans laquelle le poète était forcé de se ren-
fermer, les prologues, les dieux de la machine, sont
autant d'éléments constants qui réduisent singulièrement le nombre des combinaisons possibles, et
déterminent d'avance, jusqu'à un certain point, ce
qu'on pourrait appeler le portail, les issues, les
entre-colonnements de la construction dramatique.

Nous avons choisi de préférence l'*Antiope* d'Euripide, parce qu'aucune pièce n'a laissé de traces
plus nombreuses dans les littératures grecque et
latine : c'est qu'aucune ne semble avoir été plus
célèbre. On trouve partout des allusions qui y ont
rapport; pour Platon, pour Cicéron, pour Aristide,
les personnages de cette tragédie étaient des êtres
réels, vivants, toujours présents à leur mémoire; les
poètes aussi, Virgile, Horace, Properce, s'en sou-
viennent avec plaisir; ils aiment à placer dans leurs
poésies des noms qui en disent à leurs lecteurs plus

que des noms historiques. Pacuvius avait transporté sur la scène latine cette tragique histoire ; il nous reste quelques vers de sa traduction ; on a recueilli une cinquantaine de fragments de l'original grec ; Hygin rapporte le sujet de la pièce d'Euripide ; d'autres, en racontant la fable d'Antiope, ajoutent des traits dont quelques-uns semblent tirés du même poète. Les médailles, les statues, les vases peints, présentent à nos yeux certaines scènes, certaines descriptions de la tragédie grecque. Avec tous ces éléments, on peut, sans s'engager dans des hypothèses trop hasardées, se faire une idée de la marche générale de la pièce, retrouver même les contours des scènes principales. Aussi ne suis-je pas le premier à essayer cette restitution ; ma tâche est devenue facile et agréable, grâce aux travaux de plusieurs savants, parmi lesquels je dois nommer avec respect et reconnaissance M. Welcker, dont le nom sera toujours honoré de ceux qui s'occupent des tragiques grecs. J'ai dû, cependant, m'éloigner plus d'une fois de mes prédécesseurs, par le désir que j'avais de retracer le plan d'Euripide d'une façon plus complète et plus probable ; si je n'ai pas toujours signalé et justifié ces modifications, les lecteurs me le pardonneront volontiers.

Le belle Antiope avait plu au maître des dieux ; Zeus s'était approché d'elle en prenant la forme d'un satyre. Mais on sait que l'amour d'un dieu était un honneur dangereux pour les mortelles, et, presque toujours, leur portait malheur. Nyctée, le père d'Antiope, ne tarda pas à s'apercevoir de l'état

de sa fille : elle dut se soustraire par la fuite au
courroux paternel; mais, protégée, sans doute par
son amant divin, elle fut recueillie et épousée par
Epopeus de Sicyone. Nyctée ne survécut pas longtemps à cet affront; et, en mourant, il laissa à son
frère Lykos la royauté de Thèbes et le soin de sa
vengeance. Sicyone fut envahie par le roi de Thèbes,
Epopeus tué, et Antiope ramenée captive dans sa
patrie. Arrivée aux confins de l'Attique et de la
Béotie, au pied du mont Cithéron, elle donna le jour
à deux enfants qu'elle fut obligée d'abandonner
dans cette contrée déserte. Bien des siècles après
Euripide, on montrait encore au voyageur Pausanias, près du grand chemin de Sicyone à Thèbes,
la grotte où les fils de Jupiter avaient été exposés,
et la fontaine où les lava le pâtre qui les avait
trouvés. Ce pâtre était esclave d'Œnée, fils de Pandion, roi d'Athènes. Il porta les jumeaux à sa femme,
qui les nourrit : ces gens obscurs prirent soin des
enfants qu'un dieu avait si visiblement confiés à
leur garde; ils les élevaient comme si c'étaient les
leurs : Zéthos et Amphion (c'étaient les noms que
leur donna le pâtre, et dont l'étymologie inventée
par Euripide amusait les esprits subtils du public
d'Aristophane), Zéthos et Amphion ne surent jamais
le secret de leur naissance. Cependant leur mère,
prisonnière de Lykos, était traitée avec la plus
grande cruauté, moins par le roi lui-même que par
Dircé, son épouse. Celle-ci, femme dure et jalouse,
prenait plaisir à tourmenter sa belle captive. Tous
ces événements, antérieurs à l'action du drame, ont

dû être exposés dans le prologue, prononcé sans
doute par une divinité, et peut-être par Hermès,
que nous verrons paraître à la fin de la tragédie.
Ce dieu ajouta probablement que Zeus avait fait
choix de ce jour pour amener la reconnaissance de
la mère et des fils, et il fit entrevoir, sans l'annoncer
clairement, le dénoûment de la pièce. Mais, conti-
nua-t-il, je vois approcher les gens du pays portant
des thyrses; « dans la demeure du pâtre, la statue
du dieu des vendanges est couronnée de lierre » :
on va célébrer la fête de Bacchus : il est temps que
je me retire.

On voit que le lieu de la scène était devant l'habitation rustique du berger, père adoptif des fils
d'Antiope, dans la plaine dominée par le mont
Cithéron, entre Eleuthères et OEnoé, places fron-
tières que les Athéniens et les Béotiens s'étaient
autrefois disputées. En faisant habiter cette contrée
à un pâtre du fils de Pandion, Euripide défendait peut-
être l'ancienneté des droits de sa patrie[1]. Tout près
de là se trouvait l'endroit où les enfants avaient été
abandonnés, et dans le voisinage, la petite ville d'Hysies, résidence de Nyctée avant qu'il eût été appelé
au trône de Thèbes[2], et lieu de naissance d'Antiope.

1. [Par là peut se défendre la leçon *Attici* dans Cicéron, *De
divinatione*, II, 64, 133, où il est question du chœur de l'*Antiope* de Pacuvius. Les nouveaux fragments du drame grec
prouvent que le chœur n'a jamais vu le roi Lykos. Il n'était
donc pas composé de Thébains. Le scholiaste d'Euripide
(*Hipp.*, 67) est dans l'erreur, à moins que Θηβαίων γερόντων
ne soit une faute de copiste pour Ἀθηναίων γερόντων.]
2. Je ne puis croire, avec Welcker, que dans la pièce d'Euripide Lykos ait été roi d'Hysies : bien que les États de la

Le chœur chante, on ne saurait en douter, l'éloge de Bacchus, du dieu même dont la fête a réuni le peuple d'Athènes dans le théâtre consacré à son culte. Les Athéniens durent se rappeler (et je pense qu'Euripide y aura fait allusion) que le dieu invoqué par le chœur était le même qu'ils adoraient sous le nom du dieu d'Eleuthères, et dont l'antique image, provenant de cette ville, était annuellement portée en procession. Le chant terminé, Amphion paraît. Il est radieux : Hermès lui a fait un présent qu'il lui tarde de faire admirer par ses amis. « C'est une habitante des champs, leur dit-il, pour exciter leur curiosité, se traînant sur quatre pieds, tout près du sol, à l'enveloppe dure, à la tête petite, au cou de serpent, à l'aspect formidable ; éventrée, inanimée, elle rend des accents animés. » Ils ne devinent pas ; il faut qu'il leur donne lui-même la solution de son énigme, et qu'il raconte comment Hermès, avec le bouclier d'une tortue, a construit la première lyre. A la demande du chœur, il éveille l'harmonie vivante, cachée dans cette dépouille inanimée, et en s'accompagnant du merveilleux instrument, « Je chante, dit-il, le ciel et la terre, mère de tous les êtres. » A cet hymne cosmogonique, il aura mêlé, je suppose, les légendes de la Béotie et

---

Grèce fussent fort petits, les Athéniens auraient trouvé quelque peu ridicule, je crois, qu'un dieu descendît du ciel pour proclamer Amphion roi d'Ilysies. D'ailleurs toutes les légendes, sans exception, placent Amphion à Thèbes, et Euripide lui-même, dans le prologue d'*Hercule furieux*, donne Lykos, l'époux de Dircé, comme prédécesseur d'Amphion sur le trône de Thèbes.

les aïeux des Thébains, sortis du sein maternel de
la terre, après que Kadmos y eut semé les dents du
dragon. Il chantait aussi le bonheur de l'artiste,
pour lequel « l'étude et l'exercice de l'art sont des
richesses supérieures à tous les trésors du monde ».
On aimait, sans doute, à voir dans la main d'Amphion cette lyre si célèbre, au son de laquelle les
pierres se rangeront harmonieusement et iront
former les murailles de Thèbes. Mais bientôt survient Zéthos, qui met fin à cette scène idyllique. Il
blâme son frère de s'adonner à un exercice aussi
amollissant, et il va l'accabler de reproches, lorsqu'une apparition inattendue vient troubler la tran-
quillité de ce jour de fête.

Antiope, dans la nuit précédente, a senti ses fers
tomber d'eux-mêmes, elle s'est échappée de sa
prison, et elle a dirigé ses pas vers cette montagne
du Cithéron, où l'attirent tant de chers et de tristes
souvenirs : c'est là qu'elle a vu le jour, c'est là
qu'elle a rencontré son séducteur divin, c'est là
qu'est le berceau et sans doute aussi la tombe de
ses malheureux enfants. Nous n'avons plus le récit,
qu'elle a dû faire, de ses longues souffrances et de
la fuite qui l'amenait dans ces lieux. Cependant Properce, dans une de ses élégies, a rappelé les malheurs
d'Antiope, et l'on croira volontiers qu'il s'est inspiré
d'Euripide, lorsqu'il nous la fait voir dans un cachot
obscur et immonde, ses mains tendres chargées de
fers, n'ayant que la dure pour tout oreiller. « Combien de fois Dircé a-t-elle brûlé les beaux cheveux
de sa captive, a-t-elle porté sur sa figure délicate

des mains impitoyables! combien de fois accablait-
elle la pauvre esclave d'une tâche excessive, refusait-
elle à sa soif une vile goutte d'eau!... Libre enfin,
elle court d'un pas timide vers les cimes du Cithéron; il fait nuit; la terre couverte de frimas offrait
un triste gîte. Le moindre bruit l'effraye; souvent,
au vague bruissement des ondes de l'Asopos, elle
croit entendre derrière elle le pas de sa maîtresse. »
Je ne puis me refuser de citer ici quelques beaux
vers que Sophocle avait mis dans la bouche d'une
autre Antiope, de Tyro, aimée autrefois de Poséidon,
et maltraitée par sa belle-mère. Elle paraissait sur la
scène, dépouillée de ses beaux cheveux en signe de
servitude, et faisait entendre des plaintes qui, dans
l'original, sont d'une beauté exquise :

« Je suis triste comme la jeune cavale, lorsque les
pâtres l'ont traînée dans l'écurie et qu'une main
cruelle a défloré le blond duvet de son encolure.
Dépouillée, elle revient à la prairie, elle veut, comme
autrefois, boire au ruisseau, et le miroir de l'onde
lui montre le honteux ravage de sa crinière. Hélas!
un cœur impitoyable serait touché de pitié, à la voir
s'enfuir pour cacher sa honte, et, transportée de
douleur, pleurer la chevelure qu'on lui a enlevée[1]. »

'C'est' dans un langage semblable que la belle
Antiope a dû raconter ses malheurs et les tortures
infinies qu'une femme hautaine lui infligeait tous
les jours. Mais, en se trouvant dans ces lieux, en

---

1. [Ces vers forment actuellement le fragment 598 Nauck.
Voir aussi *Revue des Études grecques*, 1890, p. 339, où nous
avons proposé des corrections de texte.]

regardant les deux jeunes hommes dont elle implore
l'hospitalité, quelles réflexions, quels sentiments
ont dû l'assaillir! Ses enfants, s'ils avaient vécu,
auraient à peu près le même âge, la même taille,
elle serait la plus heureuse des mères : la vue de
ces étrangers lui fait sentir doublement la grandeur de sa perte, et réveille toutes ses douleurs.
Involontairement, vaincue par une émotion qu'elle
ne peut maîtriser, elle laisse échapper sa douloureuse histoire, les amours de Zeus, l'abandon
perfide dont le dieu a payé les faveurs de la faible
mortelle, tous ces détails enfin qu'une femme ne va
pas raconter à des hommes qu'elle ne connaît pas,
mais qu'une émotion, plus forte qu'elle, arrache de
sa poitrine. Voilà pourquoi il me semble qu'elle ne
faisait pas un récit suivi et formel, mais qu'elle
exhalait ses plaintes dans un morceau lyrique.
Amphion est ému, il veut qu'on accueille la belle
infortunée; mais le dur Zéthos la repousse. «Vous
ne pouvez comprendre, lui dit-elle, quel est le
malheur d'être esclave. » Moi, j'ai été libre autrefois, je suis fille de roi; « je sens tout ce que je
souffre, et ce n'est pas là le moindre de mes maux :
il est doux, lorsqu'on est malade, de ne pas connaître
son état, et dans l'infortune l'ignorance est un
avantage ». Mais Zéthos est sourd aux instances de
la belle suppliante et aux prières de son frère.
Antiope lui semble insensée, il ne comprend rien
aux transports de douleur que la vue de deux
inconnus a fait naître en elle, à ces mots étranges
qui lui échappent sur le maître des dieux, son

amant et l'auteur de ses malheurs. Il reproche à son frère de se laisser toucher par la beauté d'une femme. « Encore, si elle était raisonnable, lui dit-il ; mais quand une femme n'a pas son bon sens, de quoi sert toute sa beauté ! » Antiope est repoussée de la demeure qui aurait dû l'accueillir.

C'est ici, sans doute, avant d'aborder les événements qui, en se déroulant sans interruption, devaient amener la catastrophe et le dénoûment de l'action, qu'Euripide avait placé la dispute des frères, si célèbre dans l'antiquité. Zéthos, d'un caractère mâle et énergique jusqu'à la dureté, voit dans la sensibilité d'Amphion une faiblesse, une mollesse d'âme indigne d'un homme. La cause de cette faiblesse, il la trouve dans les occupations favorites de son frère, dans ce goût pour la musique, qui selon lui efférmine l'âme et le corps. C'est que ces jumeaux sont extrêmement dissemblables : ils diffèrent de tempérament, de caractère, de principes ; ils comprennent différemment la vie, l'usage qu'il faut en faire, le bien vers lequel l'homme doit aspirer : et cette profonde diversité qui les sépare doit éclater à tout instant et devenir une source féconde de querelles. Chacun d'eux, nous le savons, exposait sa manière de voir dans une longue tirade. Mais, avant d'engager le combat décisif, ils y préludaient, je suppose, par quelques escarmouches légères, et les deux discours étendus étaient précédés, comme nous le voyons souvent dans les tragiques grecs, d'un de ces dialogues ailés, où les interlocuteurs se renvoient la parole et

se lancent incessamment trait sur trait. C'est dans
cette joute préliminaire que pouvait se placer un vers
d'Amphion. Ne méprisez pas, disait-il à son frère,
cet instrument dont s'honorent les dieux mêmes.
Hermès a signalé son arrivée dans le monde par
l'invention de la lyre; et après avoir enlevé les bœufs
d'Apollon, ce gracieux et espiègle patron des voleurs
a apaisé par la lyre le courroux du dieu aîné. Peut-
être rappelait-il aussi, combien de fois Zéthos s'était
vainement essoufflé à courir après une brebis, un
taureau égaré, que les chants d'Amphion ramenaient
sans peine [1]. Venaient ensuite les grands morceaux
qui formaient le corps de cette scène. Zéthos, en sa
qualité d'accusateur, parlait le premier. Voici une
partie de ses reproches et de ses arguments :

Tu donnes tes soins à des choses futiles, « et tu
négliges ce qui devrait être le premier objet de tes
efforts. Cette énergie virile dont la nature t'a doué,
tu l'étouffes indignement, tu dégrades la noble
figure de l'homme en la façonnant à la manière
des femmes. — Comment pourras-tu manier la lance
et le bouclier? Qu'un péril te menace toi-même,
qu'un ami implore ton secours, tu manqueras de ce
bras vigoureux, de ce courage intrépide de la jeunesse. Ne me vantez donc pas un art qui fait d'un
beau et généreux naturel un être faible et sans

---

1. « *Amphionem et Zethum Euripides et apud nos Pacuvius...
ait cantando soluisse armenta vocare.* » Cette notice du grammairien Probus (*ad Virg. Ecl.*, II, 23) ne saurait être exacte :
chez Euripide, Zéthos ne chantait pas, Amphion ne s'occupait
pas des troupeaux. J'ai cru, cependant, devoir en tirer quelque
chose.

valeur. — L'innovation étrange que d'introduire parmi nous je ne sais quelle Muse, paresseuse, inutile, amie du vin, fatale à la fortune. — Un homme aisé qui abandonne le soin de ses affaires, pour s'amuser à chanter, pour faire de la poésie le grand but d'efforts incessants, sera un membre inutile de la famille ainsi que de la cité, un homme nul pour ses amis : la nature s'énerve, lorsqu'on se laisse vaincre par l'attrait du plaisir. — Il est doux de se laisser entraîner à cette pente, de donner tout son temps, de passer des journées entières à ces occupations où l'on se surpasse soi-même [1]. » De la musique et de la poésie, Zéthos passait à la philosophie, à l'éloquence, aux lettres en général, et, comme dit Cicéron, il déclarait hautement la guerre à la philosophie, il se montrait l'ennemi de toute culture de l'esprit. « Je hais les hommes sans nerf dans l'action, qui ne sont sages qu'en paroles. — Suis mes conseils, ô mon frère, jette loin de toi cette lyre, et prends les armes; fais taire tes chants, pour servir la Muse du combat. Voici la musique à laquelle il faut s'appliquer, pour mériter le nom d'un homme sensé : manier le hoyau, conduire la charrue, diriger les troupeaux. Laisse à d'autres les ingénieux raffinements qui ne rempliront jamais ton grenier ni ton trésor. »

Amphion lui répond : « Tu me reproches d'être faible de corps et délicat comme une femme, tu as

---

1. On donnerait ce dernier fragment à Amphion, s'il n'était pas attribué à Zéthos par un témoignage précis.

tort, Zéthos : si j'ai l'esprit vigoureux, c'est là une
puissance bien plus grande que la force du bras. —
C'est la raison de l'homme qui sait gouverner les
cités, qui fait prospérer les familles. Qu'il y ait une
guerre, c'est elle encore qui donne la victoire. Mille
bras ne valent pas une tête sage et prévoyante, et le
plus grand malheur de la foule c'est l'ignorance.
— Voyez les athlètes qui n'ont d'autre soin que de
nourrir leur chair; qu'ils manquent de subsistance,
ce sont de mauvais citoyens : ils n'ont pas mis de
frein aux exigences démesurées du corps, ils sont
les esclaves de leur ventre. — Un homme riche et
fortuné, qui se refuse tout ce qui peut embellir la
vie, n'est pas, selon moi, un homme heureux, il est
le gardien de ses heureux trésors [1]. — Telle est la
vie des tristes mortels : ni la bonne, ni la mauvaise
fortune ne la domine tout entière : heur et malheur
s'y succèdent sans cesse. Notre bonheur étant si peu
solide, pourquoi ne pas jouir de la vie, tant que la
douleur nous épargne? — Moi, j'aime à chanter, à
dire une parole sage, sans irriter les plaies de la
cité. — Quelle folie de s'occuper, sans nécessité,
d'une foule de tristes affaires, lorsqu'on peut vivre
heureux dans un doux loisir! Qui aime le repos est
un ami sûr, un bon citoyen : ne me vantez pas les
aventures. Je n'aime point un pilote téméraire, ni le
chef d'un État trop prompt à tenter la fortune. »

Le chœur n'ose décider une si grande querelle, il

1. Je lis : φύλακα δὲ μᾶλλον χρημάτων εὐδαιμόνων, au lieu de :
εὐδαίμονα.

15

ÉTUDES SUR LE DRAME ANTIQUE.

part et d'autre. « Tout sujet, dit-il, peut fournir à des
discours opposés, s'il est traité par un homme habile
à manier la parole. » Toutefois, ainsi que nous
l'apprend Horace, le doux Amphion, cédant au désir
de son frère, sans se départir des principes qu'il
avait soutenus, consentit à se séparer de sa lyre.

Suspecta severo
Conticuit lyra : fraternis cessisse putatur
Moribus Amphion.

Cette scène a fait connaître les caractères des
deux frères, mais elle a presque fait perdre de vue
l'action du drame. Que deviendra celle qui avait, à
un si haut degré, excité l'intérêt du spectateur,
Antiope, poursuivie par le malheur, abandonnée des
dieux et des hommes, et de ceux mêmes qui étaient
ses défenseurs naturels? Son sort va se décider, et
l'action, interrompue un instant, va reprendre son
cours pour ne plus s'arrêter. Après un chant du
chœur, qui avait ici sa place marquée, on voit
paraître un cortège bachique, des femmes branlant
le thyrse, couronnées de lierre, revêtues de la peau
tachetée des cerfs et des biches : c'est Dircé et ses
suivantes. Et qu'on ne s'étonne pas de voir arriver
la reine dans ces lieux où, sans la chercher, elle
rencontrera son esclave fugitive. Antiope a voulu
revoir l'endroit où elle avait exposé ses enfants,
Dircé se rend ici pour célébrer la fête de Bacchus.
Les déserts du Cithéron jouent un double rôle dans
l'histoire mythique de la Béotie : ils sont, pour les

femmes de Thèbes, le théâtre de courses pleines d'une ivresse enthousiaste, ils sont aussi le berceau de leurs enfants abandonnés. C'est là que les bergers ont trouvé le fils de Jocaste, comme les jumeaux d'Antiope; c'est là que Penthée a été déchiré par sa mère, comme Dircé le sera bientôt d'une manière presque aussi horrible.

Comment le poète avait-il amené l'entrevue des deux femmes? On ne peut, à ce sujet, que former des conjectures. Repoussée du toit où elle avait demandé l'hospitalité, Antiope a dû, ce me semble, se réfugier dans la grotte qui, autrefois, avait reçu d'elle un si cher dépôt. Le pâtre, père adoptif de Zéthos et d'Amphion, l'y aura trouvée, interrogée, et reçu ses confidences. Car le pâtre n'a pu être présent, lorsqu'Antiope arrivait devant son habitation, puisque dans ce cas, c'eût été à lui, et non pas à ses fils, d'accorder ou de refuser la prière de la malheureuse; et cependant il était nécessaire qu'il reconnût dans Antiope la mère des jumeaux. Quelques-unes des bacchantes, errant dans les campagnes, pouvaient découvrir la fugitive, et l'amener, avec le berger, devant leur maîtresse. Aimera-t-on mieux que le berger, après avoir rencontré Antiope, l'ait ramenée sur le lieu de la scène, et que la reine soit survenue au milieu de leur entretien? Un vers d'Antiope qui s'est conservé se prêterait à cette dernière hypothèse : « Je les portais dans mon sein : et je leur donnai le jour, lorsqu'on me ramenait (de Sicyone à Thèbes) » : c'est là évidemment le fragment d'un récit détaillé. Quoi qu'il en soit, l'entrevue

de Dircé et d'Antiope a dû fournir à Euripide une
scène des plus animées. Qu'on se figure une femme
naturellement hautaine et jalouse, exaspérée contre
une victime qui avait tenté de se dérober à sa vengeance, et exaltée jusqu'à la fureur par les transports frénétiques d'une course bachique; qu'on se
figure cette femme en face d'une rivale devenue
esclave de princesse qu'elle avait été, douce et rési-
gnée à force de malheurs et de chagrins, mais sentant sa fierté renaître sous les coups de l'injure, et
exhalant enfin toute l'amertume de son âme lorsqu'elle se voit condamnée sans retour à un affreux
supplice. Dircé interroge d'abord l'homme qu'on a
trouvé avec sa captive et qu'elle soupçonne de lui
avoir prêté secours; sans doute sa vengeance va
éclater aussi sur le berger, lorsque celui-ci lui
apprend qu'il « habite ces lieux, voisins d'Olénoé et
d'Eleuthères », et qu'il n'obéit pas au roi de Thèbes,
mais au fils de Pandion, Olénée, dont il fait paître
les troupeaux. Malgré son extrême irritation, elle
respecte la puissance d'Athènes, et son courroux
retombe tout entier sur la malheureuse Antiope,
dont la beauté n'est pas le moindre des crimes.
Dircé ne croit pas aux amours de Zeus, elle les
regarde comme une de ces fables qu'inventent volontiers (Euripide l'a dit ailleurs) les jeunes filles dont
la vertu a succombé. Selon elle, le roi, son époux,
a été le séducteur d'Antiope : voilà le secret de tant
de rigueurs : voyant Antiope conserver sa beauté
malgré ses souffrances, et Lykos tenter quelquefois
une faible opposition à la cruauté de son épouse,

elle croit que leurs amours durent toujours. Ce
motif est indispensable pour expliquer la fureur de
Dircé, il est indiqué par Properce, et l'on n'aurait
jamais dû douter qu'Euripide ne s'en fût servi. Mais
l'amour-propre de la reine souffre cruellement de
cette accusation qu'elle élève contre sa prétendue
rivale. Quoi, une femme serait plus belle que Dircé,
plus propre à inspirer des passions? Mais non. « On
se lasse de tout. J'ai vu des hommes, infidèles à la
beauté, se laisser prendre à des charmes vulgaires.
Tel qui a fait ses délices d'un repas exquis, rassasié,
se jette avidement sur la nourriture la plus commune [1]. » Antiope a beau protester de son inno-
cence, demander un peu d'humanité, Dircé l'accable
d'injures et de menaces. « Hélas! s'écrie le chœur,
l'esclave a toujours tort, les dieux ont voulu que ce
fût là son partage. » Enfin, arrivée au comble de
l'irritation, la reine ordonne à ses bacchantes de
s'emparer d'Antiope, de l'entraîner violemment dans
leur course effrénée, jusqu'à ce qu'elle succombe.

1. Ce fragment est ordinairement placé dans une des scènes
précédentes : Zéthos ayant trouvé peu probable que Zeus
quittât Héra pour une simple mortelle, Antiope lui aurait
répondu par ces paroles. Mais, quelle que soit l'humilité
d'Antiope, elle ne serait pas femme si elle pouvait, jusqu'à ce
point, renoncer à tout amour-propre. Les femmes d'Euripide
ne s'appellent pas elles-mêmes des morceaux peu friands, fût-ce
en se comparant à une déesse. Matthiæ, qui sentait cet inconvénient, pensait que Lykos pouvait avoir prononcé ces vers,
pour se consoler de son abdication forcée : cette idée assez
étrange ne peut être admise pour plusieurs raisons. J'ai cru
devoir placer dans cette scène ce fragment ainsi que les deux
suivants. (La même place lui a été assignée depuis par O. Jahn,
Archæol. Zeitung, 1853, nᵒˢ 56-57, et E. Graf, *Die Antiopesage*,
Halle, 1884, p. 84.)

En vain la malheureuse implore-t-elle le secours de
Zeus, aucun dieu ne descend du ciel pour la sauver.
« Le sage cherche des alliances parmi ses égaux »,
lui dit Dircé avec une ironie affreuse. Puis, s'adressant à ses suivantes : « Vite, s'écrie-t-elle, saisissez-la,
roulez-la, tirez-la par les cheveux, traînez-la sur le
sol et les pierres les plus aiguës, déchirez sa robe... ».
Le chœur ou le vieillard essaie d'arrêter la fureur
de la reine : « Il ne m'appartient pas de faire des
réprimandes ; mais craignez, ô mortelle, d'enfreindre
la mesure, respectez les puissances vengeresses ». Ce
grave avertissement n'est pas écouté, Antiope dispa-
raît au milieu de la horde bachique qui l'entraîne
dans son tourbillon. « Hélas! qu'elles sont nombreuses, qu'elles sont diverses les infortunes humaines!
Qui pourrait dire le terme où elles s'arrêtent! »

Dans cette extrémité le vieux berger se décide à
révéler aux fils d'Antiope le secret de leur naissance.
Les jumeaux avaient toujours passé pour ses propres
enfants, et il n'avait eu garde de les tirer de cette
erreur. « La discrétion est l'ornement d'un homme
de bien, elle couronne ses qualités. Il y a quelque
plaisir à publier un secret, mais l'amitié en souffre,
la cité en est ébranlée. » Pourtant dans ces circonstances la discrétion serait un crime : il court donc
les avertir du danger qui menace leur mère. Les
jeunes hommes ont bientôt rejoint la troupe bachique ; ils délivrent Antiope, qui est tout de suite
ramenée par le vieillard ; puis ils la vengent horri-
blement de tout ce qu'elle a souffert et de ce qu'elle
allait souffrir. Les bacchantes avaient inventé un

supplice atroce : elles voulaient attacher leur victime à un taureau furieux, lorsque survinrent les
deux frères. Maintenant c'est Dircé qui subira cette
peine. On connaît le fameux groupe du *Taureau
Farnèse*, dont les auteurs se sont évidemment ins-
pirés d'Euripide; l'attirail bachique répandu sur le
sol ne permet pas le moindre doute à ce sujet : les
artistes ont chargé Amphion de dompter le taureau,
pendant que Zéthos saisit la femme pour l'attacher
à l'animal furieux. Les rôles s'accordent trop bien
avec les caractères des frères, pour qu'on ne les
suppose pas de l'invention du poète qui avait créé
ces deux personnages. Du reste, dans la tragédie un
messager a dû raconter cette horrible scène. Sans
la mettre sous les yeux des spectateurs, *le plus tragique* des poètes la retraçait certainement avec cette
verve, cette énergie, cette parole toute dramatique,
pleine de réalité et d'action, qui distinguent les
morceaux semblables de ses tragédies. Le récit de la
mort d'Hippolyte, celui de la rivale de Médée dévorée
par un poison brûlant, celui de Penthée déchiré par
les bacchantes, dont M. Patin a donné une si belle
traduction, peuvent faire deviner la beauté du morceau que nous avons perdu. En voici cependant
deux vers, justement admirés par Longin, et qu'heureusement je puis citer dans l'imitation de Boileau :

Il tourne aux environs dans sa route incertaine,
Et courant en tout lieu où sa rage le mène,
Traîne après soi la femme, et l'arbre, et le rocher [1].

[1]. [Je supprime ici quelques lignes. On croyait qu'Euripide
s'était conformé à la légende suivant laquelle Dircé fut changée

« La Justice est lente, elle est lente dans sa marche; mais elle atteint, elle saisit à l'improviste, lorsque l'aveuglement s'est emparé du coupable [1]. » Voilà une des réflexions dont le chœur accompagnait la narration de cette terrible catastrophe. La même pensée se retrouve, sous une forme peu différente, dans des vers prononcés peut-être par le vieux berger : « La Justice est, dit-on, fille du Temps, elle fait connaître ce que nous sommes, en séparant le méchant d'avec le bon ». Bientôt les frères reparaissent sur la scène, Antiope embrasse pour la première fois ses fils qu'elle avait pleurés si longtemps, qu'elle avait confiés à la garde des dieux, pauvres enfants qui venaient de naître, faibles et sans défense, et que les dieux lui rendent brillants de vigueur et de jeunesse, des héros, ses vengeurs et ses sauveurs. Dans cette scène touchante, la reconnaissance dut se mêler à la tendresse maternelle, et donner à ce sentiment quelque chose de plus vif : la première action des fils a été de rendre la vie à celle dont ils l'avaient reçue, et, avec la vie, la liberté, le repos, et, plus que tout cela, la douceur de pouvoir les appeler ses fils. Eux, à leur tour, ils retrouvent une mère de sang royal et un père plus glorieux encore : ces jeunes ber-

---

en fontaine. Nous savons maintenant qu'il expliquait autrement le nom de la source Dircé. Lykos reçut l'ordre d'y jeter les cendres de la reine.]

1. Je crois qu'il faut lire, en rétablissant à la fois le sens et le mètre : ὅταν ἄνοι' ἔχῃ τὸν ἀσεϐῆ βροτῶν. [Cette conjecture ne s'est pas vérifiée; ces vers appartiennent à une autre scène, celle où se préparait le châtiment de Lykos.]

gers sont les enfants du maître des dieux. Mais ici
le poète nous rappelle mal à propos qu'ils sont
en même temps les enfants, je veux dire les enfants
littéraires, de l'auteur, d'Euripide. Comme tels, ils
trouvent l'aventure peu probable, peu digne de la
majesté divine. « Je ne puis admettre, dit Amphion [1],
qu'à l'ombre d'un déguisement, sous les traits d'un
être malfaisant, Zeus ait recherché vos amours
comme un mortel. » L'Ion d'Euripide dit à peu
près la même chose à sa mère, qu'il vient de reconnaître. C'est que le philosophe dans Euripide a joué
plus d'un mauvais tour au poète : il critique sans
pitié les fables que l'autre évoque avec tant d'éclat,
et il semble prendre un plaisir malicieux à soumettre au scalpel les figures que l'autre anime d'un
souffle vivant.

Faisons en passant une remarque qui peut sembler hasardée dans une tragédie perdue, mais dont
je ne fais pas le moindre doute. Dans cette scène,
ainsi que dans les suivantes, Zéthos a dû céder à
son frère cette autorité qu'il avait exercée dans
le commencement du drame : il n'était plus qu'un
personnage muet. La gêne de la scène attique,
qui ne mettait à la disposition du poète qu'un
nombre d'acteurs limité, obligeait Euripide de
renoncer à la parole pour l'un des frères. Mais cette

---

1. [Ces paroles sont généralement placées dans la scène où
Antiope paraît la première fois. Je crois aujourd'hui que j'aurais dû les y laisser. En effet, les fragments des dernières
scènes de la pièce récemment retrouvées contiennent des
réflexions du même genre, plus voisines même de celles qu'on
lit dans *Ion*.]

gêné devenait ici, ce me semble, une beauté de
plus.

Une nouvelle carrière [1] s'ouvre devant les fils
d'Antiope : ils doivent sortir du cercle étroit de la
vie champêtre, la cité les appelle. Il y a encore un
grand acte de justice à accomplir, une pieuse vengeance à exercer, il leur reste un tyran à punir,
un trône à gagner. La mort de Lykos est résolue;
je crois même qu'attiré dans ces lieux par le bruit
des périls que courait la reine, il arrivait lui-même
sur la scène, et que les frères allaient lui demander
un compte sanglant, lorsque parut Hermès, porteur des ordres de Zeus. Pourquoi Zeus ne vient-
il pas lui-même? Il avait bien pris la peine de descendre sur la terre autrefois, quand les charmes
d'Antiope lui faisaient oublier la superbe Héra. La
dignité du maître des dieux en aurait souffert.
Eschyle, dans une de ces conceptions hardies, avait
osé, il est vrai, montrer aux Athéniens étonnés,
Zeus pesant dans la balance du Destin la vie de
deux héros; mais le théâtre de Sophocle et d'Euripide n'exposait plus aux yeux des spectateurs la
majesté du dieu suprême : Zeus ne parlait plus sur la
scène que par l'intermédiaire de ses messagers. Ajoutons que, dans ces circonstances délicates, tout dieu
aurait éprouvé quelque embarras à reparaître devant
la mortelle qu'il avait séduite et si longtemps aban-

1. [Le fragment 853 était autrefois attribué à *Antiope*. On
sait aujourd'hui, grâce à un examen plus exact des manuscrits de Stobée, qu'il est tiré d'une autre pièce. Je supprime
donc ce que j'en avais dit.]

donnée au malheur : c'est ainsi que, dans l'*Ion* du
même auteur, Apollon se fait excuser par sa sœur
Athéna. Hermès, dans notre tragédie, a dû également justifier la longue indifférence de Zeus... [1].
Du reste, la mission d'Hermès avait un but plus
positif. Il enjoignait aux fils d'Antiope d'épargner
les jours de Lykos, qui avait péché par faiblesse
plutôt que par méchanceté, et dont le tort n'était
au fond que d'avoir cédé aux inspirations de sa
femme. « C'est là une faute où tombent bien des
mortels : tout en voyant le bien, ils n'écoutent pas
la voix de la raison, et se laissent entraîner par les
mauvais conseils de leurs amis [2]. » En revanche,
Lykos doit volontairement céder le pouvoir au
sang de Zeus : car les enfants d'Antiope sont, en
effet, issus d'un père aussi auguste : le dieu lui-
même le proclame, afin que personne n'en puisse
douter. Le doux Amphion montera sur le trône,
et le farouche Zéthos reconnaîtra la supériorité
de l'intelligence sur la force physique.

Le sujet d'*Antiope*, on le voit, a été heureusement
choisi par le poète, et admirablement adapté aux
exigences du genre : les grandes émotions tragiques, la pitié et la terreur y sont excitées à un
haut degré, et, en même temps, la suite des incidents, la marche de l'action, la catastrophe et le
dénoûment découlent naturellement des caractères,

1. [Les nouveaux fragments n'ont pas confirmé cette conjecture.]
2. [On voit aujourd'hui que ce fragment (220 Nauck) a dû
se trouver ailleurs.]

des passions, des situations où se trouvent les principaux acteurs : la raison et le cœur sont également satisfaits. Certes cette tragédie d'Euripide ne le cédait en rien à aucune de celles qui nous sont parvenues. On n'a qu'à la comparer à l'*Ion*, qui, par le sujet, s'en rapproche le plus, pour voir quelle perte nous avons à regretter. Dans l'*Ion* on tremble pour une mère qui va empoisonner un fils qu'elle ne connaît pas, pour un fils qui va inconsciemment commettre un parricide. Ce sont là, certes, des situations extrêmement tragiques, mais des situations que le poète a achetées au prix de quelques inconvénients, obligé qu'il était de faire entrer le tragique dans une légende qui ne le comportait guère. L'intrigue du drame d'*Ion* repose sur un double quiproquo, sur une espèce de tour de passe-passe exécuté par le dieu de Delphes. Créuse, princesse du sang d'Erechthée, et Xouthos, son époux, venant lui demander des enfants, il les trompe tour à tour, en faisant à chacun séparément le don d'un enfant nourri dans son temple. Cet enfant est le fils d'Apollon et de Créuse; à la fin de la pièce, après plusieurs péripéties dont le poète a su tirer quelques-unes des plus belles scènes de son théâtre, la reconnaissance a lieu entre la mère et le fils. Mais les transports de cette reconnaissance ne sauraient être aussi grands qu'Euripide veut nous le faire croire. Ion, si pur, si noble, doit donner le nom de mère à celle qu'il vient de poursuivre comme empoisonneuse, qu'il vient d'appeler avec raison une femme perfide et criminelle. Quelque peine que le

poète se soit donnée pour justifier l'odieuse tentative
de Créuse et en faire ressortir le motif patriotique,
on aperçoit un autre mobile, la détestable envie du
malheureux qui s'irrite du bonheur d'autrui, et l'on
s'étonne qu'Ion n'éprouve aucune horreur à embrasser cette femme. Dans *Antiope*, les fils en refusant un asile à l'étrangère qui est leur mère, l'ex-
posent à la mort la plus affreuse et vont, sans le
savoir, se rendre coupables d'un parricide ; mais
lorsqu'ils lui donnent le premier embrassement
filial, ils ont glorieusement réparé leur faute, et au
bonheur de cet instant se mêle pour Antiope la
double douceur de devoir la vie à ses enfants et
d'avoir une faute à leur pardonner. Ils ont vengé
leur mère en infligeant à sa cruelle ennemie un
juste châtiment. Ce châtiment même, barbare et
révoltant, la légende l'avait consacré, le poète ne
pouvait le changer ; mais avec quel art l'a-t-il motivé,
jusqu'à le faire paraître naturel et équitable. Le taureau est là, Antiope est sur le point d'y être attachée. Les libérateurs arrivent, Antiope est délivrée,
mais le taureau attend sa victime : il traînera celle
qui a ordonné cet affreux supplice. L'invention de
ce châtiment n'appartient donc pas aux fils d'Antiope, l'horreur en est rejetée sur Dircé. Un autre
poète s'en serait peut-être tenu là, Euripide ne s'en
contente pas. Malgré sa haine et son emportement,
Dircé est une femme, ce n'est pas un monstre :
comment a-t-elle pu pousser aussi loin le raffinement de la vengeance ? Le poète a prévu cette objection, et il y répond. Tout s'explique par l'exaltation

de la course bachique, incident dont l'invention fait
le plus grand honneur à Euripide. On sait jusqu'où
pouvait aller le délire de ces fêtes, on se rappelle
les bacchantes déchirant de leurs propres mains et
les animaux et les hommes qu'elles rencontrent.
Ajoutez que cette bacchanale expliquait en même
temps l'arrivée de Dircé au pied du Cithéron, et
vous admirerez l'art du poète qui a su faire de cette
montagne le rendez-vous naturel de tous les personnages de son drame.

Dans cette tragédie pleine de péripéties, de recon-
naissances et d'émotions, il y a une scène singulière,
celle de la discussion entre les deux frères, scène
dénuée de mouvement et d'intérêt dramatiques,
toute philosophique, abstraite, image fidèle de ces
déclamations des sophistes du temps, prêts à soutenir le pour et le contre de toutes les thèses qu'on
leur proposait. Chose plus singulière encore, cette
scène précisément est devenue particulièrement
célèbre dans l'antiquité, le souvenir s'en retrouve
dans tous les auteurs, le plus grand nombre de nos
fragments en est tiré. Ce qui a survécu aux tragédies perdues, ce n'est pas, tant s'en faut, ce qui s'y
trouvait de plus beau et de plus dramatique : ceux
qui dépouillaient les auteurs pour remplir les cadres
de leurs anthologies morales et philosophiques, enle-
vaient aux poètes dramatiques les sentences, les
maximes, les lieux communs, ce qui pouvait s'enlever enfin. Ce qui fait vivre les œuvres dramatiques n'est pas, on le voit, ce qui leur survit le plus
souvent. Les fragments les plus précieux sont les

fragments fragmentaires, qui ne s'expliquent que lorsqu'on a retrouvé le personnage auquel ils appartenaient, la scène, la situation dans laquelle ils avaient été prononcés ; les beautés parasites se détachent et s'isolent facilement, les passages vraiment beaux sont de ces fleurs qui se fanent dès qu'on les sépare du tronc qui les anime de sa sève.

Cependant, la scène dont tant de vers ont été conservés, pour être peu dramatique, n'en est pas moins intéressante : ce qui en fait le fond, l'antagonisme des deux frères, est même d'une grande beauté et de la plus haute importance pour l'ensemble de la tragédie ; cette scène ne pèche que par son trop de développement et parce qu'elle se détache trop facilement du reste. Zéthos et Amphion, pour ne pas faire double emploi, ont dû être de caractères différents et même opposés. La nature ne fait pas deux hommes parfaitement semblables ; la poésie doit suivre et, si l'on veut, corriger la nature, en choisissant dans la diversité de ce qui existe les contrastes les plus marqués. Sophocle, le maître dans la conception des caractères, avait déjà montré le grand parti à tirer de ces contrastes. Seulement, chez Sophocle, l'antagonisme des caractères se révèle dans l'action et par l'action, sans qu'on soit invité à y prendre garde, et comme si le poète n'y était pour rien. Chez Euripide, les personnages découvrent leurs sentiments et leurs principes de propos délibéré, en des morceaux brillants qui s'affichent. Les contrastes de Sophocle sont les contrastes de la nature générale de l'homme ;

ceux d'Euripide sont ceux de la société de son temps. On a dit qu'Euripide a peint les hommes comme ils sont; Sophocle, comme ils devraient être. On peut dire, avec autant de vérité, que les personnages de Sophocle sont des hommes tels qu'ils peuvent être de tous les temps, dans tous les lieux, et que ceux d'Euripide sont les hommes de son époque, les contemporains du poète, les citoyens d'Athènes. Dans le *Philoctète*, Néoptolème est un jeune héros, droit, franc, généreux, homme d'action, capable de violence, incapable de fraude; Ulysse est l'homme vieilli dans les affaires, fin, rusé, prévoyant, maître dans l'art de la parole, se proposant le même but que son jeune ami, mais sans scrupule dans le choix des moyens. On trouve encore aujourd'hui, on trouvera toujours des Néoptolèmes et des Ulysses. Zéthos et Amphion, d'un contraste semblable au fond, ont une couleur plus locale, la couleur du siècle de Périclès. L'un est l'élève des philosophes; il a fréquenté les cours de Prodikos et de Protagoras; il a disputé au coin de la rue avec Socrate. L'autre n'a jamais voulu entendre que les vieillards de Marathon; les Acharniens d'Aristophane, ces batailleurs infatigables, sont le modèle qu'il voudrait imiter. C'est ici qu'on aperçoit le rapport intime et la dissension profonde entre les deux poètes, le tragique et le comique, qui sont à la fois si semblables et si antipathiques l'un à l'autre. Euripide, en opposant, dans les fils d'Antiope, les principes de la vieille société à celui de l'éducation moderne, a traité le sujet qui fait le fond des *Nuées* d'Aristophane, qui

reparaît quelque part dans presque toutes les pièces
de ce poète, et auquel il avait consacré les *Détaliens*,
que nous ne possédons plus. Mais Aristophane est le
champion du bon vieux temps, et, tout en usant de
son privilège de se moquer de tout le monde, tout
en raillant les ridicules de son parti, ce sont les
novateurs sur lesquels éclatent les *Nuées*, contre
lesquels coassent les *Grenouilles*, que sifflent les
mille voix de son admirable charivari. Euripide,
au contraire, peint en beau les disciples des philosophes, les organes de l'esprit nouveau, parmi lesquels il brille lui-même; il donne les rôles ingrats
aux représentants de l'esprit qu'il combat, et le
dénoûment de notre tragédie est le triomphe de la
musique, de la philosophie, enfin de la culture de
l'esprit, qui monte sur le trône par l'ordre des dieux
mêmes. On comprendra l'intérêt, non pas dramatique, mais actuel, qui s'attachait, pour les spectateurs athéniens, aux tirades de Zéthos et d'Amphion,
en relisant les plaidoyers de la Cause juste et de la
Cause injuste dans les *Nuées*. Ces deux morceaux
sont la contre-partie l'un de l'autre : ils se répondent et s'expliquent mutuellement. Faut-il, avec
Cicéron, reprocher à Euripide de s'être égaré de sa
thèse, et d'avoir substitué une question à une autre?
En effet, la querelle des frères s'engage au sujet de
la lyre; la musique seule est en cause, et la discussion, prenant des proportions plus vastes, roule sur
la prééminence de la force physique ou de l'intelligence. Ce reproche, je crois, ne serait pas venu à
l'esprit d'un Grec, et surtout d'un Grec du siècle.

16

d'Euripide. L'éducation hellénique, on le sait, se divisait en deux branches : la musique et la gymnastique, correspondant à l'esprit et au corps. La gymnastique s'occupait de tout le côté physique de l'homme; la musique embrassait tout ce que les Muses, d'abord les patronnes des poètes musiciens, avaient vu, avec le progrès intellectuel de la nation, entrer successivement dans le domaine de leur patronage divin. La musique, par droit d'aînesse, garda toujours sa primauté parmi les lettres et les sciences; les filles de Mémoire donnaient par excellence leur nom à l'art qui le porte encore; mais de la musique semblaient découler la poésie, l'éloquence, la philosophie, les mathématiques, l'astronomie, l'histoire, toutes les sciences conquises par l'esprit humain ; les philosophes, les mathématiciens, les orateurs étaient longtemps appelés des *hommes musiciens* (μουσικοὶ ἄνδρες). L'Amphion de la légende ne savait que la musique des premiers temps de la Grèce, la musique proprement dite; Euripide lui prête encore tout ce qui depuis est sorti de cette musique primitive; la lyre pour lui est le symbole de toutes les acquisitions dont s'est enrichi l'esprit de l'homme, éveillé jadis par les sons cadencés de l'instrument harmonieux. La légende même, en faisant d'Amphion l'architecte magique des murs de Thèbes, n'a-t-elle pas déjà indiqué que tous les arts sont renfermés dans la musique? Depuis Euripide, les poètes et les philosophes ont religieusement conservé, rappelé, développé ce type d'Amphion, qui dorénavant marquait

la supériorité de leur génie sur le génie pratique
des hommes d'action. On trouve dans Apollonios
de Rhodes un emblème ingénieux, qui est tout à
fait dans l'esprit du créateur de ce type : une des
broderies du manteau de Jason représente Zéthos
suant, se fatiguant, se traînant à grand'peine sous
le poids d'une pierre qu'il apporte pour la construction des murailles; tandis qu'Amphion, touchant sa
lyre d'or et marchant d'un pas léger, amène sans
peine à sa suite un immense rocher.

SUPPLÉMENT

En 1891, M. Mahaffy [1] publia une série de papyrus
grecs découverts par M. Flinders Petrie à Gurob
dans le Fayoum. C'est tout un trésor de textes littéraires et juridiques, en tête desquels l'éditeur a
placé avec raison ceux qui se rapportent à l'*Antiope*
d'Euripide. L'écriture remonte au IIIe siècle avant
notre ère; les vers, plus ou moins mutilés, appartiennent aux dernières scènes de la tragédie. Après
le supplice de Dircé, un grand danger menaçait les
enfants d'Antiope. Le roi ne vengerait-il pas la mort
de son épouse? Antiope proposait de fuir; mais les
jeunes héros rejettent un expédient indigne des fils

---

1. *Cunningham Memoirs*, VIII, Dublin, 1891. On trouvera
es nouveaux fragments de l'*Antiope*, avec les suppléments et
conjectures de divers hellénistes, dans Nauck, *Tragicæ dic-
tionis index*, Pétersbourg, 1892, p. 15 et suiv. Cependant, les
cinq colonnes encore admises par Nauck doivent être réduites
à quatre. Blass (*Jahrbücher für Philologie*, 1892, p. 578 et suiv.)
et Mekler (*Neues von den Alten*, Wien, 1892, p. 30) ont vu que
les onze lignes B b contiennent le commencement des vers
dont ies onze dernières lignes de C a donnent la fin.

de Zeus. Ils attireront Lykos dans la demeure du berger sous prétexte de lui livrer la fugitive et s'empareront de lui par la force. Amphion parle.

« Ne cherche pas comment nous pourrions fuir. Car si Zeus est l'auteur de nos jours, il nous sauvera et, avec nous, punira notre ennemi. De toute manière, nous en sommes arrivés au point de ne pouvoir nous soustraire par la fuite, quand même nous le voudrions, à l'expiation du sang fraîchement versé de Dircé. Si nous restons, au contraire, voici l'alternative où le sort nous place : mourir glorieusement en ce jour, ou bien triompher des ennemis par la force de notre bras. Telle est notre résolution, ô ma mère, je te le déclare. Et toi, qui résides dans la lumière des champs éthérés, je ne t'adresse que cette prière : N'aie garde, après avoir joui des douceurs de l'hymen, d'abandonner les enfants que tu engendras. Cela te ferait peu d'honneur : tu dois secourir les tiens. Viens à notre aide, favorise notre chasse, fais que le piège réussisse et que nous prenions le plus impie des hommes. »

Lykos arrive. Il est, d'après l'usage constant du théâtre grec, suivi d'une escorte armée. Il fallait donc lui persuader d'éloigner cette garde et d'entrer dans la maison du berger seul et sans suite. Là des bras vigoureux s'emparent de lui. En vain appelle-t-il ses serviteurs à son secours, ils ne l'entendent point. Bientôt, il est traîné sur la scène, et un dialogue rapide, terrible, s'engage entre lui et les vengeurs.

« LYKOS. Malheur à moi, je vais mourir sous les coups de deux adversaires, seul et sans secours.

— Amphion. Et celle qui est déjà parmi les morts, ton épouse, tu ne la pleures pas? — Elle est donc morte? Malheur nouveau que tu m'annonces. — Oui, attachée à un taureau, traînée et lacérée. — Par qui? par vous? je veux savoir cela. — Tu peux apprendre de source certaine qu'elle a péri par nous. — De qui donc êtes-vous nés? de parents que j'ignore? — Trêve de questions; tu le sauras aux Enfers, où tu vas descendre. »

C'est à ce moment que paraît le messager de Zeus. « Calmez, dit-il, je l'ordonne, l'ardeur meurtrière qui vous entraîne. Je suis Hermès, et je proclame les volontés de Zeus notre père.... » Le dieu enjoint à Lykos de céder le pouvoir aux fils d'Antiope [1], de brûler sur un bûcher les restes de son infortunée épouse et de jeter les cendres dans la source d'Arès, qui prendra désormais le nom de Dircé. Puis, s'adressant aux enfants d'Antiope :

« Vous, princes, dit-il, quand vous pourrez sans souillure vous rendre dans la ville de Kadmos, quittez ces lieux, et que par vous la cité de l'Isménos soit ceinte d'un mur à sept portes. Toi, Zéthos, ne te lasse point d'être, comme un chasseur, sur la piste des ennemis. Cependant, Amphion, les mains paisiblement armées de la lyre, chantera les dieux. On verra obéir à ta voix les pierres de fondation, dociles à la magie de la musique, et les arbres aban-

---

1. Voici comment il faut compléter les deux derniers vers de l'avant-dernière colonne :

ὧγ χρή σ' ἀκούειν [καὶ χθον]ὸς μοναρχίαν
ἑκόντα δοῦνα[ι πρόσθε] Καδμείοις ἄναξ.

Cf. *Phéniciennes*, 17 : Ὦ Θήβαισιν εὐίπποις ἄναξ.

donner le sol maternel[1] : facile sera la besogne pour
les mains des ouvriers. Zeus te donne cette gloire,
d'accord avec moi, dont tu tiens cette nouvelle
invention, prince Amphion. Appelés « les blancs
jumeaux de Zeus », vous recevrez les plus grands
honneurs dans la ville de Kadmos. L'un contractera
un hymen thébain, l'autre conduira de Phrygie dans
la chambre nuptiale la belle fille de Tantale. »

Nous ne nous étions pas trompé en assurant que,
dans les dernières scènes de la tragédie, Amphion
tenait le premier rang, et Zéthos, devenu personnage muet, était subordonné à son frère. En
effet, on le voit, Amphion porte toujours la parole,
et, dans l'épilogue, Hermès, dès le début de son
message, adresse la parole à Amphion seul. Quand
il arrive à la construction des murs, il indique à
peine que Zéthos doit tenir en respect les voisins
qui pourraient s'opposer à ce travail, et il développe
longuement, avec une prédilection marquée, le rôle
d'Amphion ; enfin, dans le choix des épouses, la
plus belle part est encore faite à Amphion. Dans la
première partie du drame, le doux et accommodant
ami des Muses cède aux volontés de son frère ;
mais il a sa revanche dans la suite de l'action : c'est
grâce à son stratagème que Lykos est vaincu, et la
lyre du poète rêveur est plus utile à la cité que la
lance de Zéthos.

1. Dans la haute antiquité, on se servait concurremment de
troncs d'arbre et de pierres pour la construction des murs de
forteresse. Voir Homère, *Iliade*, XII, 29 : Θεμέλια... φιτρῶν καὶ
λάων, τὰ θέσαν μογέοντες Ἀχαιοί. Les deux espèces de matériaux
entraient aussi dans les murs des Gaulois (Cæsar, *B. G.*, VII, 23).

VIII

FORMES LYRIQUES DE LA TRAGÉDIE GRECQUE [1]

La tragédie grecque n'a jamais plus qu'aujour-
d'hui attiré l'attention de ceux qu'on appelle les
savants, comme de ceux qui voudraient savoir. Elle
excite un vif intérêt et une curiosité générale.
Philologues, littérateurs, archéologues, architectes,
musiciens, amateurs, s'en occupent à l'envi. L'étude
des textes et leur interprétation ne nous suffisent
plus; nous voulons savoir exactement comment
étaient construits ces grands théâtres où se pressait
tout un peuple, et quelles modifications leur construction subit dans le cours des siècles, quels
étaient les masques des acteurs et leur costume,
s'ils jouaient sur un proscénium élevé, ou si, n'ayant
pour toute estrade que leurs cothurnes, ils paraissaient de plain-pied avec le chœur; nous voulons

1. *Journal des Savants*, 1896, mai et juin, p. 249 et 332 et
suiv. *Théorie des formes lyriques de la tragédie grecque*, thèse
présentée à la Faculté des lettres de Paris par Paul Masqueray,
maître de conférences à la Faculté des lettres de Bordeaux.
Paris, Klincksieck, 1895, xii et 320 p. in-8.

connaître les évolutions de ce chœur, nous faire une idée de l'exécution de ses chants, de leurs rythmes et de leurs airs, retrouver jusqu'aux pas et aux figures de danse des choreutes. Non contents de ces études, nous essayons d'évoquer l'image des fêtes dramatiques de la vieille Grèce, et de grands acteurs font revivre sous nos yeux les figures d'un Œdipe et d'une Antigone. Cette popularité est légitime : avec Homère, la tragédie grecque est le legs le plus précieux que l'antiquité classique nous ait laissé en fait de poésie.

C'est à cet ordre d'études qu'appartient le livre de M. Masqueray sur les formes lyriques de la tragédie grecque. Que faut-il entendre par les formes lyriques? Quoique l'auteur ait attaché un sens très précis au titre de son ouvrage, il n'est pas facile de l'expliquer à ceux qui, sans avoir des notions exactes de la structure d'un drame grec, s'en tiennent à la distinction vague entre le dialogue et ce qu'ils appellent les chœurs. Dans son Avant-propos, M. Masqueray avertit le lecteur qu'il n'a pas voulu faire une étude de métrique, qu'il sup- pose cette étude faite et qu'il se bornera à en indi- quer sommairement les résultats au moyen de notes placées en bas des pages. On comprend bien ce qu'il ne faut pas chercher dans le livre; essayons de dire ce que l'on y trouve. Tout le monde dis- tingue facilement les grands chants du chœur, ces morceaux d'ensemble qui séparent les actes et qui sont d'une structure régulière et simple : une strophe suivie immédiatement de son antistrophe, ou bien

plusieurs couples de strophes similaires, quelquefois une épode à la fin du morceau. Cependant le
premier morceau de ce genre, celui qui marque
l'entrée du chœur dans l'*orchestra*, prend les formes
les plus diverses. Aussi les Grecs lui donnèrent-ils un
nom particulier, celui de *parodos*, à la différence
des autres, qui s'appelaient *stasima*. Dans l'intérieur
des actes, des morceaux plus courts, assez souvent
formés par une strophe unique sans pendant, sont
chantés par le chœur ou par des choreutes.
Viennent ensuite les dialogues lyriques, qui se sub-
divisent à leur tour en plusieurs espèces. Ces dialogues peuvent s'engager entre les demi-chœurs ou
entre plusieurs choreutes. Ils peuvent avoir lieu
entre deux ou trois personnages de la scène. Ils
peuvent s'échanger entre les acteurs et le chœur,
soit tout entier, soit représenté par son chef ou
d'autres choreutes. Ajoutez enfin les *soli* d'acteurs.

Ce n'est pas tout. Il ne suffit pas de distinguer les
vers chantés des vers simplement déclamés. Il y
avait un troisième débit intermédiaire, celui des
vers dont la déclamation était mesurée par un
accompagnement musical. Parmi les mètres qui se
prêtaient à cette espèce de débit (la παρακαταλογή)[1],
il faut nommer en premier lieu les systèmes anapestiques, si fréquents dans les drames grecs. C'était
le mètre de la marche. Les bataillons spartiates

---

1. Voir Christ, *Abhandlungen der bayerischen Akademie*,
1ʳᵉ classe, vol. III, 3, p. 153 et suiv. (1875). Zielinsky, *Altattische
Komoedie*, p. 303, veut que le terme de παρακαταλογή désigne
ce que nous appelons récitatif. Cela est peu pro'....

entonnaient des anapestes quand ils s'avançaient
au son de la flûte. Les chœurs tragiques, chœurs
rectangulaires (τετράγωνοι), ordonnés par files et par
rangs, défilaient comme ces bataillons, la flûte leur
tenant lieu de tambour. En lisant les anapestes
convenablement, on entend le rythme de leurs pas
et on croit les voir s'avancer en mesure. Cependant
il y a aussi des anapestes chantés : on les reconnaît
à certaines libertés métriques et aux formes du
dialecte dorien, qui était devenu la marque de la
poésie chorique depuis que les grands poètes
doriens l'avaient portée à sa perfection. Les tétramètres trochaïques, qui sont, comme tous les tétramètres, plus fortement rythmés que les trimètres,
étaient, ce semble, souvent, sinon toujours récités
de la même façon[1]. Les trimètres mêmes rentraient

---

1. On lit dans le *Banquet* de Xénophon (VI, 3) : Καὶ ὁ Ἑρμο-
γένης, Ἦ οὖν βούλεσθε, ἔφη, ὥσπερ Νικόστρατος ὁ ὑποκριτὴς τετρά-
μετρα πρὸς τὸν αὐλὸν κατέλεγεν, οὕτω καὶ <ἐγὼ> ὑπὸ τὸν αὐλὸν
ὑμῖν διαλέγωμαι. Ce passage, en apparence très clair, n'est pas
facile à interpréter. Christ pense que Nicostrate, qui était acteur
tragique, substitua au théâtre la παρακαταλογή au chant dans
le débit des tétramètres. Les acteurs seraient donc revenus
au chant après Nicostrate, car le texte de Xénophon semble
impliquer que l'innovation de cet acteur était passagère. Ce
retour au chant aurait lieu d'étonner. Autre objection, plus
grave. Comme la παρακαταλογή, déjà introduite par Archiloque
dans ses iambes, s'appliquait à certains trimètres tragiques et
aux anapestes, pourquoi Hermogène ne s'en réfère-t-il pas à
un usage constant plutôt qu'à un fait exceptionnel? La réponse
de Zielinsky (*l. c.*, p. 314) tient à sa définition de παρακαταλογή,
que nous n'admettons pas. Voici comment nous entendons le
passage de Xénophon. Nicostrate, transportant dans les ban-
quets l'usage de la scène tragique, y déclamait aux sons de la
flûte des σκόλια en tétramètres qu'on avait l'habitude de
chanter.

dans le genre de la déclamation accompagnée, quand ils se trouvaient enclavés dans un morceau lyrique.

Si les grands morceaux d'ensemble offrent toujours la même ordonnance des parties correspondantes, il n'en est pas de même de ceux où plusieurs voix alternent. Là, les groupes correspondants peuvent se croiser et s'enlacer diversement et les combinaisons possibles sont nombreuses. Cette variété s'accroît encore grâce au mélange du chant avec la déclamation cadencée. C'est là ce que M. Masqueray appelle les formes lyriques de la tragédie grecque. Il les a rangées dans un ordre méthodique, et cette classification lui fournit la division de son travail.

Cependant il ne se borne pas à enregistrer les formes extérieures, il essaye d'en montrer l'à-propos et la convenance : « Au delà des rythmes, dit-il [1], il y avait encore la forme lyrique. Cette dernière n'était pas asservie à la pensée qu'elle renfermait autant que ces rythmes eux-mêmes, mais elle n'en était pourtant pas séparée. Le lien qui les réunissait était plus souple, mais il était aussi solide. Le caractère du poète, sa fantaisie, son art, l'influence du temps où il vivait, ses goûts particuliers, varièrent presque à l'infini cette admirable symétrie des lignes qui est essentielle au génie grec. Les molles draperies que l'artiste jetait sur ses pensées tombèrent en plis gracieux, qui voilèrent, sans les cacher, leurs contours subtils. Préciser ce dessin de la forme

1. Introduction, p. 11.

lyrique pour saisir plus facilement la pensée qui serpente dans son entrelacement, tâcher de découvrir les règles si précises de la première, pour suivre la marche ordinaire de la seconde; telle est la double fin vers laquelle j'ai dirigé mon effort. »

L'ordre dans lequel se suivent les chapitres répond jusqu'à un certain point à l'évolution de la tragédie grecque. Sans remonter au dithyrambe et aux premières origines de cette tragédie, à nous en tenir à Thespis et à l'acteur unique en face du chœur, la tragédie grecque était d'abord, on le sait, éminemment chorique et musicale. Avec le nombre des acteurs, la scène l'emporte sur l'orchestre et la simple parole sur le chant. Ce dernier, l'élément musical, appartient de préférence au chœur, cependant l'acteur y participe aussi; il s'y fait même une part de plus en plus considérable, et la scène finit par chanter seule sans le concours de l'orchestra. En même temps, les lois de la correspondance antistrophique se relâchent, les symétries se dissimulent, perdent la raideur de la composition archaïque, tendent enfin à disparaître complètement. Malheureusement nous ne connaissons pas la date de toutes les pièces conservées, mais les données sûres sont assez nombreuses pour offrir des jalons et laisser entrevoir les phases successives par lesquelles passèrent les formes lyriques de la tragédie grecque.

Suivons la classification de notre auteur, sans toutefois nous y astreindre, et entrons dans notre sujet avec l'entrée du chœur, sa première apparition dans l'orchestra. Nous avons déjà rappelé que la *parodos* prenait les formes les plus diverses; mais on peut demander de quelle époque date cette diversité, et s'il n'y avait pas eu à l'origine un certain type de *parodos* normal et dominant. On est tenté de répondre que ce type existait et qu'il nous est fourni par les deux drames les plus anciens d'Eschyle, les *Suppliantes* et les *Perses*. Là, en effet, le chœur paraît le premier, avant les acteurs, et c'est lui qui est chargé d'exposer la pièce. Il entre avec une lenteur solennelle, sa marche étant réglée par une longue suite de systèmes anapestiques, qui lui permettaient sans doute de faire plusieurs fois le tour de l'orchestra; puis il s'arrête pour chanter plusieurs strophes, trois ou même six couples antistrophiques. Si nous passons à la dernière œuvre du poète, l'*Orestie*, nous le voyons dans la première pièce, l'*Agamemnon*, fidèle à ce type de la *parodos*, si ce n'est qu'il la fait précéder d'un prologue : un acteur paraît avant le chœur. Dans les *Choéphores*, les anapestes ont disparu; quand Oreste, qui prononce le prologue, s'est retiré, le chœur entre et se met immédiatement à chanter un morceau d'ensemble, dont la composition régulière ne diffère pas de celle d'un *stasimon*. Les *Euménides* ouvrent par quatre scènes d'acteurs : le chœur des Furies, endormies dans le temple d'Apollon, et visibles dès la troisième scène, se réveille après la quatrième, et fait son entrée tardive d'une manière insolite. Les choreutes s'élancent précipitamment sur la scène, et leur agitation ne leur permet pas d'entonner un grand morceau d'ensemble : groupés en demi-chœurs, ils exha-

lent leur désappointement et leur rage dans un dialogue lyrique où la violence des rythmes et leurs
brusques transitions répondent à la violence de la
passion, sans briser toutefois le moule antistrophique. Évidemment Eschyle s'applique à varier la
forme de la *parodos* dans ces trois drames consécu-
tifs; M. Masqueray n'a pas manqué d'en faire la
remarque. Reste à savoir si le poète avait toujours
recherché cette variété ou si elle n'appartient qu'à
sa dernière manière. Les sept tragédies conservées
d'Eschyle forment deux groupes, séparés par un
intervalle de onze ans, et, mieux encore, par les
progrès de la mise en scène. Dans l'*Orestie*, il pro-
fita de la réforme de Sophocle : il disposa de trois
acteurs et fit usage de décors peints. Pour les quatre
autres pièces conservées, il avait dû se contenter de
deux acteurs et d'un fond de scène monochrome.
Le proscénium était décoré de statues de dieux et
d'autres pièces mobiles, comme le rocher de Prométhée, qui disparaissait à la fin de la pièce par
une trappe. La tragédie de *Prométhée* était jouée
par deux acteurs, quoi qu'en aient dit certains critiques modernes, et décidément trop modernes. Au
début du drame, le masque que Vulcain cloue
sur la pierre sous les yeux des spectateurs, ce
n'était pas un acteur, mais l'image du Titan, image
creuse pour que l'acteur pût y entrer ensuite. Comment en aurait-il été autrement? et comment un
homme en chair et en os aurait-il pu rester immobile durant toute la pièce? On a beau se révolter
contre « le mannequin de Sommerbrodt »; que

l'on se refuse donc à croire aussi aux masques, qui figeaient l'expression du visage, et au lourd appareil du costume des acteurs; que l'on n'admette pas qu'Alceste ait été représentée par une figurante, disons mieux, un figurant, dans la dernière scène du drame, où elle est muette; que l'on conteste que le même acteur ait joué dans la même pièce les rôles de Déjanire et d'Hercule, de Phèdre et de Thésée. Les poètes étaient bien forcés de se conformer tant bien que mal à des règlements administratifs qui avaient des inconvénients incontestables; il faut les admirer d'avoir quelquefois su tirer de beaux effets dramatiques d'entraves aussi gênantes. Le *Prométhée* fait donc partie du premier groupe des tragédies d'Eschyle, et il se place probablement, comme nous l'avons conjecturé ailleurs [1], entre les *Perses*, qui sont de 472, et les *Sept*, qui sont de 467. Or le *Prométhée*, ainsi que les *Sept*, a un prologue des plus dramatiques et une Parodos de forme très particulière. Dans les *Sept*, on voyait les jeunes filles de Thèbes accourir dans l'orchestre en débandade, embrasser les images des dieux, donner tous les signes d'une frayeur qui se peignait dans leurs gestes comme dans leurs chants; on entendait plusieurs voix se succéder, des rythmes et des airs émus, point d'ensemble, point de symétrie. Plus tard seulement elles dominent assez leur trouble pour se réunir et entonner en chœur une prière en strophes antithétiques. Autre encore est la *parodos*

1. Voir ci-dessus, p. 17.

du *Prométhée enchaîné*. Elle se compose, il est vrai, d'anapestes et de chants; mais l'acteur intervient, c'est lui qui prononce les anapestes qui accompagnent les battements d'ailes du char aérien des Océanides, et ses anapestes alternent avec les chants antistrophiques du chœur. Mais dans la pièce suivante, le *Prométhée délivré*, le chœur entrait, comme dans l'*Agamemnon*, en mesurant ses pas sur les anapestes prononcés par son chef, et cette marche était sans doute suivie d'un chant antistrophique. Voilà donc un autre exemple du soin qu'apportait le poète à varier les formes de la *parodos*. Pourquoi n'aurait-il pas fait de même dans les trilogies dont les *Perses* et les *Suppliantes* faisaient partie? Je suis disposé à croire que là aussi il évitait la répétition des mêmes formes, et il se peut très bien que l'une ou l'autre des pièces qui accompagnaient celles qui sont venues jusqu'à nous s'ouvrît par un prologue. Leur date ne s'y oppose point, puisque les *Phéniciennes* de Phrynichos, antérieures aux *Perses* (probablement de quatre ans), avaient déjà un prologue et n'avaient pas d'introduction anapestique. Le chœur débutait en chantant :

Σιδώνιον ἄστυ λιποῦσαι καὶ δροσεράν Ἄραδον.

Des formes très différentes de la *parodos* existaient donc aussi haut que nous pouvons remonter. Peut-être s'étaient-elles introduites plus tôt encore, dès l'année où chaque poète fut obligé de concourir avec trois tragédies et un drame satirique. Quoi qu'il

en soit, la variété est très ancienne, et les poètes
postérieurs à Eschyle n'y ont guère ajouté; ils l'ont
même réduite en renonçant à la longue *parodos*
bipartite. Nous la retrouvons encore dans *Ajax*
et, avec d'ingénieuses modifications, dans *Antigone*
et dans *Alceste*, c'est-à-dire dans les plus anciennes
des pièces conservées de Sophocle et d'Euripide.
Ensuite elle semble être tombée en désuétude. Sans
être la plus ancienne, cette forme est donc la plus
archaïque, la plus promptement surannée. Elle convenait au goût d'Eschyle pour la pompe du spectacle
et en particulier pour les évolutions du chœur (ses
stasima mêmes sont souvent précédés d'une petite
introduction anapestique); je ne sais s'il l'a inventée,
mais il l'a certainement marquée de son cachet. Je
suppose qu'avant lui le chœur entra souvent, avec
moins de dignité, au rythme des tétramètres trochaïques, vers agiles, qui paraissent assez souvent
dans la *parodos* de la comédie. Cette conjecture a
déjà été émise pour éclairer un passage discuté de
la *Poétique* d'Aristote. En opposant le *stasimon* à
la *parodos*, le philosophe dit que le premier n'a ni
anapestes ni tétramètres. Westphal[1] faisait observer
qu'Aristote ne s'occupe guère des vieux poètes;
d'après lui, la définition d'Aristote vise la tragédie
contemporaine. Il avait raison; mais rien n'empêche
de croire que les dramaturges du IVᵉ siècle inno-
vaient, comme cela arrive, en rajeunissant d'anciennes traditions passées de mode.

1. Westphal, *Prolegomena zu Æschylos*, p. 64.

17

A l'appui de cette conjecture sur l'entrée du
chœur, nous alléguerons les tétramètres qui accompagnent quelquefois la sortie du chœur. Chez Sophocle et Euripide cette sortie se fait rapidement,
sans beaucoup de façons, quelques vers y suffisent,
la plupart du temps des vers anapestiques. Eschyle
veut que son chœur quitte l'orchestre avec autant
d'apparat qu'il s'y était rendu; deux fois, dans les
Suppliantes et dans les *Euménides*, le cortège est
grossi au moyen d'un chœur accessoire; la fin du
Prométhée présente un spectacle saisissant, celle des
Perses, un spectacle lugubre, les autres drames aussi
se terminent par une *exodos* frappante. Les formes
de la sortie sont, chez ce poète, aussi variées que
celles de l'entrée; on peut remarquer en particulier
que les trois pièces de l'*Orestie* en offrent trois
formes différentes. Chez le vieil Eschyle, comme
après lui, les sorties anapestiques dominent. Cependant l'*Agamemnon* se termine par des trochées,
mètre très convenable à l'animation de la scène
finale, où chœurs et acteurs se défient et se menacent.
Sporadiquement, et avec moins de convenance peut-
être, les mêmes tétramètres paraissent à la fin
d'*Œdipe Roi*, d'*Ion* et aussi, s'il faut en juger par
le texte actuel, des *Phéniciennes*.

Revenons à la *parodos*. Les formes employées
par Eschyle se montrent encore après lui, mais une
de ces formes, la plus solennelle, tend à disparaître,
nous l'avons dit, tandis que d'autres se maintiennent
et se développent. Quand la *parodos* est uniquement attribuée au chœur, des deux parties de sa

forme normale, la première, la marche anapestique,
est très souvent supprimée, comme elle l'était déjà
quelquefois chez Eschyle, et la partie lyrique, qui
subsiste seule, a l'allure d'un *stasimon*. Plus souvent
encore l'acteur intervient, ce qui ne s'était vu qu'une
seule fois chez Eschyle. Dans la *parodos* d'Hécube,
le chant de l'acteur suit les anapestes du chœur :
nous n'avons plus qu'un exemple unique de cet
arrangement. Généralement chœur et acteur alternent. « Dans les premières années, le chœur seul
chantait; les acteurs devaient se contenter de la
récitation des systèmes : le partage n'était pas égal.
Peu à peu, la scène se mit à chanter comme l'orchestre. Ce second empiètement eut les conséquences les plus graves pour l'économie extérieure
de la *parodos*, puisqu'il finit par y détruire toute
symétrie antistrophique. »

Cette symétrie n'apparaît nulle part avec plus de
régularité, ni avec plus de persistance, que dans les
stasima, qui sont le domaine exclusif du chœur.
Encore y tient-elle beaucoup moins de place que
chez la plupart des lyriques grecs. Les petits couplets des poètes éoliens, imités par Horace, se chantaient tous sur le même air. Dans Pindare nous
voyons d'amples strophes et antistrophes suivies
d'une épode; mais cette triade se répète plus ou
moins souvent avec son rythme et sa mélodie. Dans
la tragédie, le même dessin rythmique et le même
air ne se répètent que deux fois, et cet antistro-
phisme restreint ne s'étend pas à l'épode : la variété
est donc beaucoup plus grande. En revanche les

deux strophes accouplées sont tout à fait jumelles ;
on y remarque assez souvent, aux places correspondantes, les mêmes mots ou des mots semblables qui
produisent des assonances ou des rimes antistrophiques. Ces échos se trouvent chez les trois poètes,
mais plus nombreux et plus accusés chez Eschyle.
Quelquefois ils se prolongent par plusieurs vers et
sont d'un effet saisissant :

Ξέρξης μὲν ἄγαγεν, ποποῖ,   Νᾶες μὲν ἄγαγον, ποποῖ,
Ξέρξης δ' ἀπώλεσεν, τοτοῖ,   νᾶες δ' ἀπώλεσαν, τοτοῖ,
Ξέρξης δὲ πάντ' ἐπέσπε δυσφόνως. νᾶες πανωλέθροισιν ἐμβολαῖς.

De là, il n'y a qu'un pas au refrain, cher à la
poésie populaire et affectionné par Eschyle. Une
seule fois dans son théâtre le vers refrain est répété
jusqu'à trois reprises, et de la manière la plus
heureuse. La partie lyrique de la *parodos* de l'*Agamemnon* se décompose en deux groupes. Le premier
groupe est formé par une triade épodique : le chœur
y rappelle le prodige qui accompagna le départ des
Atrides, l'interprétation de Calchas et la prière du
devin. Les trois strophes se terminent par le vers :

Αἴλινον, αἴλινον εἰπέ, τὸ δ' εὖ νικάτω.

Cette double note, de la joie du triomphe et des
sombres pressentiments, se dégage de tous les
chants de l'orchestre et de tous les dialogues de la
scène qui forment la magnifique introduction de la
tragédie. Partout ailleurs le refrain n'est répété que
deux fois; mais il comprend assez souvent plusieurs
vers, toute une période mélodique. Comme les

copistes se sont quelquefois abstenus de répéter ces
refrains, on ne les a rétablis que peu à peu, et pour
les trouver tous il faut consulter les dernières
éditions. Bornons-nous à rappeler l'hymne des
Furies. Oreste a trouvé un asile dans le temple
d'Athéna : il embrasse la statue de la déesse pour
échapper aux terribles chasseresses qui le poursuivent. Le spectateur n'a pas assisté à cette poursuite : grâce à l'art du poète, il en aura l'image
sous les yeux. Les Furies s'élancent à grands
bonds, elles s'approchent de la victime, l'entourent
comme de lacs invisibles; chaque pas de leur danse
sinistre agit comme un maléfice, leur chant trouble
l'esprit, souffle le délire. De même que les figures
de danse, les paroles qui les décrivent se répètent
deux fois. Eschyle ordonnait lui-même la partie
chorégraphique de ses drames : ici nous pouvons,
grâce à sa merveilleuse poésie, entrevoir quelque
chose du ballet qu'il composa : le ballet des Furies
dans l'*Iphigénie en Tauride* de Gluck peut en donner
quelque idée. Revenons au refrain. Pour frapper
fort, il faut frapper à plusieurs reprises. Agamemnon, Egisthe, Clytemnestre, toutes les victimes
tragiques reçoivent deux coups. Combien Eschyle
aimait ces effets d'un art simple, mais efficace, on
le voit dans une scène célèbre. Pallas, cherche à
fléchir les Euménides par des promesses et des
menaces; elles résistent longtemps à la douce et
ferme parole de la déesse, elles se croient méprisées
et exhalent leur dépit en deux strophes d'un rythme
passionné. Pour peindre l'entêtement des filles

implacables de l'antique Nuit, Eschyle ne trouve rien de mieux que de leur faire répéter intégralement chacune de ces deux strophes.

Après Eschyle, les poètes tragiques n'ont guère usé du refrain. On ne le rencontre point dans ce qui reste de Sophocle, et trois ou quatre fois seulement chez Euripide. Dans la monodie du prologue de l'*Ion*, il s'explique facilement. Le fils d'Apollon chante un péan, et le refrain est la règle de ce genre de composition : on trouve un refrain tout semblable dans un péan récemment découvert à Delphes [1]. Dans les *Bacchantes*, le chœur affirme sa dévotion en répétant deux fois la même profession de foi ou le même appel à la Justice vengeresse [2] : voilà tout à fait la manière d'Eschyle. On ne s'en étonne pas dans une tragédie où se sent plus d'une fois le souffle du vieux poète. Enfin, dans la monodie qui précède l'entrée du chœur de l'*Électre* d'Euripide, les trois premiers vers de deux strophes accouplées sont identiques : c'est ce qu'on peut appeler un refrain initial.

Plus importante que la symétrie des sons est la symétrie des pensées, et la composition antistrophique atteint à sa perfection quand au parallélisme des rythmes répond le parallélisme des idées et des images. Sophocle arriva quelquefois à cet accord parfait. M. Masqueray analyse très finement le beau chœur d'*Œdipe à Colone* consacré à l'éloge

1. *Bulletin de Correspondance hellénique*, XIX, p. 400.
2. *Bacchantes*, 887-891 = 897-901, et 992-996 = 1012-1016.

d'Athènes. Il montre les relations de ressemblance
et de contraste entre les paysages décrits dans les
strophes correspondantes, comme entre les hôtes
divins qui s'harmonisent si bien avec la nature des
lieux. Il y a là une belle page qu'on lira avec plaisir.
Nous n'avons à exprimer qu'un regret : c'est qu'elle
soit trop exclusivement écrite *ad majorem Sophoclis
gloriam*. Pour juger les trois poètes, M. Masqueray
prend un exemple, un seul, chez chacun d'eux. Il
nous semble qu'il aurait pu trouver des chœurs
aussi parfaitement composés chez Eschyle et chez
Euripide, et que tous les chœurs de Sophocle n'ont
pas, et ne pouvaient avoir, le même genre de perfection. Mais rien n'est plus juste que l'hommage
que l'auteur rend à ce propos au génie hellénique.
« Par une vision spéciale, dit-il, les Grecs, en portant leurs regards curieux sur le monde, saisissaient
sans effort le contraste de chaque objet : les idées
ne défilaient pas une à une, se réfractaient par couples dans leur cerveau compréhensif. C'est ainsi
que la symétrie devint chez ce peuple encore jeune
la loi principale de ses créations artistiques. »

Il y aurait encore beaucoup à dire sur la composition symétrique des chants et du dialogue chez les
tragiques grecs, mais ce n'est pas ici le lieu d'épuiser
cette matière. La symétrie est le caractère constant
du chant choral, et le chant choral a toujours été
la règle des *stasima*. Aussi la tendance de la tragédie à réduire de plus en plus le rôle du chœur et
à s'affranchir des symétries rigoureuses dut-elle
amener la diminution des *stasima*. Le nombre des
stasima est variable, mais on ne constate pas que

les dernières pièces conservées en comptent généralement moins que les premières; la diminution
porte sur la longueur des *stasima*. On voit au premier coup d'œil qu'ils sont chez Eschyle beaucoup
plus développés que chez ses successeurs. Le *Prométhée* seul fait exception : les *stasima* y sont si
courts que plusieurs critiques estiment que cette
pièce fut remaniée après la mort d'Eschyle, surtout
dans sa partie lyrique. M. Masqueray n'a garde de
se laisser aller à des conjectures plus spécieuses que
solides. Pour expliquer cette apparente anomalie,
il suffit, ce me semble, de se rendre compte de la
nature du sujet. Tandis que dans les *Suppliantes* le
chœur des Danaïdes était, en quelque sorte forcé-
ment, le héros de la pièce, et remplissait naturellement la tragédie de ses chants aussi passionnés que
peuvent l'être ailleurs les discours d'un acteur, ici
la grande figure du Titan domine le chœur de toute
la hauteur de son indomptable énergie; les Océanides lui marquent un dévouement touchant, elles le
consolent, l'admirent, se subordonnent, ne le con-
seillent que très discrètement. Ainsi peut s'expliquer
que les chants du chœur tiennent si peu de place
dans ce drame. Pour nous préserver d'affirmations
téméraires, n'oublions pas que nous ne possédons
plus qu'une minime partie de l'œuvre d'Eschyle et
que certaines tragédies de Sophocle et d'Euripide
(nous le verrons tout à l'heure) offrent des faits tout
aussi exceptionnels [1].

1. [Voir *Des traces de remaniement dans les tragédies d'Eschyle* (Extrait des *Mémoires de l'Acad. des Inscr. et B.-l.*),

Dans aucune pièce de Sophocle le rôle du chœur n'est plus effacé que dans *Philoctète*; tout l'effort du poète porte sur le développement des trois caractères héroïques mis en présence. Aussi n'y trouve-t-on qu'un seul *stasimon* (v. 676-729); deux fois, et, en tenant compte de la *parodos*, trois fois, les actes sont séparés par des dialogues lyriques entre l'orchestra et la scène, morceaux qui ne diffèrent que par leur forme du dialogue ordinaire. L'action ne s'y arrête point; elle n'est interrompue qu'une seule fois pendant tout le cours du drame. Le fait est des plus remarquables et sans parallèle, ou peu s'en faut, dans les pièces venues jusqu'à nous. Dans l'*Ion* d'Euripide, un *stasimon* est remplacé par un chant amébée du chœur (676-724), et la *parodos* y est chantée par les demi-chœurs, auxquels se mêle la voix d'un acteur; cependant l'*Ion* compte deux *stasima* réguliers. Dans l'*Oreste* les actes sont une fois séparés par un dialogue lyrique entre les demi-chœurs et Électre (1246-1310). *Philoctète* fut joué en 309, *Oreste* en 308, la date d'*Ion* est incertaine. Faut-il croire que vers cette époque il y eut une tendance à dramatiser le drame plus complètement, à réduire le nombre des morceaux purement contemplatifs? Nos documents ne suffisent pas pour l'affirmer. S'il en fut ainsi, la réaction ne se fit pas attendre. Les dernières œuvres de Sophocle et d'Eu-

Paris, 1890, p. 22 et suiv. — C. Robert (*Hermes*, 1896, p. 564) croit que le chœur se tenait sur le rocher de Prométhée. La brièveté de ses chants tiendrait à l'impossibilité où il se trouvait de danser.]

ripide, *OEdipe à Colone*, les *Bacchantes* [1], **Iphigénie
à Aulis**, reviennent à la tradition des *stasima* réguliers. Mais bientôt les *stasima* cessèrent d'être des
parties organiques du drame pour devenir souvent
des intermèdes sans lien, ou sans lien intime, avec
le sujet, destinés uniquement à remplir les intervalles de l'action et à laisser respirer les acteurs. Un
pas de plus dans cette voie, et nous arrivons à la
règle uniforme des cinq actes, proclamée par Horace
d'après des critiques alexandrins et strictement
observée par Sénèque. Plus souple que la tragédie,
la comédie sut se transformer à propos : elle jeta
par-dessus bord un élément suranné, et la flûte lui
« tint lieu de chœur et de musique ».

Le chapitre le plus long et le plus intéressant est
intitulé *les Commoï*. C'est le nom qu'on est convenu
de donner aux dialogues lyriques entre le chœur et
les acteurs. Il est commode, mais il n'est pas conforme, quoi qu'on en dise, à l'usage des Grecs : si
Aristote l'avait entendu ainsi, il n'aurait pas fait
entrer dans sa définition le terme de θρῆνος, « lamentation », et il n'aurait pas mis le *commos* au nombre
des éléments facultatifs de la tragédie [2]. Innover en
fait de terminologie n'est pas sans inconvénient; si
nous y trouvons un avantage, avouons du moins
l'innovation; et, pour ce qui est de ce cas particulier,

---

1. Les vers 977-1023 des *Bacchantes* forment un vrai *stasimon*
chanté par tout le chœur. Je ne vois aucune bonne raison de
les répartir entre plusieurs voix.
2. Des *commoï* au sens que l'on donne aujourd'hui à ce
mot se trouvent partout, même dans *Médée* et *Rhésos*. Voir les
parodoï de ces deux pièces.

faisons une place à part au *commos* proprement
dit, à la lamentation funèbre. Elle remonte sans
doute à l'origine de la tragédie. La nature des sujets
dut l'amener souvent à la fin du drame. L'exemple le
plus ancien et le plus typique en est fourni par le
grand morceau qui termine les *Perses*. On peut le
diviser en deux ou trois sections. Le chœur et Xerxès
chantent alternativement. Ils sont d'abord assez maîtres d'eux-mêmes pour s'exprimer avec suite et sans
s'interrompre; ici une introduction, qui n'est pas
antistrophique, se distingue des trois couples de
strophes qui la suivent. L'émotion croissante se
marque dans la structure de quatre autres couples
de strophes et dans l'épode qui les couronne : le dialogue, sans cesse coupé, se précipite, aboutit à des
cris et à des démonstrations de deuil complaisamment énumérées par le poète. Le beau *commos* final
des *Troyennes* est, comme celui des *Perses*, une
lamentation sur la ruine de tout un peuple, et les
gestes de désespoir y sont également décrits. Plus
tragique encore est un autre thrène d'Euripide, celui
dans lequel les enfants de Clytemnestre pleurent sur
leur victime, s'accusent eux-mêmes, et accusent le
dieu qui commanda le parricide. Citons encore le
commos qui termine *Œdipe à Colone*. Le chœur y
mêle ses consolations et ses exhortations aux larmes
et aux regrets d'Antigone et d'Ismène dans un morceau extrêmement touchant, peut-être le plus varié
et le plus beau des morceaux de ce genre.

Quand le sujet amenait plusieurs chants thréné-
tiques dans la même pièce, il convenait d'en varier

la forme. Dans les *Perses* la première annonce du
désastre donne lieu à une première explosion de
douleur : trois couples de courtes strophes du coryphée, précédées chacune de deux trimètres du Messager. M. Masqueray trouve ce *commos* un peu
grêle ; il n'a pas tort, mais le poète ne devait-il pas
ménager la gradation et réserver le plus grand effet
pour la fin du drame? Le premier *stasimon* des
Perses n'est au fond qu'une autre lamentation : les
interjections fréquentes lui donnent ce caractère au
plus haut degré. Cependant ce n'est pas un *commos*;
pour varier, Eschyle voulut donner à cette lamentation la forme d'un morceau d'ensemble. Euripide
fait comme Eschyle. Dans les *Troyennes* la mort
d'Astyanax est pleurée en peu de vers (1226-1239),
pour ne pas nuire à l'effet du *commos* final. La
même pièce contient un autre thrène, mais d'une
forme différente : c'est un duo d'acteurs, le chœur
n'intervient pas dans le chant amébée d'Hécube et
d'Andromaque. On peut faire la même remarque au
sujet des *Suppliantes* d'Euripide, où la complainte
funèbre prend tour à tour la forme chorale (v. 71-86),
la forme d'un *commos* (794-807), enfin d'un chant
alterné de deux chœurs, celui des mères et celui des
enfants (1114-1164).

Plusieurs morceaux, auxquels le nom de *commos*
a été étendu abusivement, furent peut-être modelés
sur l'exemple des *commoï* proprement dits, et pourraient servir à justifier l'extension de ce terme.
Nous avons en vue certains entretiens lyriques du
chœur avec un acteur, où les questions et les

réponses se pressent, se fragmentent et ne se complètent qu'après d'incessantes interruptions. Tel est, par exemple, le morceau dans lequel Œdipe est obligé par le chœur de faire la douloureuse confession de l'inceste et du parricide involontaires (*Œdipe à Colone*, 510-548).

Ce morceau est tout lyrique. Plus intéressants sont les dialogues où la déclamation cadencée se mêle au chant : on les a appelés épirrhématiques. C'est cette inégalité du débit qu'Aristote trouvait pathétique, si je comprends bien ce qu'il dit de la παρακαταλογή [1]. L'observation du philosophe s'applique peut-être moins aux morceaux où les deux sortes de débit sont réparties entre les interlocuteurs de manière que chacun d'eux conserve jusqu'à la fin celle qui lui avait été attribuée d'abord. L'effet tragique est plutôt dans la fluctuation des sentiments qui agitent le même personnage et se révèlent par un débit inégal.

La forme la plus simple de ces dialogues est celle que M. Masqueray compare à nos rimes plates.

---

1. On lit dans les *Problèmes* d'Aristote, xix, 6 : Διὰ τί ἡ παρακαταλογή ἐν ταῖς ᾠδαῖς τραγικόν; ἢ διὰ τὴν ἀνωμαλίαν; παθητικὸν γὰρ τὸ ἀνωμαλὲς καὶ ἐν μεγέθει τύχης ἢ λύπης, τὸ δὲ ὁμαλὲς ἔλαττον γοῶδες. Comment faut-il entendre l'énoncé du problème? Je traduis : « Pourquoi la *paracatalogé* parmi les chants (mêlée aux chants) convient-elle à la tragédie? » Si on adopte cette traduction, qui me semble la plus naturelle, on voit de suite de quelle inégalité le philosophe veut parler. D'après M. Christ (*l. c.*), ἀνωμαλία désignerait le contraste de la déclamation simplement mesurée et de l'accompagnement musical (qui semblerait plutôt demander le chant). *Der Widerstreit von sprachlicher Declamation und musikalischer Begleitung.* Je ne sais si d'autres partageront cette manière de voir.

Eschyle s'en est servi souvent et heureusement.
Dans les *Sept*, Etéocle s'efforce à plusieurs reprises,
mais sans grand succès, de calmer la frayeur où le
bruit des armes jette les jeunes filles de la ville
assiégée. Elles chantent, et le rythme inégal et
violent des dochmiaques rend bien leur émotion ;
Etéocle leur parle en trimètres. Six strophes, suivies
chacune de trois vers iambiques, forment trois
couples qui se succèdent uniformément, l'antistrophe étant toujours rapprochée de son pendant [1].
Dans l'acte suivant on a un autre dialogue disposé
absolument de la même manière. C'est maintenant
le chœur qui s'efforce, à plusieurs reprises, mais
avec moins de succès encore, d'apaiser la passion
d'Etéocle. Le chœur chante encore des dochmiaques ;
c'est qu'il redoute un combat à mort entre les deux
frères et en frémit d'horreur. Etéocle couvre sa passion du calme apparent d'une résolution inébranlable : il s'exprime en trimètres, chaque fois encore
au nombre de trois [2]. J'aime à croire que le poète a
voulu marquer, par cette ressemblance de la forme,
une certaine corrélation entre les deux scènes, un
rapport à la fois de ressemblance et de contraste.

Rien n'est plus connu, et à juste titre, que la
grande scène de Cassandre dans l'*Agamemnon* ; il
faut cependant en dire un mot ici, parce que nulle
part les effets de cette ἀνωμαλία dont parle Aristote
ne sont plus frappants. Les quatre premières

1. *Sept*, 203-244.
2. *Ibid.*, 677-711.

couples de strophes offrent l'alternance uniforme
du chant et de la déclamation cadencée dont nous
venons de parler; aux exclamations, aux visions
incohérentes de Cassandre, le coryphée répond
froidement par deux trimètres. Ensuite cet arrangement simple est légèrement varié par l'addition
d'un morceau lyrique à la fin de chaque strophe :
effrayé par la persistance des lugubres prophéties,
le chœur commence à s'émouvoir, et son distique
iambique est suivi de vers chantés. Puis Cassandre
commence à se recueillir : tout en continuant de
chanter ses visions, elle les fait toujours suivre d'un
distique déclamé; les deux trimètres passent du
chœur à la voyante. C'est ainsi que se prépare la
prophétie claire et suivie en trimètres non cadencés.
On ne saurait se servir des trois espèces de débit
avec un art mieux nuancé.

Les autres *commoï* de l'*Orestie* sont d'une construction beaucoup plus compliquée. Faut-il croire
qu'Eschyle renonça de propos délibéré à l'arrangement le plus simple, celui qui rappelle la disposition des couples antistrophiques des *stasima*?
Après Eschyle il devient rare. Il reparaît cependant
beaucoup plus tard dans *Œdipe à Colone* (1447-
1499). Si les cinq trimètres cadencés y sont toujours symétriquement répartis entre deux interlocuteurs, le dialogue n'en est pas moins jeté dans le
même moule. C'est encore le même moule que l'on
retrouve dans une belle scène d'*Alceste*[1]. Quoique le

1. *Alceste*, 244-265.

chœur n'intervienne pas et que les voix d'Admète
et de son épouse alternent dans un duo semi-lyrique,
cette différence n'empêche pas de reconnaître
l'identité de la disposition.

Si le chant et la déclamation accompagnée se
succèdent plusieurs fois dans la strophe, de même
que dans l'antistrophe, les combinaisons possibles
seront extrêmement variées. M. Masqueray a
curieusement étudié celles qui se rencontrent chez
les trois poètes. Cependant je ne sais s'il a bien fait
d'émietter ces morceaux en traitant de strophes tous
les éléments lyriques, même les plus courts, dès
qu'ils se trouvent suivis d'un épirrhème. Peut-être
a-t-il jugé que, grâce à cette terminologie, ses
tableaux deviendraient plus clairs et ses analyses
seraient plus faciles à saisir. L'art du croisement
des parties symétriques a été porté au suprême
degré dans l'*Orestie* d'Eschyle, d'abord, quand sur le
cadavre d'Agamemnon retentit la lamentation indi-
gnée des vieillards d'Argos, coupée par les sar-
casmes de Clytemnestre ; ensuite, quand sur le
tombeau du roi la complainte funèbre évoque son
ombre et réclame la vengeance. Bornons-nous ici à
indiquer rapidement la construction de la première
des trois parties de ce dernier *commos*. On peut la
comparer à celle d'un grand édifice. Que l'on se
figure quatre groupes composés chacun d'un
bâtiment central flanqué de deux ailes symétriques.
Les deux groupes de droite sont reliés par la
symétrie des bâtiments placés à leur centre et par
un membre central commun. Il en est de même des

deux groupes de gauche, pareillement disposés autour d'un membre central, qui est le pendant de celui de droite. Enfin les deux côtés du monument sont reliés à leur tour par un centre commun, le seul des quinze éléments de cette vaste architecture qui n'ait pas de pendant. Dans les *stasima*, la strophe était toujours immédiatement suivie de son antistrophe; dans les *commoï*, les pendants peuvent se répondre à distance. On peut demander à quoi tient cette différence. C'est, sans doute, que dans les *commoï* l'alternance de deux ou trois interlocuteurs, et souvent aussi de deux genres de débit, permettait à l'oreille et aux yeux de saisir le groupement et la symétrie des parties entrelacées. Dans les *stasima* tout était chanté par le même chœur, le rapport des parties correspondantes ne se marquait que par la répétition du même air.

Ces savantes constructions, où excelle Eschyle, sont rares chez ses successeurs. Cependant le *commos* entonné dans *Hippolyte* sur le cadavre de Phèdre en offre un remarquable exemple. Le centre est occupé par deux trimètres du coryphée. Autour de ce centre se rangent symétriquement deux couples de strophes; d'un côté, une strophe du chœur et une strophe de Thésée, de l'autre côté, dans l'ordre inverse ou palinodique, l'antistrophe de Thésée et l'antistrophe du chœur. Les deux morceaux de Thésée sont très curieux; ce personnage y passe quatre fois du chant à la déclamation cadencée, alternance qu'Aristote estime extrêmement pathétique. Un entrelacement semblable, tout lyrique

18

celui-là, se trouve dans les *Trachiniennes* de Sophocle[1]. En revanche, le *Prométhée* se termine par un trio mésodique, où Prométhée, Hermès et le chœur débitent des anapestes mesurés par l'accompagnement musical sans y mêler le chant proprement dit.

Les symétries régulières firent place de plus en plus à quelque chose de moins compassé, de plus libre, et, par là même, de plus voisin de la nature. Et d'abord, tout en conservant au chant la forme antistrophique, les poètes se permirent d'en affranchir l'épirrhème, surtout quand il était en anapestes. Par une raison qui m'échappe, les trimètres obéirent plus longtemps à la règle. Pour ce qui est du chant, déjà le grand *commos* des *Perses* d'Eschyle n'est pas entièrement antistrophique; son prélude n'a pas de pendant, et il en est de même de l'épode qui le termine. Sophocle et Euripide donnent plus d'étendue à ces parties asymétriques placées avant ou après une partie régulièrement construite. Enfin le *commos* d'Euripide s'émancipe tout à fait; brisant les vieilles entraves, son allure libre veut rendre plus fidèlement la réalité, en se pliant aux mouvements désordonnés des passions humaines. Cette nouveauté tient étroitement à une autre : l'acteur se fait la part plus grande dans ces morceaux qu'il partage avec le chœur, et en même temps il s'en attribue souvent la partie la plus animée, celle du chant, en laissant au chœur la récitation accom-

1. *Trach.*, 1005-1013.

pagnée. Nous ne pouvons ici que résumer en peu de mots une évolution que M. Masqueray expose en détail avec autant d'exactitude que de finesse.

Avant d'en venir aux chants alternés d'acteurs, arrêtons-nous un instant aux chants amébées des choreutes. M. Masqueray estime (p. 122) que les premiers transformèrent les seconds : « La vie du drame, dit-il, après s'être localisée sur le λογεῖον, reflua par instants dans l'orchestre, qu'elle anima d'une force nouvelle », et c'est à Euripide qu'il fait honneur de ce changement. Ici je me permettrai d'exprimer quelques réserves. Il m'est impossible d'oublier que, longtemps avant Euripide, et bien plus que lui, Eschyle anima souvent son chœur de ces passions violentes qui devinrent plus tard l'apanage exclusif des acteurs. Aussi trouve-t-on déjà dans ses chants orchestriques ces coupes multipliées qui peignent le trouble de l'âme. Rappelons la première entrée des jeunes Thébaines dans les *Sept* et celle du chœur des *Euménides*, dont nous avons déjà parlé plus haut. On dit que les extrêmes se touchent. Cet axiome se vérifie dans Eschyle et Euripide : ces antipodes se ressemblent en plus d'un point et ont plus d'affinités qu'on n'admet généralement.

En revanche, les duos et les trios d'acteurs appartiennent presque exclusivement à Euripide. Ce sont, on le sait, des chants alternés ; les chants simultanés sont très rares. Il arrive quelquefois que deux ou trois voix, qui s'étaient succédé dans le cours d'une strophe, s'unissent à la fin ; mais alors elles chantent les mêmes paroles. Jamais on ne les entendait, comme dans nos opéras, chanter à la fois : « Je vais mourir », « Tu vas mourir », « Il va mourir ». Ici la scène l'emporte sur l'orchestre : le chœur assiste à ces dialogues lyriques, comme souvent au dialogue ordinaire, en témoin muet. Aristote dit d'une manière générale que les chants de la scène ne sont pas anti-strophiques, tandis que les chants du chœur le sont ; et il en donne deux raisons. L'acteur est un artiste de profession, et, comme tel, au lieu de répéter deux fois la même mélodie, il aime à montrer sa virtuo-sité en exécutant des airs longs et variés. En second lieu, l'acteur imite la nature ; plus que le chœur il rend les mouvements de la passion qui n'obéissent pas à un ordre régulier[1]. Par le fait, les chants de la scène se plient souvent, même chez Euripide, aux lois étroites de la composition antistrophique ; mais sou-vent aussi, et notamment dans ses dernières pièces, elles s'affranchissent de ce joug. On voit qu'Aristote est loin de désapprouver cette liberté ; il la juge, au contraire, légitime et appropriée aux chants de la scène. Il semble même qu'on puisse inférer de ses paroles que de son temps les chants d'acteurs anti-strophiques étaient tombés en désuétude. Ce serait cependant une erreur de croire que ces compositions

---

1. Aristote, *Probl.*, XIX, 15 : Τὰ μὲν ἀπὸ τῆς σκηνῆς οὐκ ἀντίστροφα, τὰ δὲ τοῦ χοροῦ ἀντίστροφα· ὁ μὲν γὰρ ὑποκριτὴς ἀγωνιστὴς καὶ μιμητής, ὁ δὲ χορὸς ἧττον μιμεῖται. Voir, pour le sens précis de ces mots, tout le morceau, dont nous ne citons que la fin. Quoique le recueil des *Problèmes* n'offre aucune garantie d'authenticité, nous n'hésitons pas à faire remonter à Aristote lui-même ce fragment, comme beaucoup d'autres du livre XIX. Tel est d'ailleurs l'avis de beaucoup de criti-ques. Cf. les *Musici scriptores Græci* de C. Jan, p. 49.

libres manquassent absolument de symétrie. Certaines phrases rythmiques et mélodiques s'y répètent si bien qu'elles ont trompé plus d'un éditeur par un mirage antistrophique.

Il y a des duos tout lyriques; il y en a d'autres où la déclamation accompagnée alterne avec le chant. Ce sont ces derniers dont l'art finement nuancé se laisse mieux entrevoir dans nos textes, même en l'absence de la musique. Aussi M. Masqueray les étudie-t-il avec prédilection. Trois scènes de reconnaissance, dans *Ion*, dans *Iphigénie en Tauride* et dans *Hélène*, l'ont particulièrement frappé; il en suit la marche pas à pas et il fait voir comment les deux personnages mis en présence agissent graduellement l'un sur l'autre, soit que le plus calme apaise le plus ému, soit que le plus ému entraîne le plus calme. Nous signalons aux lecteurs les analyses de ces trois morceaux, p. 244-253. Avouons cependant que dans la scène qu'il admire le plus, la reconnaissance d'Hélène et de Ménélas, il nous est difficile de trouver tout ce qu'il croit y découvrir. A l'entendre, Ménélas est d'abord réservé, il conserve un peu de mauvaise humeur et a quelque peine à se mettre au diapason des chants passionnés d'Hélène, qui se jette tout de suite au cou de son mari. C'est cependant ce mari qui la prévient en s'écriant le premier : « O jour délicieux qui me donne de te serrer dans mes bras[1] ». Il le dit en vils trimètres, cela est vrai, mais il ne l'en dit pas moins.

---

1. V. 623 : Ὦ ποθεινὸς ἡμέρα ἥ σ' εἰς ἐμὰς ἔδωκεν ὠλένας λαβεῖν.

Les monodies suivent la même progression que les duos. La monodie d'Evadné dans les *Suppliantes* d'Euripide est encore composée comme celle d'Io dans le *Prométhée* d'Eschyle : elle se déroule en deux strophes similaires, suivies chacune d'un nombre égal de trimètres prononcés par un autre personnage. Il faut même dire qu'ici Euripide est plus symétrique qu'Eschyle : les strophes accouplées d'Io étaient précédées d'une strophe sans pendant; celles d'Evadné n'ont pas de proode. Aussi tard que l'an 415, la monodie de Cassandre dans les *Troyennes*, le sinistre hyménée qu'entonne la fiancée d'Agamemnon, forme une couple de strophes exactement pareilles, chantées sur le même air et évidemment accompagnées des mêmes pas de danse. Remarquons que la même symétrie règne dans le duo d'Hécube et d'Andromaque, dans le dialogue lyrique qui remplace la *parodos*, dans le *commos* final, en un mot dans toute la pièce, ou peu s'en faut. Ne font exception que la partie lyrique du solo d'Hécube (v. 122-137) et deux morceaux assez courts, comparables aux petites strophes isolées que l'on rencontre partout, même chez Eschyle. La vraie monodie, celle qui date d'Euripide, qui s'annonce déjà dans quelques-unes de ses pièces anciennes, et qui, plus tard, domine chez lui, c'est la monodie qui ne connaît aucune symétrie strophique. En ce genre, je donnerais volontiers la palme au solo de Créuse dans l'*Ion*. La douleur et l'indignation lui arrachent un secret que sa pudeur avait toujours caché; dans un récit à la fois gracieux et doulou-

reux elle révèle la violence que lui fit l'amant divin ;
elle éclate enfin en accents passionnés quand elle
fait honte au séducteur, insensible dans sa sérénité
olympienne, au désespoir d'une faible mortelle qu'il
a trahie. Et comme ces sentiments divers qui
l'agitent tumultueusement sont rendus par le mouvement des rythmes! La monodie libre arrive à son
plein épanouissement dans l'*Oreste* et dans les *Phéniciennes* ; et, puisque dans cette dernière pièce les duos
jouissent de la même liberté, on peut dire qu'elle
marque le point culminant de l'évolution que nous
étudions, le triomphe de la scène sur l'orchestra, de
la variété sur la symétrie. Malheureusement le
mérite littéraire baisse en même temps, les paroles
descendent à l'insignifiance d'un livret d'opéra, la
poésie est primée par la musique. Or les airs ne sont
pas venus jusqu'à nous ; nous n'avons plus que les
paroles, c'est-à-dire la partie faible de morceaux
dont le vrai mérite nous échappe.

On peut s'étonner que les dernières tragédies
d'Euripide n'offrent plus le même caractère. Dans
Iphigénie à Aulis on ne trouve qu'une seule monodie,
on ne trouve pas de duo d'acteurs. Les *Bacchantes*
ne contiennent ni duo ni solo d'acteurs : la scène
n'y chante que de concert avec l'orchestra. Est-ce
un hasard, ou n'est-ce pas plutôt un effet de cette
réaction, de ce retour partiel à d'anciennes traditions dont nous avons cru apercevoir d'autres indices
vers la fin du Vᵉ siècle? En tout cas, ce retour n'était
que passager. Aristote atteste la persistance des
chants libres de la scène au IVᵉ siècle, et le théâtre

de Rome témoigne de la vogue qu'ils ne cessèrent
d'avoir depuis. En somme, si nous voyons bien la
marche générale de l'évolution, nous ne pouvons
guère nous hasarder à en fixer les étapes, encore
moins à en distinguer les arrêts et les fluctuations.
Les documents nous font défaut; même parmi ceux
qui nous restent, il y en a qui nous déconcertent et
peuvent nous détourner d'assertions trop systéma-
tiques. J'ai en vue deux tragédies d'Euripide. Tous
les morceaux lyriques de sa *Médée* appartiennent au
chœur, si ce n'est qu'au début de la pièce Médée
elle-même chante quelques vers derrière la scène
pendant que le chœur fait son entrée. Dans les
Héraclides aucun acteur ne chante; une fois, dans
la *parodos*, Iolaos intervient dans le chant du chœur,
mais il y intervient sans chanter lui-même : le seul
vers lyrique qu'on lui attribuait (v. 75) a été avec
raison rendu au coryphée par M. Masqueray[1]. Voilà
donc deux chœurs d'Euripide en possession exclusive, ou presque exclusive, de l'élément musical de
la tragédie. Il faut remonter aux plus anciennes
pièces d'Eschyle pour trouver un fait pareil.

Le livre de M. Masqueray pourrait suggérer beaucoup d'autres observations. En relisant cet article,
nous nous reprochons de n'avoir peut-être pas assez
mis en lumière le mérite de l'auteur; mais cela ne
se pouvait guère sans une analyse trop détaillée et
déplacée dans un journal. Il n'existait en France

---

1. Il est vrai que les *Héraclides* ont été probablement retou-
chés; mais, pour ce qui est du point spécial qui nous occupe,
le texte ancien ne pouvait guère différer du texte actuel.

aucun travail sur les formes lyriques de la tragédie grecque. En Allemagne, Westphal, Muff, Arnold avaient étudié ce sujet; beaucoup d'autres y avaient touché. M. Masqueray s'est imposé de tout lire, livres, brochures, articles de revues; je crois même qu'aucune note relative à cette matière ne lui a échappé. Il a pris la peine de collationner avec soin, dans les principales éditions et dans les manuels de métrique, les nombreux textes qu'il analyse. Mais il ne s'est pas borné à lire et à relater, il a su conserver l'indépendance de son jugement et faire un travail original, beaucoup plus compréhensif que ceux qui lui avaient préparé la voie et qui ne roulaient que sur l'œuvre d'un seul poète; plus littéraire aussi, car, tout en étudiant curieusement les formes extérieures et en notant leurs variations les plus légères, il n'oublie jamais que ces formes expriment quelque chose; il s'attache à en déterminer le caractère, à en saisir la convenance, à montrer comment elles répondent aux situations dramatiques, à l'émotion des personnages mis en scène.

IX

LES THÈSES CONTRADICTOIRES DANS LES COMÉDIES D'ARISTOPHANE [1]

Nous venons de lire le livre de M. Zielinski sur *la Structure de la vieille comédie attique*, et cette lecture nous a fait grand plaisir. M. Zielinski possède son Aristophane, il a longtemps vécu avec lui, il l'aime et il l'admire. Tout en étudiant la structure des drames, la forme des œuvres du poète, il n'en néglige pas le fond, les idées, les tendances. Il croit avec raison qu'en composant des comédies sur un plan qui paraît si extraordinaire au lecteur moderne, Aristophane, malgré l'originalité de son génie et de ses inventions, s'est conformé à des règles traditionnelles, à des coutumes consacrées par le temps. Aussi l'examen attentif des comédies conservées révèle-t-il à notre auteur la composition des comédies perdues qui les avaient précédées. Il ne déses-

1. *Journal des Savants*, 1888, septembre, p. 526 et suiv. *Die Gliederung der altattischen Komœdie, von D' Th. Zielinski, Docent an der Universität Sanct Petersburg.* Leipzig, Teubner, 1894, viii et 398 pages in-8.

père pas de pouvoir remonter ainsi jusqu'à l'origine
du genre et de retracer dans ses contours généraux
l'histoire des phases diverses qu'il dut parcourir.
Dans une entreprise pareille, il faut beaucoup
donner à l'hypothèse. M. Zielinski n'y manque pas;
il a ses vues, ses intuitions, et sa science lui fournit
de quoi les rendre plausibles. Si les faits le gênent,
si des témoignages anciens semblent contredire ses
théories, il est ingénieux à éluder ces faits, à interpréter ces témoignages. Rien ne l'arrête, sa témérité
ne connaît point d'obstacle; il est jeune enfin. Le
lecteur avisé ne partage pas ses illusions; le critique qui n'a plus la fougue de la jeunesse sourit et
secoue la tête, mais il n'est pas insensible au mérite
d'un ouvrage plein de vie et d'esprit, qui, tout en pro-
voquant mainte contradiction, fait sortir de vieilles
questions de l'ornière où elles se traînaient, ouvre
de nouvelles perspectives, stimule la pensée du
lecteur et lui suggère des idées.

La comédie attique n'est pas sœur cadette de la
tragédie, on ne saurait dire laquelle des deux est
née avant l'autre; mais la tragédie a pris le pas sur
la comédie, elle a joui du patronage de la cité et
d'un concours officiel, quand sa jumelle, abandonnée
à elle-même, végétait encore sans rang ni dignité.
De là vient l'opinion, assez généralement répandue,
que la comédie marcha sur les traces de la tragédie,
qu'elle lui emprunta ses procédés scéniques, qu'elle
régla le rôle du chœur, des acteurs, la structure du
poème tout entier, sur l'exemple donné par un drame
arrivé le premier à maturité. M. Zielinski combat

cette opinion, qu'il considère avec raison comme un préjugé. La division de la tragédie en actes séparés par des chants frapperait tous les yeux par son évidence, même en l'absence du témoignage explicite d'Aristote ; la structure de la comédie d'Aristophane n'est ni aussi simple ni aussi claire, et les savants qui ont cherché à en démêler les règles sont loin de s'accorder entre eux. L'auteur du présent livre a voulu interroger, sans aucune opinion préconçue, l'œuvre d'Aristophane, examiner attentivement et comparer entre elles les onze comédies conservées, afin qu'elles révélassent elles-mêmes leurs éléments essentiels et constitutifs. Il arrive ainsi à signaler d'abord ce qu'il appelle le combat, ἀγών. Tous les lecteurs d'Aristophane ont remarqué des morceaux d'une structure particulière, dans lesquels une thèse est discutée contradictoirement. Telles sont les fameuses querelles du Juste et de l'Injuste dans les *Nuées*, d'Euripide et d'Eschyle dans les *Grenouilles*. Après une escarmouche, dans laquelle ils se provoquent, les deux adversaires prennent tour à tour la parole : c'est un combat, un duel, dont la forme et les conditions sont déterminés par une règle constante. Le chœur témoigne, dans un morceau chanté, l'intérêt qu'il prend à la lutte ; puis son coryphée donne la parole à l'un des champions et lui donne aussi, en quelque sorte, le ton, car les deux vers qu'il prononce à cette fin sont dans le mètre dont va se servir l'acteur. Ainsi deux longs vers anapestiques annoncent les anapestes du Juste, de même que deux longs vers iambiques annoncent les iambes d'Euri-

pide. Le combattant s'échauffe de plus en plus; si
bien qu'à la fin il laisse les grands vers tétramètres,
et, comme entraîné par sa fougue, enfile une série
de petits dimètres, liés les uns aux autres sans pause
intermédiaire et débités tout d'une traite avec une
rapidité croissante. Vient ensuite la contre-partie :
un chant du chœur répondant antistrophiquement
au précédent, deux vers du coryphée préludant aux
discours de l'autre champion, lesquels à leur tour,
après s'être déroulés en vers longs, s'accélèrent dans
les petits vers de la fin. De côté et d'autre, la structure est la même; cependant la similitude n'exclut
pas certaines différences. Eschyle, comme le Juste,
s'exprime en anapestes; Euripide parle, comme
l'Injuste, en iambes. Le choix des mètres est caractéristique : les anapestes ont quelque chose de posé,
de digne, de solennel; l'allure des iambes est plus
vive et plus familière, ils ont plus de volubilité. Il va
sans dire que le champion qui doit remporter la victoire parle en second lieu. Cet arrangement est dicté
par la nature des choses, et Thucydide s'y conforme
aussi quand il résume une délibération au moyen de
deux discours opposés.

On trouve dans la plupart des comédies d'Aristophane une scène analogue à celles que nous venons
de rappeler, quelquefois même deux. Si les deux
adversaires mis en présence sont de même calibre,
ils se servent du même mètre. Quand les deux
hommes d'État des *Chevaliers*, l'un marchand de
cuir, l'autre marchand de boudins, se rencontrent
une première fois, les deux parties correspondantes

du combat sont l'une et l'autre en tétramètres et dimètres iambiques; plus loin le grand assaut, la lutte sérieuse en présence de Démos, se compose de deux moitiés anapestiques. La discussion n'est pas toujours contradictoire. Quand Pisthétère expose aux oiseaux comme quoi ils furent à l'origine les maîtres du monde et comment ils pourraient le redevenir encore, personne ne prend la parole pour le réfuter; ses auditeurs sont tout disposés à se laisser gagner à des projets si séduisants. Ailleurs Lysistrate démontre que les femmes ont raison de conspirer pour mettre fin à la guerre; le sénateur qui l'interroge se fâche, mais ne trouve aucun argument à lui opposer. Cependant ces thèses, qui n'ont pas à lutter contre une thèse contraire, sont jetées dans le même moule que les arguments contradictoires, et, comme elles, soutenues en deux morceaux parallèles. Les deux dernières comédies font seules exception à cette loi. Dans l'*Assemblée des Femmes*, la triomphante éloquence de Praxagora lève tous les scrupules de son mari; il ne trouve rien à répondre, et elle n'a pas besoin de s'y prendre à deux fois. La construction symétrique d'autrefois a perdu une de ses moitiés. Nous avons le couplet chanté par le chœur, le distique du coryphée, les tétramètres, les dimètres, tous les éléments d'usage au complet, mais une seule fois et sans pendant. Dans le *Plutus* enfin, où le chœur se trouve déjà réduit à un minimum, le couplet chanté a disparu; Pauvreté soutient sa thèse par d'excellentes raisons, mais on ne veut pas se laisser persuader par elle, et, au lieu de la réfuter, on la chasse ignominieusement.

M. Westphal avait désigné ces morceaux d'une structure si particulière sous le nom de *syntagma*. M. Zielinski se sert du terme *agon*. J'ai peu de goût pour ces appellations grecques, et voici l'inconvénient que j'y trouve. En les entendant répéter, ceux qui ne sont pas initiés se figurent aisément qu'elles sont empruntées aux grammairiens grecs et prennent pour une tradition antique ce qui n'est qu'une théorie moderne. C'est ainsi que les Allemands qui écrivent sur la métrique grecque et latine se servent du terme d'*anacruse* pour désigner la partie initiale des vers qui commencent par un levé. Ce mot technique, qui a déjà passé le Rhin, a un air antique qui induit les étudiants en erreur. Les anciens faisaient commencer leurs pieds ou mesures au commencement du vers et du membre de phrase mélodique; nous avons l'habitude de placer avant le premier frappé la barre verticale qui indique le commencement de la mesure : les sons qui précèdent sont appelés par les musiciens allemands *Auftakt*, et le mot tout récent *anacruse* n'est que ce terme allemand habillé à la grecque.

Revenons à Aristophane. S'il faut employer des vocables grecs dans un sens spécial et nouveau, j'aime mieux *syntagma*, qui ne s'applique qu'à la forme des morceaux en question, que *agon*, qui en désigne la nature. Il est vrai que dans l'art antique la forme répond généralement au fond et l'implique jusqu'à un certain point; mais cette connexion n'a rien d'absolu, et les circonstances, les convenances, peuvent engager l'artiste à varier la forme de morceaux analogues pour le fond. C'est pour avoir méconnu cette liberté que M. Zielinski a tiré des conséquences erronées de faits bien observés et incontestables. Voici sa thèse : le combat en paroles, l'*agon*, est un élément primitif et nécessaire de la vieille comédie attique, et on le reconnaît à sa forme métrique, qui est toujours la même : des vers chantés par le chœur, puis des tétramètres, suivis de dimètres, et ensuite une contre-partie, construite de la même façon, et qui ne manque qu'au déclin de la vieille comédie. Ce n'est pas tout : les tétramètres obéissent à certaines lois d'eurythmie et de symétrie sur lesquelles nous reviendrons plus bas.

Que le combat en paroles soit une pièce essentielle de la vieille comédie, personne ne le contestera ; il tient à son esprit agressif, à ses allures militantes. Mais c'est aller trop loin que de prétendre que ce combat est toujours et nécessairement coulé dans le même moule. Et, d'abord, M. Zielinski est amené par une assertion aussi tranchante à restreindre singulièrement l'étendue de son *agon*. La grande machine de guerre qui s'appelle les *Chevaliers* est presque tout entière agonistique : escarmouche et combat avant la parabase, escarmouche et combat après. La seconde lutte, la lutte principale, commence par un morceau qui répond à la définition de M. Zielinski ; mais elle s'étend au delà : après la discussion générale, on a l'épreuve des oracles, puis l'épreuve culinaire. L'arrangement de ces deux dernières scènes

19

n'est plus le même, le poëte n'a garde de tomber
dans la monotonie, il n'y a mis ni tétramètres ni
dimètres; cependant elles font partie intégrante
du combat. Dans les *Grenouilles* aussi, les deux
poëtes en lutte se livrent plusieurs assauts : après
avoir discuté l'esprit et la tendance de leurs
tragédies, ils en épluchent les prologues, puis les
chants, puis vient l'épreuve de la balance et des conseils patriotiques. Restreindre l'*agon* au premier
assaut, qui seul a la forme du *syntagma*, est une
erreur évidente et sur laquelle nous n'insisterions
pas si l'idée préconçue d'où elle provient n'avait pas
entraîné l'auteur dans une série d'hypothèses aventureuses.

M. Zielinski ne trouve pas l'*agon*, tel qu'il l'a
défini, dans trois comédies d'Aristophane, les *Acharniens*, la *Paix*, les *Thesmophores*. Or, l'*agon* étant une
pièce essentielle, indispensable, de la vieille comédie,
comment expliquer ces anomalies? Il faut qu'il se
soit passé là quelque chose d'extraordinaire. Dans
les *Acharniens*, l'honnête cultivateur Dicéopolis con-
clut pour sa personne un traité de paix avec Sparte;
les bûcherons d'Acharnes, quelque peu bûches eux-
mêmes, poursuivent le traître. Ce dernier réussit
cependant, non sans peine, à prouver à quelques-uns
d'entre eux, la moitié du chœur, qu'il n'a pas tort.
L'autre demi-chœur invoque le secours de Lamachos,
farouche soldat, dont le nom même rappelle guerre
et bataille; et je suis disposé à croire que c'est en
partie ce nom expressif qui désigna ce personnage
aux traits d'Aristophane parmi tous les partisans de

la guerre à outrance : τάχα δ'ἄν τι καὶ τοῦ οὐνόματος ἐπαύροιτο, comme dit Hérodote[1]. Le paysan, après avoir joué la peur, berne ce foudre de guerre d'une manière si plaisante que la partie rétive du chœur se rend à son tour. M. Zielinski trouve cette dernière scène faible et insignifiante. Il lui faudrait ici une discussion en tétramètres anapestiques sur les avantages et les inconvénients de la paix et de la guerre, un *agon* régulier d'où le champion de la paix sortirait victorieux; et cet *agon* se serait en effet trouvé dans la comédie telle qu'elle avait été jouée aux Lénées de l'an 425 ; mais Aristophane aurait remanié sa pièce en vue d'une victoire aux grandes Dionysiaques, et nous lirions aujourd'hui ce remaniement inachevé. Cette hypothèse repose-t-elle sur autre chose que la prétendue faiblesse d'une scène amusante au possible et qui fait encore rire aujourd'hui à la simple lecture? Elle s'étaye d'une contradiction signalée d'abord par M. Mueller-Strubing et souvent discutée depuis. Au vers 593, Lamachos se targue de son grade de stratège, et plus loin (v. 1073) le même Lamachos reçoit des stratèges l'ordre de partir incontinent pour la guerre. Cette contradiction est, nous dit-on, un indice du mélange de deux rédactions, Lamachos, simple lochage lors de la représentation de la pièce, ayant été élu stratège un peu plus tard. La contradiction pourrait être plus apparente que réelle. Voici comment M. Ribbeck, dans un article[2] où il réhabilite très

1. Hérodote, VII, 180.
2. *Leipziger Studien*, 1885, p. 379 et suiv.

bien la scène critiquée par notre auteur, résout la difficulté. Lamachos aurait manqué à son devoir en s'éloignant de la ville pour aller fêter les Dionysiaques rurales et se trouverait ainsi obligé d'obéir à une injonction de collègues plus consciencieux. L'explication est ingénieuse, mais trop recherchée pour que les spectateurs s'en fussent avisés. J'en propose une autre.

Dicéopolis s'engage à prouver à des « chauvins » athéniens que la guerre a été déclarée pour des motifs futiles et que tous les torts ne sont pas du côté de Sparte. Pour se tirer d'une entreprise aussi difficile, il prend modèle sur un des héros d'Euripide; il emprunte la rhétorique, les stratagèmes et jusqu'au costume de Télèphe. Après avoir obtenu du poète les guenilles et toute la défroque de ce personnage, il paraît déguisé en mendiant, et, comme le Télèphe de la tragédie, il est traité par les autres et il se traite lui-même de mendiant. Raillé par lui, Lamachos s'écrie : « Oses-tu parler ainsi au stratège, toi qui n'es qu'un mendiant? — Moi un mendiant! répond Dicéopolis; mais je suis un honnête citoyen, qui ne brigue pas les commandements, qui me bats en simple soldat, sans toucher, comme toi, de gros gages d'officier. » Ici Dicéopolis jette le masque; jusque-là il avait joué le rôle de Télèphe et les autres étaient entrés dans cette fiction. Quand Lamachos dit, au vers 593 :

Ταυτὶ λέγεις σὺ τὸν στρατηγὸν, πτωχὸς ὤν;

il ne fait, je crois, que parodier un vers d'Euripide :

de même que le mendiant est Télèphe, le stratège
est Agamemnon, et cette qualification ne doit pas
être prise au pied de la lettre. Cependant Lamachos
dit plus loin qu'il doit son rang dans l'armée aux
suffrages de ses concitoyens. Il n'était donc pas
lochage; il faut croire plutôt qu'il avait le grade de
taxiarque, intermédiaire entre celui de lochage et de
stratège, mais conféré, comme ce dernier, par l'élec-
tion. Peut-être même le chœur fait-il allusion à ce
fait quand il s'écrie :

> Ἰὼ Λάμαχ᾽, ὦ φίλ᾽ ὦ φυλέτα,
> εἴτε τις ἔστι ταξίαρχός τις ἢ
> τειχομάχας ἀνήρ, βοηθησάτω,

mots qui admettent cette explication : « Au
secours! Lamachos... ou quelque autre taxiarque,
quelque autre héros combattant derrière les rem-
parts. »

Quoi qu'il en soit, il ne peut échapper à aucun
lecteur que la pièce des *Acharniens* contient un
débat, un plaidoyer divisé en plusieurs parties, et
M. Zielinski n'eût pas méconnu une chose aussi
évidente, s'il n'avait posé en principe que tout *agon*
doit se dérouler en vers tétramètres. Ici l'acteur
chargé de défendre les idées du poète le fait en
trimètres; et cela s'explique aisément : ses discours
ne sont qu'un long travestissement de ceux d'un
personnage de tragédie, qui, naturellement, avait
parlé en trimètres. Avant le premier discours, le
chœur chante un petit morceau dochmiaque, c'est-
à-dire éminemment tragique (v. 358-363), et le cory-

phée prononce deux trimètres pour engager l'orateur à parler. Plus loin, l'antistrophe (v. 385-390)
et deux autres trimètres ne sont pas immédiatement
suivis d'un nouveau discours, parce que l'orateur
va d'abord demander un accoutrement à Euripide.
Le second discours est donc précédé d'un troisième
morceau dochmiaque semblable, sinon pareil, aux
deux précédents, et renfermant deux trimètres iambiques, au lieu d'en être suivi (v. 490-495). Une
moitié du chœur se rend à ces deux discours, l'autre
moitié est convertie par la scène qui tourne à la
confusion de Lamachos, et cette dernière scène
est précédée d'un quatrième morceau dochmiaque
(v. 566-571), qui reproduit, avec une légère varia-
tion, le troisième morceau. La suite des scènes et
leur structure métrique ne sont-elles pas irrépro-
chables? Notre auteur cependant n'est pas satisfait,
il cherche autre chose, il lui faudrait un débat en
forme entre Lamachos et Dicéopolis, dans lequel ce
dernier démontrerait victorieusement les avantages
de la paix. Mais cette démonstration, le poète l'a
faite, d'une manière plus dramatique que par des
discours, dans une série de scènes parallèles où les
tribulations et les mésaventures du farouche guerrier sont opposées à la félicité culinaire et aux
bonnes fortunes du paisible cultivateur.

Dans les *Thesmophores*, Euripide est accusé par
deux orateurs féminins et défendu par Mnésiloque.
Leurs discours, calqués sur les harangues de
l'agora, ne sont pas non plus en tétramètres: les
convenances demandaient ici encore *pedem natum*

rebus agendis. Le poète s'écarte plus que dans les
Acharniens des formes habituelles des joutes de la
comédie. Trois morceaux lyriques, au lieu de précéder les discours, les suivent et font connaître ce
que le chœur en pense. Ainsi sur la place publique,
quand un orateur descend de la tribune, le peuple
applaudit ou donne des marques de désapprobation.
Les vers chantés à la suite du premier et du troisième discours se répondent exactement ; le second
est plus court et cependant il est trochaïque comme
les deux autres : c'est, si l'on veut, une mésode entre
une strophe et une antistrophe. Rien n'est plus inutile que l'hypothèse d'un *agon* plus régulier qui se
serait trouvé dans la première rédaction des *Thesmophores.* On sait, il est vrai, qu'Aristophane composa
deux comédies portant ce titre, M. Zielinski a peut-
être raison de croire, contrairement à l'opinion
reçue, que ces deux comédies roulaient sur le même
sujet. Mais ses autres conjectures sont bien aventureuses. A l'entendre, des bribes de la comédie
perdue se seraient égarées dans la pièce conservée ;
il veut en particulier éliminer de cette dernière le
chant des Muses dans la maison d'Agathon, pour
l'attribuer aux premières *Thesmophores.* Là le chœur
aurait été double, composé de femmes d'Athènes
et de Muses, et ces immortelles auraient contribué
à sauver Euripide. Cette thèse bizarre est soutenue
à grand renfort de citations, dont l'auteur use et
abuse avec une ingéniosité incontestable.

La comédie de la *Paix* ne peut être mise sur la
même ligne que les *Acharniens* et les *Thesmophores* ;

elle ne renferme aucune scène méritant le nom
d'*agon*, de quelque manière que l'on définisse ce
terme. Or nous savons par les scholies que cette
comédie fut jouée deux fois, et rien n'empêche de
croire, avec M. Zielinski, que la première *Paix*
contenait un débat contradictoire. Mais cela ne
nous avance point pour la solution du problème,
car la pièce que nous lisons a été certainement
achevée par l'auteur, puisqu'elle fut représentée
aux grandes Dionysiaques de l'an 421. L'absence de
l'*agon* est donc une anomalie qui reste à expliquer.
M. Zielinski imagine qu'une statue colossale de la
Paix, commencée par Phidias, venait alors d'être
achevée par un de ses élèves, et qu'Aristophane
composa pour l'inauguration de cette statue un
divertissement dramatique qui n'est pas une comédie proprement dite et n'obéit pas aux règles du
genre. M. Zielinski prétend qu'il n'invente rien ; il a
lu toutes ces belles choses dans certains vers où
nul autre n'a jamais vu rien de pareil. Son interprétation est si plaisamment extravagante que ce
serait perdre son temps que de la réfuter : j'aime
à croire que l'auteur a trop d'esprit pour y tenir
encore aujourd'hui. Nous autres, pour lesquels la
nécessité d'un *agon* dans la vieille comédie n'est
pas un dogme, nous n'avons pas besoin de chercher si loin l'explication du caractère particulier
de ce drame. En 421, la situation des belligérants
et la disposition des esprits n'étaient pas les mêmes
qu'en 425. De côté et d'autre on était las de la
guerre, les négociations, depuis longtemps enta-

mées, se trouvaient très avancées, on se croyait sûr
de la tenir enfin cette paix si désirée, et en effet elle
fut conclue peu de temps après les Dionysiaques.
Dans ces circonstances, il n'y avait plus à convertir
personne, tout le monde était d'accord. A quoi bon
plaider une cause désormais gagnée? Aussi le
chœur, hostile dans les *Acharniens* à Dicéopolis,
accourt-il maintenant au premier appel de Trygée.
Il est tout joyeux, il chante, il danse, rien ne peut
modérer les transports de ces bons paysans : cela
est plus fort qu'eux, leurs jambes se mettent d'elles-
mêmes en mouvement. Aristophane n'a plus à combattre, il célèbre le retour assuré de la paix par des
inventions d'une folle gaieté.

Il n'est donc pas vrai qu'Aristophane soutienne
toujours une thèse; mais il est vrai qu'il fait ainsi
dans la plupart de ses comédies. Il n'est pas vrai
que les scènes consacrées à la discussion de la thèse
soient toujours coulées dans le même moule; mais
il est vrai qu'elles le sont habituellement. Revenons
maintenant à ce moule, c'est-à-dire à l'arrangement
métrique de ces scènes. On trouve un arrangement
analogue dans la seconde partie des parabases. Là
aussi les morceaux chantés s'enlacent avec les morceaux récités; une ode est suivie d'une série de
tétramètres, l'épirrhèma; puis vient l'antode, puis
d'autres tétramètres, l'antépirrhèma. Il s'agit de
déterminer jusqu'où va la ressemblance entre la
parabase et l'*agon*. Les tétramètres de la parabase
ne sont pas iambiques ni anapestiques, comme ceux
de l'*agon*, mais trochaïques ou bien, exceptionnel-

lement, péoniques; ils ne sont pas non plus suivis de
dimètres; mais ce qui les distingue surtout, c'est
une symétrie parfaite. L'épirrhèma compte autant de
vers que l'antépirrhèma, généralement seize, quelquefois vingt, rarement huit, toujours un multiple
de quatre. Ce fait constant ne peut s'expliquer que
par le mode d'exécution de ces morceaux. Ils
n'étaient certainement pas chantés; mais la récitation en était cadencée par les sons de la flûte; et
comme les tétramètres, notamment les tétramètres
trochaïques, sont une mesure orchestrique, on peut
croire qu'ils avaient un double accompagnement, à
la fois de musique et de danse. Rappelons ici que la
poésie grecque affectionnait les couplets tétra-
stiques : on connaît ceux d'Alcée et de Sapho; la
chanson en l'honneur d'Harmodios et d'Aristogiton,
la *Marseillaise* attique, a des couplets de quatre
vers. Horace n'en connaît pas d'autres : on a
remarqué que toutes ses odes comptent un nombre
de vers divisible par quatre, même celles qui se
composent de vers similaires. Dans ces dernières, le
dessin mélodique, sensible seulement à l'aide de la
musique, n'est pas même indiqué par le mètre; et
elles offrent une analogie complète avec les épir-
rhèmes de la parabase comique.

M. Zielinski a-t-il raison d'étendre la loi de l'épirrhèma aux tétramètres de l'*agon* et de demander
aussi pour ces derniers l'eurythmie, c'est-à-dire un
nombre de vers divisible par quatre, et la symétrie,
c'est-à-dire un nombre de vers égal dans les deux
parties correspondantes? Le fait est qu'à en juger par

nos textes, ces deux conditions ne se trouvent remplies qu'une seule fois, dans l'*agon* secondaire des *Chevaliers* (v. 335-366 = v. 409-440). Mais si un fait est rebelle à la loi, n'est-il pas permis de l'y assujettir de force? A cette fin, on peut transposer des vers, en éliminer d'autres, ou bien supposer des lacunes. Disons que notre auteur use discrètement de ces moyens; il aime mieux se servir d'un expédient qui laisse le texte traditionnel intact. Pour égaliser les inégalités apparentes, il suppose, à certains endroits du dialogue, des pauses remplies par l'accompagnement musical du joueur de flûte, hypothèse très ingénieuse et qui ne doit pas être écartée sans examen. Je crois, en effet, qu'il faut expliquer par des pauses de ce genre la composition très particulière d'un morceau qui se lit dans l'*Ion* d'Euripide. Les jeunes Athéniennes qui forment le chœur admirent la frise du temple de Delphes : à tour de rôle, elles se montrent les scènes mythologiques qui y sont figurées. Ce dialogue lyrique remplit trois strophes, dont les deux premières sont exactement pareilles. La troisième a pour antistrophe [1] un dialogue entre le chœur, représenté par son coryphée, et le jeune Ion. Ce dernier répond aux questions qui lui sont adressées, non en vers lyriques, mais en anapestes, et ces anapestes, qui n'ont pas de pendant dans la strophe, interrompent la symétrie à plusieurs reprises. Il n'y a pas, que je sache, d'autre exemple d'un arrangement pareil dans les tragédies grecques con-

1. *Ion*, 205-218 et 219-236.

servées. Voici comment on pourrait s'en rendre
compte. Les anapestes étaient, non chantés, mais
récités en mesure. au son de la flûte. Aux endroits
corespondants de la strophe, les intervalles du dialogue lyrique pouvaient être remplis par les mêmes
accords. Les femmes promenaient leurs regards sur
les différentes parties de la frise, et il fallait un peu
de temps à l'une pour trouver la figure indiquée par
l'autre. Des intervalles pareils sont donc très admis-
sibles dans les dialogues des comédies. Malheureusement M. Zielinski ne justifie pas bien ceux qu'il
propose; la plupart sont peu probables, trop visiblement inventés pour les besoins de la cause; encore
ne réussit-il pas toujours à établir une correspondance parfaite : il se contente quelquefois de deux
séries de vers en nombre inégal, mais de côté et
d'autre divisibles par quatre. La symétrie est boi-
teuse. Ajoutez qu'il désespère lui-même d'égaliser
tous les dimètres qui viennent régulièrement à la
suite des tétramètres et font partie intégrante des
morceaux parallèles.

L'*agon* n'est donc pas soumis à des règles strictes
et invariables, il peut même s'affranchir du vers
tétramètre; il s'étend au delà des limites où l'en-
ferme l'auteur du présent livre jusqu'à envahir quelquefois la plus grande partie du drame, et, d'un
autre côté, il n'est pas nécessaire et inévitable au
point qu'à l'âge où il florissait aucune comédie ne
pût s'en passer. Reste à examiner si, comme on nous
l'assure, l'*agon* est un des éléments primitifs de la
vieille comédie attique et s'y trouvait déjà dans la

première phase vraiment nationale et populaire que
M. Zielinski appelle la comédie ionienne.

A première vue, on sera peu disposé à partager
cette opinion. La méthode des discussions suivies,
de l'escrime oratoire prolongé, souvent à plusieurs
assauts, peut-elle se concevoir avant l'époque où
la parole était devenue toute-puissante dans les
assemblées délibérantes et judiciaires? La comédie
est l'image de la vie, et l'image n'existe pas avant
son original. Ces discussions tiennent essentiellement à l'invasion de la politique dans la comédie,
et j'ai peine à croire qu'à son origine la comédie,
encore toute populaire, ait été politique au sens où
l'est la comédie d'Aristophane. Sans doute, elle usait
largement de la liberté des fêtes bachiques; elle
riait, se moquait du prochain. Athènes était à la
fois une grande ville et une petite ville, tous les
citoyens s'y connaissaient, se coudoyaient chaque
jour sur la place publique, dans les gymnases, sous
les portiques. Aucun ridicule n'échappait à la malice
attique, qui se donnait libre carrière aux Dionysiaques. On trouve encore dans Aristophane plus
d'un morceau sans rapport avec le sujet de la pièce,
où le poète chansonne quelque personnage assez
obscur d'ailleurs, mais s'étant fait remarquer par
son excentricité, par un travers ou un vice peu commun. Ces morceaux semblent être des souvenirs de
la comédie primitive. Celle-ci s'attaquait aussi, on
ne saurait en douter, aux personnages marquants,
aux hommes qui dirigeaient la cité. Comment se
serait-elle privée du plaisir de rire aux jours de fête

de ceux qu'il fallait respecter ou ménager toute l'année? C'est là ce qui constitue la ἰαμβικὴ ἰδέα dont parle Aristote et qui est inhérente à la comédie attique, si bien qu'elle subsiste toujours, ne fût-ce que dans quelque coin du drame, qu'elle se retrouve dans la comédie moyenne et n'est pas même tout à fait étrangère à la comédie nouvelle.

Un jour, la folle chanson dramatique s'avisa de jouer un rôle dans la cité, d'avoir une politique suivie, une tendance, un programme; il va sans dire qu'elle était de l'opposition, que ses traits pleuvaient sur le parti au pouvoir, et comme ce parti était celui de la démocratie illimitée, la comédie fit généralement cause commune avec la réaction. C'est à cette phase de la comédie, marquée par les noms de Kratinos, d'Eupolis, d'Aristophane, que semblent appartenir en propre ces discussions prolongées, ces luttes entre les représentants des opinions politiques en présence, les partisans des idées nouvelles et ceux des vieilles traditions.

Malgré ces objections, il pourrait y avoir du vrai dans les vues de M. Zielinski; il insiste avec raison sur ces procédés constants, ou peu s'en faut, qui jettent une certaine monotonie dans les scènes de ce genre et auxquelles les poètes ne se seraient pas astreints s'ils n'avaient obéi à une vieille coutume qui faisait loi et les enchaînait. Rappelons ces vers, toujours au nombre de deux; par lesquels le chœur donne la parole à l'acteur qui va soutenir une thèse, et remarquons à ce propos une curieuse différence de conduite entre le chœur comique et le chœur

tragique. Ce dernier, quand il intervient dans les
querelles des acteurs du drame, cherche à les
apaiser, à calmer leurs passions en faisant entendre
la voix de la raison et de l'équité. Dans les comédies,
au contraire, le chœur excite les acteurs, il les
engage à user de toute leur énergie et de toute leur
subtilité pour bien défendre la cause qu'ils soutien-
nent. Il se fait une fête d'assister à leurs joutes
brillantes. Parfois les combattants, laissant de côté
les arguments bons ou mauvais, descendent aux
invectives, se lancent de gros mots, des injures, des
menaces. Lisez dans les *Chevaliers* la première querelle entre le corroyeur et le charcutier : ils finissent
par se lancer à la tête des dimètres de la dernière
grossièreté. Pour trancher le mot, c'est un engueu-
lement[1]. On pense à notre carnaval : deux masques
se provoquent, se criblent de lazzi; on fait cercle
autour d'eux, on les encourage, on les excite, comme
fait le chœur de l'antique comédie. De pareilles
scènes n'étaient sans doute pas rares dans les joyeux
ébats des Dionysiaques. On peut croire que la comédie naissante les reproduisait et qu'un souvenir loin-
tain s'en est conservé en certains endroits d'Aristophane. Avec le temps et le progrès de l'art, ces
querelles grossières purent changer de ton, prendre
une plus grande portée, se transformer enfin en ces
discussions régulières, ces joutes oratoires que nous
offrent la plupart des pièces de la vieille comédie.
Avec ces restrictions, on peut accorder à M. Zielinski

1. *Chevaliers*, 284-302.

que l'*agon*, pour nous servir du terme qu'il emploie, remonte à l'origine même de cette comédie et en est un des éléments primitifs.

L'intéressant livre de M. Zielinsky soulève encore d'autres questions, que nous examinerons peut-être un jour.

X

LA RÈGLE DES TROIS ACTEURS DANS LES TRAGÉDIES
DE SÉNÈQUE[1]

La poétique a des lois naturelles, nécessaires, inhérentes à la nature même des choses; elle a aussi des règles conventionnelles, variables, nées de l'usage, consacrées par la tradition. Les lois naturelles n'ont presque pas besoin d'être énoncées, elles s'entendent assez d'elles-mêmes; mais, faciles à saisir, elles n'en sont pas moins difficiles à observer : le génie les suit instinctivement, le talent vulgaire a beau les entendre proclamer, il ne réussit pas à s'y conformer. Les règles conventionnelles peuvent aussi avoir leur raison d'être; mais elles n'ont qu'un temps et deviennent bientôt une gêne pour les artistes, une entrave plutôt qu'un frein salutaire; elles ne sauraient se deviner par instinct,

---

1. *Mémoire lu à l'Académie des inscriptions et belles-lettres dans la séance du* 21 octobre 1864. Imprimé dans la *Revue archéologique*, janvier 1865.

20

il faut qu'elles soient formulées pour avoir force de
loi : elles n'en sont que plus superstitieusement
obéies dans les siècles de décadence, quand l'esprit
d'imitation succède à l'inspiration première.

Je trouve un exemple de ce fait général dans certaines particularités des tragédies de Sénèque.

Horace veut qu'il n'y ait jamais plus de trois
interlocuteurs dans une scène tragique, *nec quarta
loqui persona laboret*, et on sait qu'en formulant cette
règle, le poète latin n'a fait qu'ériger en précepte ce
qui avait été pratiqué par Sophocle et Euripide. Seulement les tragiques d'Athènes, en renonçant à se
servir d'un quatrième acteur, obéissaient plutôt à
un règlement administratif qu'à une loi de la poétique. Quand l'archonte admettait un poète au concours tragique de la fête de Bacchus, il lui accordait le chœur, qui avait été dans l'origine toute la
tragédie, et, avec le chœur, d'abord un seul acteur,
puis un second, puis enfin un troisième. Sophocle
avait demandé et obtenu cette dernière augmenta-
tion du personnel tragique : trois acteurs avaient
rempli tous les rôles de ses pièces, en changeant
quelquefois de masque et de costume. On ne s'étonne
pas que les successeurs de Sophocle aient dû se
contenter de ce qui avait suffi au prince de la tragédie.

A Rome, les Pacuvius et les Attius ne s'imposè-
rent pas cette gêne. Le grammairien Diomède, opposant l'usage du théâtre de Rome à celui du théâtre
grec, dit que les auteurs latins introduisirent dans
leurs pièces un plus grand nombre de personnages

afin de rendre le spectacle plus imposant [1]. Mais les
critiques considéraient comme une licence cette
déviation des traditions grecques, et Horace veut
ramener les poètes à la simplicité des maîtres de la
scène d'Athènes. Chose étrange! un auteur qui
n'écrivait pas pour le théâtre et qui aurait pu s'affranchir d'une règle toute scénique, d'une contrainte
jadis imposée aux poètes athéniens en vue de la
représentation, Sénèque, se conforma au précepte
d'Horace par une espèce de purisme grec que les
vieux, les vrais poètes tragiques de Rome n'avaient
pas connu. Ce fait, qui n'a pas encore été remarqué,
que je sache, entraîna pour la conduite des pièces
de Sénèque certaines conséquences que je vais
signaler rapidement. J'arriverai ensuite aux scènes
qui semblent enfreindre la règle des trois acteurs
et contredire mon assertion. Il conviendra de discuter avec un peu plus de détails ces morceaux
qui ont peut-être empêché les critiques de s'apercevoir que Sénèque observait avec une scrupuleuse
fidélité l'une des petites choses dont se composait
alors le *credo* d'un classique irréprochable en fait
de théâtre.

Hercule, descendu aux Enfers et déjà pleuré
comme mort par les siens, revient au moment même

---

1. Diomedes, p. 488, Putsche : *In Græco dramate fere tres
personæ solæ agunt, idcoque Horatius ait : nec quarta loqui
persona laboret, quia quarta semper muta. At Latini scriptores
complures personas in fabulas introduxerunt, ut speciosiores
frequentia facerent.* La vulgate *spatiosiores* n'a pas de sens :
il est évident qu'il faut lire *speciosiores*, correction de Busch,
adoptée dans l'excellente édition de Keil. Le meilleur manuscrit porte *spaciosiores.*

où un usurpateur allait faire mourir son père, sa
femme et ses enfants. Cette situation est rendue par
Sénèque dans le troisième acte de son *Hercule furieux* :
Amphitryon y salue son fils, Mégare reste muette.
Chez Euripide, au contraire, Mégare a le premier
rôle dans cette scène, sans réduire toutefois Amphitryon au silence. C'est elle qui, la première, aperçoit
et reconnaît son époux, qui laisse éclater sa surprise
et sa joie, qui coupe la parole au vieillard. Son
émotion est trop forte pour qu'elle laisse parler un
autre, pour qu'elle ne dise pas tout elle-même. Cela
est bien plus naturel. Pourquoi le poète latin
s'écarte-t-il de son original aux dépens de la vérité
dramatique? C'est qu'il a introduit dans cette scène
un autre personnage, qui ne figure pas chez Euripide. Il a voulu que Thésée accompagnât Hercule,
afin de placer dans sa bouche un long morceau descriptif, le récit de la descente aux Enfers et la peinture du monde souterrain. Un tel morceau dut, sans
doute, produire un excellent effet à la lecture, et
Mégare, quelque impatiente qu'elle fût de parler,
n'avait qu'à se taire devant la loi qui interdit la
parole à un quatrième personnage.

Ailleurs, Hercule ordonne à Philoctète de lui pré-
parer un bûcher sur le mont Œta, sans que Philoctète lui réponde, soit pour consentir, soit pour faire
des objections [1]. La règle ne lui permettait pas de
prendre la parole dans une scène où Hercule,
Alcmène et Hyllus avaient déjà des rôles. Dans ces

---

1. *Herc. Œt.*, IV, 1484 et suiv.

cas d'ailleurs, si le silence de Philoctète est contraire
aux habitudes de notre scène moderne, il n'a cependant rien de choquant et ne saurait être considéré
comme une faute ; Sénèque peut en appeler aux maîtres de la tragédie grecque, qui, plus d'une fois, ont
condamné au silence l'un de leurs personnages dans
des situations analogues.

On ne peut en dire autant de l'exemple que je
vais citer maintenant, le plus étonnant de tous, et,
par là même, le plus propre à prouver que Sénèque
s'est en effet astreint à suivre religieusement le précepte de l'*Art poétique*. Je veux parler d'une scène
très connue et présente à toutes les mémoires. Dans
le quatrième acte des *Troyennes*, Polyxène apprend
qu'elle doit être immolée sur le tombeau d'Achille,
dont l'ombre la réclame comme sa part de butin.
Les Grecs veulent que la victime se pare de vêtements nuptiaux, et Hélène, chargée de l'y engager,
feint d'abord qu'on attend Polyxène pour la marier
à Pyrrhus. Andromaque devine la ruse d'Hélène et
la force d'avouer la vérité. Alors la malheureuse
Hécube s'abandonne au désespoir, et bientôt Pyrrhus vient arracher la fille des bras de sa mère.
Mais, ni Pyrrhus, ni Polyxène elle-même ne disent
mot. Cependant, Polyxène est évidemment le
personnage principal de cette scène. Tant qu'elle
croyait être destinée à Pyrrhus, elle avait repoussé
Hélène, cet hymen lui inspirait trop d'horreur ;
lorsqu'elle apprend la vérité, elle se laisse parer
sans résistance, elle ne demande qu'à mourir. Pourquoi donc ne dit-elle pas elle-même ce qui se passe

dans son cœur? Pourquoi en sommes-nous réduits
à deviner ses sentiments à travers les observations
d'Andromaque, qui l'examine curieusement et nous
rend compte de ses gestes et de sa contenance?
C'est là un contresens dramatique que les critiques
ont reproché avec raison à l'auteur, et dont M. Patin
a bien fait ressortir l'étrangeté [1]. Euripide n'a eu
garde de tomber dans cette faute : dans la scène
correspondante de sa tragédie d'*Hécube*, Polyxène
parle, et elle parle admirablement. L'auteur de la
tragédie latine, qui, quoi qu'on puisse penser de sa
vocation dramatique, était certainement un homme
d'esprit, Sénèque, n'a pu commettre de gaieté de
cœur une faute si inconcevable, si évidente. Il a dû
avoir un motif, et ce motif était la malheureuse
règle des trois interlocuteurs. Euripide pouvait
donner à Polyxène le rôle qui lui convient, parce
qu'il n'avait fait paraître avec elle qu'Ulysse et
Hécube. Sénèque était forcé de le lui retirer, parce
qu'il faisait parler dans cette scène Hélène, Andromaque et Hécube ; disons mieux, il s'y est forcé
lui-même par une combinaison qu'un vrai poète
dramatique eût abandonnée plutôt que de l'acheter
à un tel prix, et si sa faute s'explique, elle n'en est
pas moins réelle et elle mérite certainement les critiques qu'on en a faites. On y reconnaît un auteur qui
a grand soin d'être correct, mais qui ne se soucie
nullement d'être vrai et dramatique ; qui sacrifie les
conditions essentielles de la tragédie à une règle

---

1. Patin, *Études sur les tragiques grecs*, 1re éd., t. III, p. 193.

surannée, faite pour d'autres temps et d'autres circonstances.

Ces preuves suffisent, je crois, pour établir une
thèse qu'un rapide examen du recueil de Sénèque
confirmerait aisément. Après les avoir données, je
me trouve à l'aise pour discuter les faits qui semblent y répugner, les exceptions plus apparentes
que réelles à la règle qui domine dans les tragédies
de Sénèque.

Le quatrième acte d'*Hercule furieux*, lequel ne
se compose que d'une scène unique, porte en tête
les noms d'Hercule, de Thésée, d'Amphitryon et de
Mégare ; et, en effet, ces quatre personnages y prennent tous la parole. On y voit Hercule tuer dans un
accès de folie sa femme et ses enfants. Ces horreurs
qu'Euripide s'était contenté de mettre en récit,
Sénèque ne craignit-il donc pas de les montrer sur
la scène, quoique Horace eût dit : *Nec pueros coram
populo Medea trucidet?* On ne s'étonnerait pas de
voir l'esprit de ce précepte méconnu par un poète
qui en semble violer ailleurs ouvertement la lettre.
On sait, en effet, que dans sa tragédie de *Médée* la
mère égorge ses enfants sous les yeux du public,
comme si l'auteur eût voulu se révolter par un acte
d'audace contre l'*Art poétique*. Cependant un critique
ingénieux [1] a tiré de la scène finale de *Médée* une
conclusion toute contraire : il ne pense pas que
Sénèque eût osé braver ainsi l'autorité d'Horace,

1. M. Lucien Müller, dans *Jahrbücher für Philologie*, 1864,
p. 414.

et il y trouve un nouveau motif de croire que ses tragédies ne furent pas écrites pour être représentées. J'applique le même raisonnement à la scène qui nous occupe, ainsi qu'à une autre qui se trouve dans l'*OEdipe* du même poète, et dans laquelle, s'il fallait prendre au sérieux la fiction, un taureau et une vache seraient immolés sur la scène et leurs entrailles fouillées, examinées minutieusement par la fille de Tirésias. Ceci me semble encore plus impossible à jouer sur un théâtre que le meurtre des enfants de Médée ou d'Hercule [1].

Quoi qu'il en soit, j'ai hâte d'en finir avec cette digression pour revenir à mon sujet. Hercule a percé d'une flèche l'un de ses enfants, il a cassé la tête d'un autre en le lançant contre les murs du palais; le plus petit, réfugié dans les bras de sa mère, a été foudroyé d'un regard d'Hercule, la mère elle-même broyée d'un coup de massue. A cette vue, Amphitryon se reproche de vivre encore, et demande à Hercule de donner la mort à un père putatif qui fait tort à sa gloire. Mais Thésée arrête Amphitryon par ces mots : « Que veux-tu, vieillard? te précipiter toi-même au-devant de la mort? Où vas-tu,

---

1. Lessing, dans sa dissertation sur les tragédies de Sénèque, imagine pour l'*Hercule furieux* un jeu de théâtre un peu compliqué, mais fort joli. En courant de côté et d'autre, Hercule sortirait et rentrerait tour à tour, de manière à être en vue, lorsqu'il parle, et caché lorsqu'il accomplit les meurtres. Cette idée peut plaire. Je ne crois pas toutefois que nous ayons le droit de faire honneur à Sénèque d'un arrangement qui supposerait que ce poète travaillât pour le théâtre, et qui ne peut s'appliquer ni à la scène analogue de *Médée*, ni à celle d'*OEdipe*.

insensé? Fuis, cherche une cachette, épargne au moins *un* crime aux mains d'Hercule! »

Quo te ipse senior obvium morti ingeris?
quo pergis amens? Profuge et obtectus late,
ununque manibus aufer Herculeis scelus.

v. 1034-1036.

Voilà tout ce que Thésée trouve à dire et à faire en voyant ces horribles actes de démence. Il n'essaie pas de protéger les victimes, de retenir le bras de son ami : l'héroïque Thésée, cet autre Hercule, assiste à ce massacre tranquillement, en se croisant les bras; il se borne à donner au vieil Amphitryon un conseil qu'un autre vieillard ou qu'une femme aurait pu lui donner tout aussi bien. Je sais que Sénèque ne soutient pas toujours le caractère de ses personnages, qu'il pèche plus d'une fois contre les bienséances; mais je crois qu'on ne trouvera nulle part chez lui une faute de ce genre, et ses héros nous choquent plutôt par un courage trop stoïque que par des traits de lâcheté. Évidemment, Thésée ne doit, ne peut être témoin de cette scène. Mais qui prononcera les trois vers qu'on lui a attribués jusqu'ici? Il suffit de soulever cette question pour la résoudre. Ces vers appartiennent à Amphitryon. Il s'apostrophe lui-même, comme il vient de le faire un peu plus haut. Après avoir un instant cédé au désespoir et recherché la mort, il se ravise, de peur d'ajouter encore aux crimes involontaires de son fils, sauf à revenir plus tard à son premier mouvement. Ces brusques revirements sont familiers aux personnages de Sénèque, et ils se justifient ici par la situation violente où Amphitryon se trouve.

L'Amphitryon d'Euripide exprime le même sentiment. Quand il voit Hercule se réveiller du profond sommeil où il était tombé après l'accès de démence, le vieillard veut se cacher. « Non, dit-il, que je craigne de mourir, après tant de malheurs; mais je ne veux pas qu'il tue son père, qu'il ajoute à tant de crimes un nouveau crime, un autre sang à expier, une autre Erinys [1]. » Chez Sénèque, l'erreur des copistes et des éditeurs vient de la contradiction apparente entre ces vers et ceux qui les précèdent : Amphitryon change de sentiment et de langage subitement et sans transition. Mais on trouve dans les rôles de Médée, de Déjanire, de Thyeste, dans d'autres encore, des mouvements aussi inattendus et aussi vrais.

Par la suppression du personnage de Thésée, le nombre des acteurs de cette scène se trouve donc réduit de quatre à trois, et je suis heureux qu'en faisant disparaître cette irrégularité, j'aie eu l'occasion d'effacer une tache bien autrement grossière qui déparait cette tragédie et dont l'auteur était innocent.

Je vais maintenant signaler des erreurs du même genre dans deux scènes de la tragédie d'*Œdipe*. Mais là il nous arrivera le contraire de ce qui a eu lieu pour l'*Hercule furieux* : au lieu de diminuer le nombre des acteurs, nous l'augmenterons, et nous

---

1. Euripide, *Héraklès*, 1074 et suiv.

serons peut-être tentés d'introduire un quatrième
personnage où jusqu'ici on n'avait cru en voir que
trois.

Dans le IVᵉ acte d'*Œdipe*, un vieillard de Corinthe
vient apporter la nouvelle que le roi de cette ville,
Polybe, étant mort, le peuple veut qu'Œdipe, qui
passe pour fils de Polybe, vienne succéder à son
père. Comme Œdipe refuse de s'y rendre, de peur
d'y rencontrer sa mère Mérope et d'accomplir l'inceste prédit par l'oracle, le messager lui apprend
que Polybe et Mérope ne sont pas ses vrais parents,
et raconte comment il le reçut autrefois, enfant
nouveau-né, sur le mont Cithéron des mains d'un
berger du roi de Thèbes. Quel est le nom de ce
berger? Le Corinthien l'a oublié; mais s'il voyait le
berger lui-même, il le reconnaîtrait peut-être. On
comprend qu'Œdipe n'ait rien de plus pressé que
d'ordonner que tous les bergers royaux se rendent
promptement au palais. Mais on comprend moins
le scrupule qui vient tout à coup au Corinthien.
« Soit que la prévoyance, dit-il, soit que le hasard
ait tenu ces choses cachées, laisse à jamais dans
l'obscurité ce qui y fut si longtemps. Souvent la
vérité fut fatale à l'imprudent acharné à la découvrir. »

> Sive ista ratio, sive fortuna occulit,
> latere semper patere quod latuit diu.
> Saepe cruentis veritas patuit malo.

Qu'est-ce qui peut inspirer au messager de Corinthe de tels pressentiments? Il est loin de penser qu'il

puisse y avoir dans ses révélations rien d'effrayant pour Œdipe : il les a faites au contraire pour le rassurer, lui ôter une crainte chimérique. Aussi vient-il de se montrer tout disposé à désigner le berger qui lui remit l'enfant, si la vue de l'homme venait en aide à ses souvenirs confus, et c'est là ce qui avait motivé l'ordre du roi. Cet ordre donné, pourquoi change-t-il subitement de langage? On n'en comprend pas la raison, et l'étonnement augmente, quand on le voit chercher de nouveaux arguments pour détourner Œdipe de sa fatale curiosité. Le roi s'écrie : « Peut-on craindre quelque chose de plus grave que les maux présents? » A quoi le messager répond : « Le but où tendent de si grands efforts (du destin), est une chose grave, sache-le bien. Le salut public et le salut du roi se combattent, la lutte est égale : abstiens-toi d'y intervenir. Sans que tu y portes une main téméraire, les destins se révèlent assez. Quand on jouit d'une haute fortune, il ne faut pas l'ébranler. »

> Magnum esse, magna mole quod petitur, scias.
> Concurrit illinc publica, hinc regis salus,
> utrinque paria : contine medias manus.
> Nihil ut lacessas, ipsa se fata explicant.
> Non expedit concutere felicem statum.

Voilà le langage, non pas d'un étranger qui vient d'arriver à Thèbes, mais d'un citoyen instruit de tout ce qui s'y passe, et si les paroles sont quelque peu obscures, ce qu'on ne saurait nier, elles deviennent tout à fait inintelligibles, si on veut que le Corinthien les prononce. Aussi les éditeurs, trompés par

cette fausse attribution, les ont-ils torturées pour en
tirer je ne sais quel double sens qu'elles ne peuvent
avoir[1].

Mais continuons. A la réponse d'Œdipe : « On ne
hasarde rien à ébranler ce qui est à la dernière
extrémité », le messager réplique : « Prétends-tu à
une race plus noble que le sang royal? Crains de
trouver un père qui te fasse rougir. »

> Nobilius aliquid genere regali adpetis?
> Ne te parentis pigeat inventi, vide.

Ces avertissements ont quelque chose de mystérieux : le personnage qui cherche tant de motifs
divers pour réprimer la curiosité d'Œdipe semble
avoir un motif caché qu'il ne dit pas. Ce personnage
ne saurait être le vieillard de Corinthe : un tel
langage ne convient ni à son humble condition, ni
à l'ignorance où il est de la naissance d'Œdipe. Ce
langage est, de plus, en désaccord avec le langage
qu'il a tenu, plus haut, et il l'est également avec

---

1. Voici l'explication de F. Gronov. : *Senex Corinthius dicit :
Pugnare videntur salus publica Corinthiorum et tua : illa vult,
ut sine ulla inquisitione accipias delatum regnum, nec alterius
te quam Polybi filium feras; hæc, ut resciscas, quorum hominum
sis, quosque vitare metu parricidii et incesti debeas. Utriusque
vis ingens. Medium igitur feri : accipe primum et firma regnum,
dein per otium inquire aut exspecta venientia fata.* Les mots
contine medias manus ne se prêtent guère à cette interprétation artificielle. Le vers *magnum esse, magna mole quod petitur,
scias* y répugne aussi. Gronov. ajoute un sens secondaire qui
est le seul véritable : *Eadem tamen ambiguitate verborum
monetur Œdipus, quid Thebis ei faciendum sit. Ibi quoque
divertebant salus publica et regis : si non inquireret in inter-
fectorem Laii, videbatur negligere populi Thebani salutem; si
inquireret eumque deprehenderet, suam.*

celui qu'il va tenir un instant après. Car nous l'entendrons interroger le berger et le reconnaître, sans faire la moindre difficulté. Quel est donc le personnage qui prononce ces trois morceaux? On peut le deviner sans être un OEdipe.

L'acte commence par une scène entre OEdipe et Jocaste. Leur entretien roule sur le meurtre de Laïus. Le Corinthien survient en quelque sorte au milieu de cet entretien. Cependant les éditeurs semblent supposer que Jocaste quitte la scène au moment même où un étranger apporte un message important. Cela n'est pas naturel. Je retiens la reine sur le théâtre et je lui attribue ces avertissements qui sont aussi convenables dans sa bouche qu'ils sont déplacés dans celle du messager. Les vers 824-826, 828-832, 834 et 835 appartiennent donc à la malheureuse mère, éclairée avant son fils, et tremblant qu'il ne vienne, lui aussi, à découvrir la vérité. S'il pouvait rester quelque doute à ce sujet, on n'aurait qu'à ouvrir l'*OEdipe Roi* de Sophocle. Dans la scène correspondante de la tragédie grecque, Jocaste remplit le rôle que je lui assigne chez Sénèque, en y parlant, bien entendu, d'une manière moins sentencieuse, plus vraie et plus pathétique.

Aux deux interlocuteurs de cette scène, le Messager et OEdipe, nous avons ajouté un troisième personnage, Jocaste : nous sommes encore dans les limites du précepte d'Horace. Mais dans la scène suivante nous nous trouverons sur le point de les dépasser.

Le berger Phorbas survient. Interrogé par le

Corinthien, il reconnaît que déjà du temps de Laïus il était préposé aux troupeaux du roi. Mais à cette autre question de l'homme de Corinthe : « Me reconnais-tu? » il répond : « Ma mémoire incertaine hésite ». Alors le roi s'impatiente et prend la parole : « Cet homme reçut-il autrefois un enfant de toi? parle. Tu hésites? pourquoi changes-tu de couleur? pourquoi cherches-tu ta réponse? La vérité hait les retards. »

PHORBAS. « Tu réveilles des souvenirs qui dorment depuis longtemps. »

ŒDIPE. « Avoue, ou la douleur t'arrachera la vérité. »

PHORBAS. « En lui donnant un enfant, je lui fis un don sans valeur : cet enfant n'a pu jouir de la lumière, de l'air vital. »

LE CORINTHIEN. « Que les dieux détournent ce présage! Il vit, et puisse-t-il vivre longtemps! »

ŒDIPE. « Pourquoi prétends-tu que cet enfant n'est plus en vie? »

PHORBAS. « Un fer mince transperçait ses deux pieds et enchaînait ses mouvements. Une tumeur née de cette blessure minait ce corps délicat par une affreuse gangrène. »

LE CORINTHIEN. « Que demandes-tu encore? Les destins approchent. »

ŒDIPE. « Quel était cet enfant? Parle. »

PHORBAS. « La fidélité me le défend. »

ŒDIPE. « Qu'on apporte du feu! La flamme rabattra cette fidélité. »

Je m'arrête ici, pour revenir sur les mots : « Que

demandes-tu encore? Les destins approchent. »
Quid quæris ultra? Fata jam accedunt prope (v. 859).
On les donne au messager de Corinthe, mais il est
clair qu'ils ne peuvent lui appartenir. En suivant le
raisonnement que j'ai fait plus haut, nous serions
plutôt conduits à les donner à la reine, et cette conjecture peut satisfaire au premier abord. Mais de
cette manière, nous aurions dans cette scène quatre
interlocuteurs, et il m'en coûte d'introduire dans le
texte une infraction à la loi que j'ai rétablie où elle
était violée et qui est si fidèlement observée partout
ailleurs. De plus, en y regardant de près, je vois
d'autres difficultés à cette conjecture. Rien n'indique
que Jocaste soit présente quand se fait la révélation
qui va suivre : comment ne pousserait-elle pas un
cri de douleur, de honte? Mais elle ne doit pas y
assister. Il faudrait donc supposer qu'elle quittât la
scène après avoir prononcé le vers 859. Cela n'est
pas probable. Tout fait croire, au contraire, que
chez Sénèque, comme chez Sophocle, Jocaste se
retire à la fin de la scène précédente, sans attendre
l'arrivée du berger. Elle sort après avoir dit : *Ne te
parentis pigeat inventi, vide* (v. 835). Voilà une sortie
convenable, et ce qui me confirme dans cette idée,
c'est que ce vers latin rappelle, de loin, il est vrai, le
cri déchirant que jette la Jocaste grecque en fuyant :
« Ah, infortuné! c'est là le seul nom que je puisse te
donner, la dernière parole que je t'adresse ».

'Ιοὺ ἰού, δύστηνε· τοῦτο γάρ σ' ἔχω
μόνον προσειπεῖν, ἄλλο δ' οὔποθ' ὕστερον.

v. 1071-1072.

Si Sénèque se souvenait ici de Sophocle, on peut demander pourquoi il n'a pas mieux imité son admirable modèle. Je réponds qu'on pourrait faire la même question en plus d'un endroit. Ici, il ne pouvait reproduire le grec, parce qu'il se proposait de faire reparaître Jocaste à la fin de la pièce dans une scène hideuse, où elle dira : *Quid te vocem? gnatumne?* (v. 1008). C'est le mot de Sophocle, à la pudeur près.

Je reviens à la scène qui nous occupe maintenant. Le personnage de Jocaste étant éliminé, à qui assignerons-nous le vers sans maître dont nous avons dépossédé le Corinthien : *Quid quæris ultra? Fata jam accedunt prope.* Nous ne pouvons le donner qu'à Phorbas, qui seul connaît le secret fatal, et si nous ouvrons Sophocle, que Sénèque a suivi dans cet endroit, en l'abrégeant toutefois outre mesure, nous y trouvons deux vers du berger qui répondent à ce vers latin : le vers 1165 : « Assez! au nom des dieux, assez, mon maître! ne fais plus de questions ». Μὴ, πρὸς θεῶν, μὴ, δέσπο', ἱστόρει πλέον, et le vers 1169 : « Malheur! me voilà arrivé à la parole terrible ». Οἴμοι, πρὸς αὐτῷ γ'εἰμὶ τῷ δεινῷ λέγειν. Au lieu de cela, le poète latin fait dire à son berger : *Quid quæris ultra? Fata jam accedunt prope.* Il corrige le grec à sa façon.

Cependant, dans notre texte, ce vers est immédiatement précédé de trois autres vers de Phorbas, auxquels il ne peut être rattaché. Il faudra donc admettre une lacune, hypothèse qui n'a rien d'extraordinaire : car il y a dans les textes des

21

322 ÉTUDES SUR LE DRAME ANTIQUE.

auteurs anciens un assez grand nombre de lacunes, quelques-unes reconnues, plusieurs dont on ne se doute pas. D'autres raisons recommandent cette hypothèse. Le Corinthien a dit plus haut : « Cet enfant vit, et puisse-t-il vivre longtemps! » N'est-il pas à croire qu'un mot plus positif apprenait à Phorbas que cet enfant n'était autre qu'Œdipe lui-même? Cela se passe ainsi chez Sophocle, et cela semble nécessaire pour expliquer pourquoi le berger refuse obstinément de répondre davantage. Le mot : *Quid quæris ultra?* « Que demandes-tu encore? » ou, plus exactement : « Qu'interroges-tu encore? » semble impliquer une nouvelle question d'Œdipe; et si le roi dit ensuite : *Quis fuerit infans, edoce,* la tournure même de cette phrase indique peut-être qu'il répète une question déjà faite et restée sans réponse.

Il ne me reste plus qu'à parler de quelques scènes qui ne demandent aucun changement, mais qui montrent que Sénèque entendait la règle des trois acteurs autrement que n'avaient fait les tragiques grecs. Mais d'abord je ferai en passant une observation, peut-être superflue, sur le dernier acte de *Médée.* Les éditions portent en tête de cet acte : *Nuntius. Chorus. Nutrix. Medea. Iason.* Voilà quatre personnages, sans compter le chœur. Mais en lisant cet acte, on voit que le Messager quitte la scène longtemps avant l'arrivée de Jason.

Dans le deuxième acte d'*Œdipe*, les éditeurs trompent le lecteur en sens contraire. A les en croire, la première scène de cet acte se passe entre

OEdipe et Créon, ce qui est vrai; la seconde entre OEdipe, Tirésias et Manto, ce qui n'est pas tout à fait exact. La mission dont OEdipe charge Créon à la fin de cette scène démontre que Créon est toujours présent, quoiqu'il garde le silence. Nous avons donc quatre personnages. Il est vrai que chez les tragiques grecs les personnages muets, qui étaient joués par des figurants, ne comptaient pas comme acteurs; mais ceci ne peut s'appliquer au cas présent. Créon avait un rôle à remplir dans la scène précédente, et il reste sur le théâtre sans le quitter un instant : il faudrait donc quatre acteurs pour jouer cet acte. Mais ce n'est pas là ce qui préoccupait Sénèque. Il ne songeait pas à la représentation en écrivant ses pièces, et eût-il voulu les faire représenter, rien n'aurait été plus facile que de trouver quatre acteurs : aucun règlement ne s'y opposait. Il s'en tenait à la lettre du précepte : *Nec quarta loqui persona laboret*, et il évitait de mettre dans la même scène plus de trois interlocuteurs.

Le dernier acte de l'*Agamemnon* fournit un autre exemple de cette manière d'entendre ou, si l'on veut, de dénaturer la tradition grecque. Il y a d'abord un monologue de Cassandre. Ensuite paraît Électre avec le petit Oreste, qu'elle confie à Strophius, le père de Pylade. Strophius part, l'enfant est sauvé, et Électre se réfugie près de l'autel à côté de Cassandre. Bientôt Clytemnestre et Égisthe viennent réclamer le fils d'Agamemnon; et comme cette victime leur échappe, ils font arracher Électre de l'autel, afin de l'enfermer dans un cachot souterrain.

Outre les trois interlocuteurs de cette scène, la présence de Cassandre, qui ne se mêle pas au dialogue, mais qui a prononcé une longue tirade dans la première scène de cet acte, exigerait un quatrième acteur, si la pièce était jouée. Il y a plus, Cassandre prend la parole un peu plus tard : c'est elle qui répond au cri de Clytemnestre : *Furiosa, morere*, par cette parole prophétique : *Veniet et vobis furor*, pointe brillante qui termine cette tragédie, et que dut vivement applaudir le public lettré, convoqué pour en entendre la lecture. Quant au point qui nous occupe, remarquons qu'Électre a déjà été entraînée par les gardes d'Égisthe, quand le poète rend la parole à Cassandre. Ici encore, le nombre de trois interlocuteurs n'est donc pas dépassé. Singulier effet de l'esprit d'imitation! Ce qui avait été pour les vieux maîtres une nécessité tout extérieure, une simple conséquence du règlement de la fête, devient pour les poètes d'un autre siècle une règle de l'art et comme un article de foi littéraire. Mais comme les circonstances ont changé, ils se contentent d'obéir à la formule du dogme, sans plus s'inquiéter du sens qu'il avait eu dans l'origine.

Avant de terminer, je voudrais ajouter un mot sur une autre règle en quelque sorte arithmétique, si j'ose m'exprimer ainsi, règle également proclamée par Horace et observée par Sénèque. L'*Art poétique* ordonne qu'une tragédie ait cinq actes, ni plus, ni moins, *ne brevior, neu sit quinto productior actu*, et ce précepte a survécu à celui des trois interlocuteurs. D'où vient-il? Dans les tragédies

des grands poëtes d'Athènes on trouve assez souvent
quatre grands morceaux du chœur placés entre
cinq parties réservées aux acteurs ou à l'action
proprement dite, cinq *actes*, comme disaient les
Latins; mais on en trouve quelquefois plus, quelquefois moins : la régularité de Sénèque est encore
inconnue [1]. On voudrait savoir quel poëte en donna
le premier exemple : car personne ne supposera
qu'Horace ait inventé le précepte. Ennius, ou quelque
autre tragique latin du temps de la République, en
serait-il l'auteur? Je ne le pense pas : il m'est difficile
de croire à l'originalité des Romains en fait de légis-
lation littéraire. Il faut donc remonter aux Grecs.
L'usage de fixer à quatre le nombre des chants
du chœur ne se serait-il pas introduit à l'époque
où cet élément primitif de la tragédie grecque était
tombé au rang d'un accessoire, d'un simple inter-
mède? Tant que les chants du chœur étaient des
parties essentielles du drame et naissaient du sujet
même, leur nombre varia suivant la nature du
sujet; mais quand ils se détachèrent du fond de la
fable, quand ils ne furent plus qu'un luxe, un hors-
d'œuvre conservé par respect pour les anciens
maîtres, on a pu avoir l'idée d'en limiter le nombre.
Cependant je ne voudrais pas faire remonter à
Agathon, qui est donné comme l'auteur des intermèdes [2], ni à aucun poëte de la période attique,

1. Voir la division de toutes les tragédies grecques que
nous possédons, dans la dissertation de Fr. Fritzsche, *Qual-
tuor leges scenicae poeseos ab Horatio in Arte poetica latae.*
Lipsiae, 1858, p. 39 et suiv.
2. Aristote, *Poétique,* chap. XVIII.

l'usage des cinq actes, par la raison que la *Poétique* d'Aristote n'en fait aucune mention. Après avoir ainsi écarté les Romains d'un côté et les Athéniens de l'autre, je n'ai plus la liberté du choix, les tragiques de l'époque alexandrine sont les seuls qui restent : ce précepte serait donc du nombre de ceux qu'Horace puisa dans le livre d'un écrivain de cette époque, Néoptolème de Parium, sa principale source au rapport d'un commentateur ancien, et nous devrions à quelque Lycophron la loi en vertu de laquelle on écrit encore aujourd'hui des tragédies en vers et en cinq actes [1].

Mais si les Grecs ont inventé les cinq actes, on me demandera peut-être comment ils les appelaient. Le nom qu'ils leur donnaient était tout simplement *les cinq parties*, τὰ πέντε μέρη, et cette locution, qu'on trouve chez Marc-Aurèle, mais qui fut, j'ai lieu de le croire, employée longtemps avant lui par les critiques alexandrins, semble impliquer que les chœurs sont un ornement en dehors des parties constitutives du drame, tandis que l'ancienne terminologie attique rapportait au chœur, comme à l'élément essentiel, toutes les divisions du poème dramatique [2].

1. On peut aussi songer à Ménandre. Cependant on voit toujours la tragédie servir d'exemple à la comédie et ne se régler jamais sur cette dernière; ce fait serait unique dans l'histoire du genre dramatique chez les anciens. Donat, *Praef. in Adelphos*, III, et Evanthius, *De tragoedia et comoedia*, n'attribuent pas nettement à Ménandre la division uniforme en cinq actes que les grammairiens établirent ou rétablirent dans le texte des comédies de Plaute et de Térence.

2. On connaît par Aristote (*Poétique*, chap. xii) l'ancienne terminologie. L'entrée du chœur était l'entrée par excellence, εἴσοδος ou πάροδος; les entrées d'acteurs qui suivaient le pre-

Quelle que soit l'origine de la règle des cinq actes,
parmi les auteurs qui sont venus jusqu'à nous,
Horace est le premier qui l'énonce, et, chose
curieuse, Horace la recommande comme une
garantie du succès au théâtre.

> Ne brevior, neu sit quinto productior actu
> Fabula, quæ posci vult et spectata reponi.

Cependant le seul tragique ancien dont les ouvrages

mier chant du chœur ou l'un de ses autres chants s'appelaient
épisodes, ἐπεισόδια; tout ce qui précédait son entrée s'appelait
prologue, et sa sortie fit donner le nom d'exode à la fin de la
pièce. Quant à la terminologie nouvelle adoptée par les Latins,
Marc-Aurèle dit, dans l'une des dernières lignes de son livre,
τὰ πέντε μέρη pour *les cinq actes*, et le terme μέρη se trouve
avec la même signification dans certaines parties, évidemment
anciennes et provenant, je crois, des critiques alexandrins, du
recueil des scholies d'Eschyle et d'Euripide. Chez Eschyle, dit
la *Vie* anonyme de ce poète, Niobé restait assise sur le tombeau de ses enfants, la tête voilée et sans proférer un mot,
jusqu'au troisième acte, ἕως τρίτου μέρους. Telle est la leçon du
meilleur manuscrit, rétablie par Dindorf : on lisait autrefois
ἕως τρίτης ἡμέρας, ce qui est absurde. L'argument de l'*Andromaque* d'Euripide loue la tirade d'Hermione ἐν τῷ δευτέρῳ μέρει,
c'est-à-dire dans le second acte : on aurait dit autrefois ἐν τῷ
πρώτῳ ἐπεισοδίῳ. Le nouveau *Thesaurus* ne signale pas ce sens
particulier du mot μέρος, qui se trouve aussi appliqué à une
autre espèce de spectacle chez Lucien, *de Saltatione*, chap. LXVI.
Il y est question d'une pantomime en cinq actes, μερῶν. Toutefois l'auteur s'exprime de manière à laisser croire que le
nombre des actes n'était pas toujours le même dans ces opéras-
ballets. — Dans une notice qui porte le titre 'Ανδρονίκου περὶ
τάξεως ποιητῶν (Bekker, *Anecd.*, p. 1461. *Scholia in Aristophanem*,
éd. Didot, p. 22), on lit, au sujet de Térence : εἰς πέντε σκηνὰς
διαιρεῖ τὸ δρᾶμα. C'est là une façon de parler impropre et vicieuse,
et il faut, ce me semble, attribuer à une époque très tardive soit
la notice tout entière, soit les lignes dans lesquelles un écrivain
grec daigne mettre les poètes latins à côté de ceux de la Grèce
et donne pour représentants de la comédie latine Térence et
Plaute, en ignorant Cécilius, que les anciens nomment toujours
avec ces deux auteurs.

nous en offrent aujourd'hui l'exemple, et dont l'autorité l'a fait prévaloir parmi les modernes, Sénèque, n'écrivait pas pour le théâtre. Aucune loi du genre dramatique n'a été mieux observée par ce poète que celles qui regardent la représentation et qu'il aurait pu négliger sans inconvénient. La conduite de l'action, la suite des caractères, l'intérêt, l'émotion, les conditions essentielles enfin du poème dramatique, il en fait bon marché. Mais les règles de convention, comme les trois interlocuteurs, les cinq actes, sont du nombre de celles avec lesquelles un auteur ne peut transiger, lorsqu'il a pour auditeurs des gens qui se piquent de science et de critique. Il suffit de savoir compter sur ses doigts pour lui en remontrer, s'il s'avisait de les violer.

[P.-S. — J'ai fait observer, à propos des vers 1122-23 de la *Médée* d'Euripide, que les vers correspondants de Sénèque (891-92) étaient à tort attribués à la Nourrice, qui ne pouvait avoir de rôle dans le dernier acte. En effet le manuscrit *E* ne nomme pas la Nourrice parmi les personnages de cet acte, et il continue les vers en question au Messager. On pourrait aussi les donner au chœur. Le même manuscrit confirme que Thésée n'avait pas de rôle dans le IV° acte d'*Hercule furieux*. Il attribue les vers 1034-36 au chœur. J'étais cependant allé trop loin en assurant que Thésée n'assistait pas au massacre des enfants et de la femme d'Hercule. Malheureusement le vers 913 prouve que Thésée était un témoin muet et impassible de cette scène. Je le regrette pour le poète. Quant aux vers 824-26, 828-31, 834-35 d'*Œdipe*, Léo, dans son excellente édition des Tragédies de Sénèque, les laisse au Corinthien. Je m'en étonne.]

FIN

TABLE DES MATIÈRES

Coulommiers. — Imp. Paul BRODARD. — 38-97.

www.ingramcontent.com/pod-product-compliance
Lightning Source LLC
Chambersburg PA
CBHW072351030726

47505CB00014B/1459